**CLÁSSICOS
BOITEMPO**

ANATOLE FRANCE
(1844-1924)

OS DEUSES TÊM SEDE

CLÁSSICOS BOITEMPO

A ESTRADA
Jack London
Tradução, prefácio e notas de Luiz Bernardo Pericás

AURORA
Arthur Schnitzler
Tradução, apresentação e notas de Marcelo Backes

BAUDELAIRE
Théophile Gautier
Tradução de Mário Laranjeira
Apresentação e notas de Gloria Carneiro do Amaral

DAS MEMÓRIAS DO SENHOR DE SCHNABELEWOPSKI
Heinrich Heine
Tradução, apresentação e notas de Marcelo Backes

ESTRELA VERMELHA
Aleksandr Bogdánov
Tradução, prefácio e notas de Paula Vaz de Almeida e Ekaterina Vólkova Américo

EU VI UM NOVO MUNDO NASCER
John Reed
Tradução e apresentação de Luiz Bernardo Pericás

MÉXICO INSURGENTE
John Reed
Tradução de Luiz Bernardo Pericás e Mary Amazonas Leite de Barros

NAPOLEÃO
Stendhal
Tradução de Eduardo Brandão e Kátia Rossini
Apresentação de Renato Janine Ribeiro

OS DEUSES TÊM SEDE
Anatole France
Tradução de Daniela Jinkings e Cristina Murachco
Prefácio de Marcelo Coelho

O DINHEIRO
Émile Zola
Tradução de Nair Fonseca e João Alexandre Peschanski

O TACÃO DE FERRO
Jack London
Tradução de Afonso Teixeira Filho
Prefácio de Anatole France
Posfácio de Leon Trótski

TEMPOS DIFÍCEIS
Charles Dickens
Tradução de José Baltazar Pereira Júnior

A VÉSPERA
Ivan Turguêniev
Tradução e posfácio de Paula Vaz de Almeida e Ekaterina Vólkova Américo

ANATOLE FRANCE

OS DEUSES TÊM SEDE

Tradução
Daniela Jinkings e Cristina Murachco

Copyright desta edição © Boitempo Editorial, 2007

Coordenação editorial	Ivana Jinkings
Editores	Ana Paula Castellani
	João Alexandre Peschanski
Indicação editorial	Antonio Candido
Tradução	Daniela Jinkings
	Cristina Murachco
Edição de texto	Aluizio Leite
	Fulvia Moretto
Revisão	Mariclara Oliveira
	Mariana Echalar
Cronologia	Mariana Echalar
Editoração eletrônica	Ira O'Neil
Capa	Rafael Nobre
	sobre *La liberté guidant le peuple*,
	de Eugène Delacroix,1830, Museu do Louvre, Paris
Coordenação de produção	Juliana Brandt
Assistência de produção	Livia Viganó

CIP-BRASIL. CATALOGRAÇÃO-NA-FONTE
SINDICATO NACIONAL DOS EDITORES DE LIVRO, RJ

F884d

France, Anatole, 1844-1924
 O deuses têm sede / Anatole France ; Daniela Jinkings e Cristina Murachco ; [prefácio Marcelo Coelho]. - São Paulo : Boitempo, 2007. (Clássicos Boitempo)
 Tradução de: Les dieux ont soif
 Inclui cronologia
 ISBN 978-85-7559-011-9

 1. Romance francês. I. Jinkings, Daniela. II. Murachco, Cristina. III. Título. IV. Série.

07-0398.
CDD: 843
CDU: 821.133.1-3

É vedada a reprodução de qualquer parte
deste livro sem a expressa autorização da editora.

1ª edição: março de 2007; 3ª reimpressão: abril de 2025

BOITEMPO
Jinkings Editores Associados Ltda.
Rua Pereira Leite, 373
05442-000 São Paulo SP
Tel.: (11) 3875-7250 / 3875-7285
editor@boitempoeditorial.com.br | boitempoeditorial.com.br
blogdaboitempo.com.br | youtube.com/tvboitempo

SUMÁRIO

Prefácio, *Marcelo Coelho* 9
Os deuses têm sede 15
Notas 237
Cronologia resumida 249

A tomada da Bastilha, em 14 de julho de 1789.
Guache de Claude Cholat, do acervo do Musée Carnavalet, Paris.

PREFÁCIO
Marcelo Coelho

Anatole France publicou *Os deuses têm sede* em 1912, ano do bicentenário de nascimento de Jean-Jacques Rousseau, filósofo por quem expressava, aliás, constante antipatia. Em meio às homenagens ao célebre inspirador de Robespierre, *Os deuses têm sede* surgia como uma nota dissonante, impregnada de tolerância e ironia voltairianas, contra os esforços da esquerda para recuperar o espírito radical e intransigente da Revolução Francesa. O principal líder socialista da época, Jean Jaurès, procurava reabilitar a sangrenta memória de Robespierre aos olhos de seus compatriotas; em meio às escaramuças parlamentares com a direita monarquista, o republicano Clemenceau bradava, a respeito do período inaugurado em 1789, que "la Révolution est un bloc", cabendo aos democratas aceitá-la por inteiro, a despeito de seus abusos e de seus crimes.

Para seus leitores em 2007, este romance só parecerá direitista e contrarrevolucionário se quisermos esquecer toda a experiência histórica dos últimos cem – ou duzentos – anos. Surge agora como profético um livro que veio a público muito antes que a palavra "totalitarismo" entrasse em circulação, e que se verificasse, sob o stalinismo, o travestimento de uma revolução igualitária numa realidade de violência, delação e terror. O Terror, neste livro, é o que classicamente corresponde ao período que vai de 1793 a 1795, sob o domínio de Maximilien de Robespierre.

O líder dos jacobinos aparece marginalmente no livro: espécie de filósofo e charlatão da Justiça e da Moralidade absolutas, fornece à rotina de execuções sangrentas e julgamentos iníquos uma roupagem espiritual; massacra pelo bem da Humanidade. Vemo-lo passeando num jardim público, inofensivo, amável com as crianças, como viria a ser de praxe em todas as tiranias do século XX; numa cerimônia de culto à deusa Razão, aparece com um buquê de flores brancas, vermelhas e azuis. Seus discursos fascinam o personagem principal da narrativa, o cidadão Évariste Gamelin, pintor de talentos discutíveis numa época nada propícia aos prazeres da contemplação estética.

O culto à virtude republicana e a necessidade de enfrentar os "contrarrevolucionários" (grupo no qual se incluem mais e mais pessoas, à medida que o regime se radicaliza) encontram no jovem Évariste um adepto dedicado e maquinal, ainda que não inflamado pelo fanatismo. Pelo menos os recursos estilísticos de Anatole France não parecem aptos – nos trechos que caberia classificar como "monólogos interiores" do protagonista – a transmitir delírio, ebulição e furor psicológico. Évariste Gamelin segue as iluminações e certezas de Robespierre até os extremos da abjeção vingativa, da suspeita gratuita e da crueldade com amigos e familiares. Parece fazê-lo, entretanto, num estado de serenidade espiritual; é mais o Dever do que a Fé ou, se quisermos, é sobretudo a crença no próprio dever, e não algum estado incontrolável de exaltação ideológica, o motor de sua conduta.

A engrenagem do regime, na visão aguda de Anatole France, transforma as pessoas em coisas; seu grau de responsabilidade pelas injustiças que cometem é sem dúvida real, mas como que se aniquila diante do funcionamento burocrático do Terror, que não pode recuar. Todos os assassinatos serão apenas as "dores do parto" de uma sociedade bela e pacífica, e qualquer hesitação em mandar matar pode não só custar a vida dos magistrados mais clementes (suspeitos de colaborar com o inimigo), mas também prolongar um estado de sanguinolência que, com fria esperança, acredita-se mais curto quanto mais radical.

De artista em plena miséria, o protagonista passará a ser jurado num tribunal revolucionário, recebendo algum dinheiro por isso; a fina, quase transparente, psicologia de Anatole France não precisará recorrer a artifícios de introspecção literária para mostrar de que modo seu personagem se dispõe a aceitar o inaceitável, com a mesma rigidez serena com que suas vítimas terminam se encaminhando para o cadafalso.

Excetuado um período de breve e reticente simpatia pelo nacionalismo guerreiro do general Boulanger, em meados da década de 1880, Anatole France (1844-1924) sempre foi um homem de esquerda, tendo tido importante papel, já autor consagrado, na luta contra o antissemitismo e o fanatismo reacionário dos que sustentaram uma das grandes injustiças de seu tempo, a condenação do capitão Dreyfus. Chegando aos 80 anos, em 1920, o escritor que na juventude recuou diante dos excessos da Comuna de Paris publicava no *L' Humanité* um artigo que saudava Lenin e a revolução russa – o que não impediu comunistas e surrealistas de abominar seus pontos de vista sempre moderados, seu estilo clássico, seu espírito benevolente e céptico.

Com efeito, os livros mais significativos de Anatole France, como *As opiniões de Jerôme Coignard* e o ciclo de quatro romances intitulado *História contemporânea*, estão longe de participar de uma solidariedade militante com as classes trabalhadoras, e o esteticismo de Anatole France situava-o a léguas do naturalismo engajado de Zola; Anatole France declarou nunca ter lido o autor de *Germinal*, porque só lia obras escritas em francês... Mesmo assim, *O anel de ametista* e *O manequim de vime*, os dois primeiros romances de sua *História contemporânea*, são uma sátira sutil ao catolicismo e à ignorância dos conservadores durante a IIIª República francesa. Moderação voltairiana, independência do espírito diante da "razão de Estado", pavor de todo moralismo, elogio da clemência – não como virtude efusiva e intransigente, nos moldes de Rousseau, mas como exercício prático da Razão – convivem em Anatole France com o elogio do prazer sensorial, da "doçura de viver", da delicadeza da fruição estética.

Talvez aí estejam os limites e as virtudes de *Os deuses têm sede*. Seria possível descrever um período de violência política irrefreada com um sorriso nos lábios? Anatole France prova que sim – mas isso exige uma deliberada restrição do foco. Miniaturista magistral, France sabe sugerir com rápidas pinceladas a enormidade ética e política que lhe cumpre retratar; cada página, cada capítulo do romance – esta também é a técnica utilizada em *História contemporânea* – vale como um apólogo, como uma página de antologia, irretocável obra-prima de observação moral, psicológica e histórica. Com suas misérias, ridículos e doçuras, é a vida cotidiana, mais do que os vastos e cegos movimentos da História, o que captura sua atenção. Mais um ponto a favor, aliás, da atualidade de Anatole France.

Isso determina, entretanto, uma espécie de força centrífuga no livro, que destitui de seus personagens parte do vigor. Nada mais alheio a Évariste Gamelin, por exemplo, do que o fôlego ficcional que o tornaria apto a ser personagem de um *Bildungsroman*, um romance de aprendizado, ao longo do qual sua inocência juvenil se perderia no contato com a realidade. O personagem se mantém algo esquemático, o que paradoxalmente convém às intenções de Anatole France e ao realismo de sua perspectiva, uma vez que o Terror foi mesmo obra de homens esquemáticos, autômatos a serviço de uma Ideia inexequível. Mas, ao denunciar a desumanidade dos revolucionários, a literatura de France invoca menos a presença de homens concretos, contraditórios, doentes ou fanáticos e mais o seu próprio ideal de Humanidade – uma humanidade fraca, falível, mas afinal de contas fácil de entender e perdoar.

Também em outro nível a restrição do foco da análise se revela como uma força e uma fraqueza na obra. A atenção ao detalhe é, de um lado, extremamente eficaz, como na passagem em que o autor descreve a excitação dos cachorros de Paris a cada sinal de novo morticínio: ao pé da guilhotina, eles esperam o momento em que poderão lamber o sangue dos executados... Tanto quanto os "deuses" do título, os cães também têm sede de sangue[1].

"Prends l'éloquence et tords-lui son cou": a máxima de Paul Verlaine é seguida à risca por Anatole France, mas valeria observar que no intuito de torcer o pescoço da eloquência não deixa de haver um certo pendor assassino também, e é de se perguntar

---

[1] *Os deuses têm sede* deve seu título a um panfleto de Camille Desmoulins, revolucionário que, no número 7 de seu *Le Vieux Cordelier*, condenava o furor das execuções em Paris lembrando uma frase do imperador Montezuma. Este, justificando o hábito asteca dos sacrifícios humanos, teria dito aos espanhóis que os deuses tinham sede de sangue. Desmoulins ainda corrigia as provas de seu texto quando foi preso e condenado à guilhotina.

se a abjeção da injustiça e da violência de Estado se coadunam com o traço leve da vinheta canina.

A nota heroica e patética não podia deixar de ser ferida neste livro, apesar da delicada instrumentação de que faz uso na maior parte do tempo. A figura da prostituta Athenaïs, capaz de se sacrificar por fidelidade e indignação, é das poucas que escapam ao ridículo nesta obra; o mesmo não se pode dizer do ingênuo padre Longuemare, que elabora um vasto arrazoado em sua própria defesa diante do Tribunal Revolucionário, sem saber que a pressa dos julgamentos em massa tornava inútil sua tarefa.

Um dos aspectos mais chocantes do Terror, aliás, foi seu total desvirtuamento de qualquer regra jurídica: a partir de junho de 1794 (com o "decreto do 18 prairial"), instituíram-se julgamentos coletivos, sem direito a defesa individual, de "fornadas" de acusados, nas quais se misturavam inocentes e culpados, amigos e inimigos, no mesmo rebanho destinado à guilhotina. Para quem, como Anatole France, assim como Jaurès e Clemenceau, tinha havia pouco lutado pela lisura no julgamento de Dreyfus, a aberração não tinha como não ser evidente.

O leitor acompanha com horror o papel de Évariste Gamelin nesses procedimentos de justiça revolucionária; a imagem de obediência burocrática, sem ódio nem paixão, que move o personagem não está distante daquela que Hannah Arendt traçaria, na década de 60 do século XX, para explicar as ações do nazista Adolf Eichmann sob o signo da "banalidade do mal".

A perplexa lucidez de Hannah Arendt a respeito do nazismo é de outra natureza, entretanto, que o desencanto compreensivo de Anatole France. Seria impossível narrar em tons suaves a vida amorosa de Eichmann; entre Gamelin e a bela Élodie, mais de uma cena idílica se passa.

É que Anatole France, ao mesmo tempo em que revela a violência jacobina, está usando deliberadamente as tintas claras, os traços rápidos, a gentileza de gestos de um Watteau: não por acaso, o sutil pintor de arlequinadas setecentistas, caro a Verlaine, é considerado pelo rigoroso Gamelin um fútil artista decorativo a serviço da nobreza. Este é um "aluno de David", informa-nos a primeira linha do romance: as frustradas ambições artísticas do protagonista dirigiam-se a um tipo de arte grandioso, edificante e solene.

Não por acaso também, o "alter ego" de France em *Os deuses têm sede* é o sábio, velho e sibarita Brotteaux des Illetes; rico no Ancien Régime e adepto da estética condenada por Gamelin, vive agora de fabricar marionetes, até o momento em que esse ofício passa a ser considerado contrarrevolucionário. Seriam também marionetes os personagens de Anatole France? A resposta é positiva em dois sentidos: eram, sem dúvida, marionetes de uma conjuntura histórica que os dominava por inteiro, reduzindo a nada sua individualidade real; eram marionetes, também, nas mãos de um artista consciente ao extremo de seu ofício, e da mensagem que tinha a transmitir.

OS DEUSES TÊM SEDE

I

Évariste Gamelin, pintor, aluno de David, membro da seção do Pont-Neuf, anteriormente seção Henrique IV, fora de manhã bem cedo à antiga igreja dos Barnabitas[1] que havia três anos, desde o dia 21 de maio de 1790, era usada como sede para a assembleia geral daquela seção. A igreja erguia-se em uma praça estreita e escura, perto dos portões do Palais. Na fachada, composta de duas ordens clássicas, ornada de mísulas invertidas e de fogaréus, entristecida pelo tempo, ofendida pelos homens, os emblemas religiosos haviam sido martelados e, acima da porta, haviam inscrito em letras negras o lema republicano: "Liberdade, Igualdade, Fraternidade ou a Morte". Évariste Gamelin adentrou a nave: as abóbadas, que ouviram os clérigos da congregação de São Paulo cantar de sobrepeliz o ofício divino, viam agora os patriotas de barrete* vermelho reunidos para eleger os magistrados municipais e deliberar sobre os assuntos da seção. Os santos haviam sido retirados de seus nichos e substituídos pelos bustos de Brutus, de Jean-Jacques e de Le Peltier[2]. A tábua dos Direitos do Homem erguia-se sobre o altar despojado.

Era naquela nave que, duas vezes por semana, das cinco da tarde às onze da noite, eram realizadas as assembleias públicas. O púlpito, enfeitado com a bandeira com as cores da nação, servia de tribuna para as arengas. À sua frente, ao lado da Epístola,

---

* Boné de forma semelhante ao barrete frígio, adotado pelos revolucionários como símbolo da liberdade. (N. R.)

erguia-se um estrado de vigamentos grosseiros, destinado a receber mulheres e crianças, que compareciam em grande número às reuniões. Naquela manhã, diante de uma escrivaninha, ao pé do púlpito, usando barrete vermelho e carmanhola*, estava o marceneiro da Place de Thionville[3], o cidadão Dupont pai, um dos doze membros do Comitê de Vigilância. Sobre a escrivaninha, havia uma garrafa e copos, um tinteiro e um caderno de papel com o texto da petição que convidava a Convenção a rejeitar de seu seio os vinte e dois membros indignos.

Évariste Gamelin pegou a pena e assinou.

– Eu sabia que irias registrar teu nome, cidadão Gamelin – disse o magistrado artesão. – Tu és um puro. Mas a seção não está muito entusiasmada: carece de virtude. Propus ao Comitê de Vigilância que não entregasse o certificado de civismo a todo aquele que não assinasse a petição.

– Estou pronto a assinar com meu sangue a proscrição dos traidores federalistas[4] – disse Gamelin. – Quiseram a morte de Marat: que pereçam!

– O que nos perde é esse indiferentismo – replicou Dupont pai. – Numa seção que contém novecentos cidadãos com direito a voto, nem mesmo cinquenta participam da assembleia. Ontem, éramos vinte e oito.

– Então deve-se obrigar os cidadãos a vir, sob pena de multa – disse Gamelin.

– Ei! – pronunciou o marceneiro, franzindo o cenho. – Se viessem todos, os patriotas estariam em minoria... Cidadão Gamelin, aceitas uma taça de vinho à saúde dos bons sans-culottes**?...

Na parede da igreja, ao lado do Evangelho, liam-se as seguintes palavras, acompanhadas de uma mão negra cujo indicador mostrava a passagem que conduzia ao claustro: *Comitê Civil, Comitê de Vigilância, Comitê de Benemerência*. Alguns passos à frente chegava-se à porta da antiga sacristia, encimada pela inscrição:

---

* Espécie de casaca de abas curtas, com várias carreiras de botões de metal, usada pelos operários da cidade de Carmagnola, na Itália, e adotada pelos franceses na época da Revolução Francesa. É também o nome de uma dança e de uma música populares da época. (N. T.)

** Nome dado durante a Convenção (1792) aos revolucionários mais radicais, que em vez de calções usavam calças de lã listrada. (N. R.)

Comitê Militar. Gamelin empurrou-a e encontrou o secretário do Comitê escrevendo sobre uma mesa grande e atulhada de livros, papéis, lingotes de aço, cartuchos e amostras de terra salitrosa.
– Saudações, cidadão Trubert. Como vais?
– Eu?... Vou às mil maravilhas.

O secretário do Comitê Militar, Fortuné Trubert, dava invariavelmente essa resposta àqueles que se preocupavam com sua saúde, menos para instruí-los de seu estado que para interromper qualquer conversa sobre o assunto. Aos vinte e oito anos, tinha a pele árida, cabelos ralos, pômulos vermelhos, costas curvadas. Oculista no Quai des Orfèvres, era proprietário de uma casa muito antiga, que cedera em 91 a um velho empregado para dedicar-se às suas funções municipais. Uma mãe encantadora, morta aos vinte anos e de quem alguns velhos do bairro ainda guardavam uma lembrança tocante dera-lhe seus belos olhos suaves e apaixonados, sua palidez, sua timidez. De seu pai, engenheiro óptico, fornecedor do rei, levado pelo mesmo mal antes de completar trinta anos, ele herdara um espítito justo e aplicado.

Sem parar de escrever:
– E tu, cidadão, como vais?
– Bem. Alguma novidade?
– Nada, nada. Estás vendo: tudo está muito tranquilo por aqui.
– E a situação?
– A situação continua a mesma.

A situação era assustadora[5]. O mais belo exército da República cercado em Mayence; Valenciennes sitiada; Fontenay tomada pelos partidários da Vendeia; Lyon revoltada; Cévennes insurreta; a fronteira aberta aos espanhóis; dois terços dos departamentos invadidos ou sublevados; Paris ameaçada pelos canhões austríacos, sem dinheiro, sem pão.

Fortuné Trubert escrevia tranquilamente. Como as seções haviam sido encarregadas, por um decreto da Comuna, de executar o recrutamento de doze mil homens para a região da Vendeia, ele redigia instruções relativas ao alistamento e ao armamento do contingente que a seção do Pont-Neuf, anteriormente Henrique IV, precisava fornecer. Todos os fuzis de guerra deviam ser entregues aos soldados requisitados. A guarda nacional da seção seria armada com espingardas de caça e lanças.

– Trago-te a relação dos sinos que devem ser enviados ao Luxembourg para serem transformados em canhões – disse Gamelin.

Évariste Gamelin, embora não possuísse um tostão, estava inscrito entre os membros ativos da seção: a lei só concedia essa prerrogativa aos cidadãos ricos o bastante para pagar uma contribuição no valor de três dias de trabalho; e exigia dez dias para que um eleitor fosse elegível. Mas a seção do Pont-Neuf, apaixonada pela igualdade e ciosa de sua autonomia, considerava eleitor e elegível qualquer cidadão que pagasse com seus recursos seu uniforme da guarda nacional. Era esse o caso de Gamelin, que era cidadão ativo de sua seção e membro do Comitê Militar.

Fortuné Trubert pousou sua pena:

– Cidadão Évariste, vai até a Convenção[6] pedir que nos enviem instruções para escavar o solo dos porões, lavar a terra e as pedras e recolher o salitre. Não basta ter canhões, também precisamos de pólvora.

Um pequeno corcunda, com uma pena na orelha e papéis à mão, entrou na antiga sacristia. Era o cidadão Beauvisage, do Comitê de Vigilância.

– Cidadãos, recebemos más notícias: Custine[7] evacuou Landau.

– Custine é um traidor! – exclamou Gamelin.

– Será guilhotinado – disse Beauvisage.

Trubert, com sua voz um pouco ofegante, expressou-se com sua calma costumeira:

– A Convenção não criou um Comitê de Salvação Pública para nada. A conduta de Custine será avaliada. Seja ele incompetente ou traidor, será substituído por um general decidido a vencer, e *ça ira*!*

Folheou alguns papéis e passeou sobre eles o olhar de seus olhos cansados:

– Para que nossos soldados cumpram seu dever sem perturbação ou falhas, é preciso que saibam que a sorte daqueles que deixaram

---

* Grito de guerra dos revolucionários, oriundo de uma canção popular: "Ah! ça ira, ça ira, ça ira, les aristocrates à la lanterne,/ Ah! ça ira, ça ira, ça ira, les aristocrates on les pendra!" (Assim será, assim será, assim será, ao lampião os aristocratas,/ Assim será, assim será, assim será, à forca os aristocratas!). (N. T.)

em casa está garantida. Se concordas comigo, cidadão Gamelin, pedirás comigo, na próxima assembleia, que o Comitê de Benemerência faça um acordo com o Comitê Militar para socorrer as famílias necessitadas que têm um parente no exército.

Sorriu e cantarolou:

– *Ça ira! ça ira!*...

Trabalhando de doze a catorze horas por dia, em sua mesa de bétula, pela defesa da pátria em perigo, aquele humilde secretário de um comitê de seção não percebia a desproporção entre a enormidade da tarefa e a pequenez de seus recursos, tanto se sentia unido, num esforço comum, a todos os patriotas, tanto se sentia um só com a nação, tanto sua vida se confundia com a vida de um grande povo. Era daqueles que, com entusiasmo e paciência, após cada derrota, preparavam o triunfo impossível e certeiro. Por isso, era necessário vencer. Aqueles homens insignificantes, que haviam destruído a realeza, derrubado o velho mundo, esse Trubert, pequeno engenheiro óptico, esse Évariste Gamelin, pintor obscuro, não esperavam nenhuma piedade de seus inimigos. Sua escolha era apenas entre a vitória e a morte. Daí seu ardor e sua serenidade.

II

Saindo da igreja dos Barnabitas, Évariste Gamelin dirigiu-se à Place Dauphine, que se tornara Place de Thionville em homenagem a uma cidade inexpugnável.

Situada no bairro mais frequentado de Paris, essa praça perdera havia quase um século sua bela disposição: os palácios, construídos nas três laterais, no tempo de Henrique IV, uniformemente em tijolo vermelho com frisos de pedra branca, para magníficos magistrados, agora, tendo trocado seus nobres telhados de ardósia por dois ou três miseráveis andares de gesso, ou até mesmo tendo sido demolidos e substituídos sem honra por casas mal caiadas, passaram a exibir fachadas irregulares, pobres, sujas, vazadas por janelas desiguais, estreitas, inumeráveis, alegradas por vasos de flores, gaiolas de pássaros e roupas que secavam. Ali morava uma multidão de artesãos, joalheiros, cinzeladores, relojoeiros, oculistas, gráficos, lavadeiras, modistas, passadeiras e alguns velhos homens da lei que não haviam sido carregados na tormenta com a justiça real.

Era de manhã e era primavera. Jovens raios de sol, inebriantes como vinho doce, riam sobre as paredes e deslizavam alegremente sobre as mansardas. Os caixilhos das janelas de guilhotina estavam todos erguidos e viam-se por baixo deles as cabeças despenteadas das dona de casa. O escrivão do Tribunal Revolucionário, saindo de casa para dirigir-se ao trabalho, ao passar dava palmadinhas no rosto das crianças que brincavam debaixo das árvores. Anunciavam no Pont-Neuf a traição do infame Dumouriez.

Évariste Gamelin morava, para os lados do Quai de l'Horloge, em uma casa que datava de Henrique IV e ainda teria uma boa aparência não fosse um pequeno sótão coberto de telhas com o qual fora premiada sob o penúltimo tirano. Para adaptar o apartamento de algum velho parlamentar à conveniência das famílias burguesas e artesãs que ali habitavam, foram multiplicados paredes e rebaixos. Era assim que o cidadão Remacle, zelador-alfaiate, aninhava-se em um entressolho bastante reduzido tanto em altura como em largura, onde podia ser visto pela porta envidraçada, com as pernas cruzadas sobre seu banco e a nuca encostada no teto, costurando um uniforme de guarda nacional, enquanto a cidadã Remacle, cujo fogão tinha por chaminé apenas a escada, intoxicava os locatários com a fumaça de seus ensopados e de suas frituras e, na soleira da porta, a pequena Joséphine, sua filha, lambuzada de melaço e bela como o dia, brincava com Mouton, o cão do marceneiro. A cidadã Remacle, de coração, peitos e cadeiras abundantes, era conhecida por oferecer seus favores ao vizinho, o cidadão Dupont pai, um dos doze membros do Comitê de Vigilância. O marido, pelo menos, suspeitava do fato com veemência e o casal Remacle enchia a casa com as explosões alternadas de suas querelas e de suas reconciliações. Os andares superiores da casa eram ocupados pelo cidadão Chaperon, ourives, cuja loja se localizava no Quai de l'Horloge, por um oficial de saúde, por um homem da lei, por um bate-folha e por diversos empregados do Palais.

Évariste Gamelin subiu a velha escada até o quarto e último andar, onde ficava seu ateliê com um quarto para sua mãe. Lá terminavam os degraus de madeira guarnecidos de ladrilhos, que haviam sucedido aos grandes degraus de pedra dos primeiros andares. Uma escada, encostada na parede, conduzia a um sótão de onde descia, naquele momento, um homem gordo bastante velho, com um belo rosto róseo e florido, segurando penosamente nos braços um enorme pacote, e que, contudo, cantarolava: *Perdi meu empregado*.

Interrompendo o cantarolar, desejou cortesmente um bom-dia a Gamelin, que o saudou fraternalmente e ajudou-o a descer seu pacote, o que o velho agradeceu.

– Aqui estão – disse, retomando seu fardo – marionetes que vou entregar a um vendedor de brinquedos da Rue de la Loi. Há toda uma multidão aqui: são minhas criaturas; receberam de mim um corpo perecível, livre de alegrias e de sofrimentos. Não lhes dei o pensamento, pois sou um Deus bom.

Era o cidadão Maurice Brotteaux, antigo coletor de impostos, antes disso nobre: seu pai, enriquecido nos partidos, comprara um título de nobreza*. Nos bons tempos, Maurice Brotteaux chamava-se senhor des Ilettes e dava, em seu palácio da Rue de la Chaise, jantares refinados que a bela senhora de Rochemaure, esposa de um procurador, iluminava com seus olhos – mulher incomparável, cuja fidelidade honorável não foi desmentida enquanto a Revolução deixou a Maurice Brotteaux des Ilettes seus ofícios, sua renda, sua residência, suas terras, seu nome. A Revolução confiscou-os. Ele passou a ganhar a vida pintando retratos sob os portões, fazendo crepes e bolinhos no Quai de la Mégisserie, compondo discursos para os representantes do povo e dando aulas de dança para as jovens cidadãs. No momento, em seu sótão, para o qual se esgueirava por uma escada e onde não era possível ficar de pé, Maurice Brotteaux, cuja riqueza se resumia a um pote de cola, um pacote de cordões, uma caixa de aquarela e alguns restos de papel, fabricava marionetes que vendia a grandes comerciantes de brinquedos, que os revendiam aos mascates, que os exibiam nos Champs-Elysées, na ponta de uma vara, brilhantes objetos de desejo das criancinhas. Em meio aos distúrbios públicos e ao grande infortúnio que o atingira, mantinha uma alma serena, lendo, para se distrair, um volume de Lucrécio que carregava constantemente no bolso esgarçado de sua sobrecasaca cor de pulga.

Évariste Gamelin empurrou a porta de sua casa, que cedeu de pronto. Sua pobreza poupava-o da preocupação com trancas e, quando sua mãe, por costume, fechava o ferrolho, ele perguntava: "Para quê? Ninguém rouba coisas sem valor... muito menos os meus quadros". Em seu ateliê amontoavam-se, sob uma espessa

---

* No original, *savonette à vilain*, "sabonete de plebeu": cargo que um plebeu comprava para enobrecer. A expressão joga com a ambiguidade entre *vilain* (plebeu) e *sale* (sujo), no caso "moralmente" sujo. Cf. *Dictionnaire des expressions et locutions* (Paris, Robert, 1989). (N. R.)

camada de pó ou viradas para a parede, as telas de seus primórdios, quando pintava cenas galantes, segundo a moda, acariciava com um pincel liso e tímido aljavas vazias e pássaros levantando voo, jogos de sedução e sonhos de felicidade, levantava a saia de guardadoras de ganso e floria com rosas o seio das pastoras.

Mas esse estilo não convinha a seu temperamento. Essas cenas, friamente tratadas, atestavam a irremediável castidade do pintor. Os críticos não se enganaram e Gamelin jamais conseguira passar por artista erótico. Naqueles dias, embora ele ainda não tivesse atingido os trinta anos, esses temas pareciam datar de tempos imemoriais. Neles, o pintor reconhecia a depravação monárquica e o efeito vergonhoso da corrupção das cortes. Acusava-se por ter adotado aquele gênero desprezível e mostrado um gênio aviltado pela escravidão. Agora, cidadão de um povo livre, traçava com vigor Liberdades, Direitos do Homem, Constituições Francesas, Virtudes Republicanas, Hércules populares destruindo a Hidra da Tirania, e punha nessas composições todo o ardor de seu patriotismo. Infelizmente, com isso não conseguia ganhar a vida. A época era ruim para os artistas. Sem dúvida, não era por culpa da Convenção, que por toda parte lançava exércitos contra os reis, que, orgulhosa, impassível, resoluta diante da Europa conjurada, pérfida e cruel contra si mesma, dilacerava-se com as próprias mãos, punha o terror na ordem do dia, instituía para punir os conspiradores um tribunal implacável ao qual daria em breve seus próprios membros para devorar, e que ao mesmo tempo, calma, pensativa, amiga da ciência e da beleza, reformava o calendário, criava escolas especiais, criava concursos de pintura e de escultura, fundava prêmios para encorajar os artistas, organizava salões anuais, abria o Museu e, a exemplo de Atenas e de Roma, imprimia um caráter sublime à celebração das festas e dos lutos públicos. Mas a arte francesa, outrora tão difundida na Inglaterra, na Alemanha, na Rússia, na Polônia, não tinha mais saída no exterior. Os amantes da pintura, os ávidos por arte, grandes senhores e financistas, estavam arruinados, haviam emigrado ou escondiam-se. As pessoas que a Revolução enriquecera, camponeses compradores de bens nacionais, agiotas, fornecedores do Exército, crupiês do Palais-Royal, ainda não ousavam dar mostras de sua opulência e, de resto, não estavam nem um pouco preocupados com pintura. Era preciso ter a reputação de Regnault ou a habilidade do jovem Gérard[1] para vender um quadro. Greuze, Fragonard, Houin estavam reduzidos à indigência. Prud'hon alimentava com dificuldade sua mulher e seus filhos desenhando personagens que Copia gravava em pontilhado. Os pintores patriotas, Hennequin, Wicar, Topino-Lebrun, passavam fome. Gamelin, incapaz de arcar com os custos de um quadro, não podendo pagar nem um modelo nem comprar tintas, deixava apenas esboçada sua grande tela, *Tirano perseguido nos Infernos pelas Fúrias*. Ela cobria metade do ateliê com figuras inacabadas e terríveis, maiores que ao natural, e com uma multidão de serpentes verdes dardejando cada uma duas línguas agudas e enroladas. Distinguia-se no primeiro plano, à esquerda, um Caronte magro e feroz em sua barca, fragmento poderoso e com um belo desenho, mas que se mostrava um tanto acadêmico. Havia muito mais talento e naturalidade em uma tela de menores dimensões, igualmente inacabada, pendurada no lugar mais iluminado do ateliê. Era um Orestes erguido por sua irmã Electra em seu leito de dor. E via-se a jovem afastar com um gesto tocante os cabelos emaranhados que cobriam os olhos do irmão. A cabeça de Orestes era trágica e bela, e podia-se perceber certa semelhança com o rosto do pintor.

Gamelin olhava muitas vezes com olhos tristes para essa composição; por vezes, seus braços frementes do desejo de pintar erguiam-se para a figura largamente esboçada de Electra e caíam impotentes. O artista estava cheio de entusiasmo e sua alma voltada para grandes coisas. Mas precisava esgotar-se em obras encomendadas que executava medianamente, porque precisava contentar o gosto do vulgo e também porque não sabia imprimir o caráter do talento às coisas menores. Desenhava pequenas composições alegóricas, que seu camarada Desmahis gravava com alguma destreza em preto ou em cores e que um comerciante de estampas da Rue Honoré, o cidadão Blaise, comprava a baixo preço. Mas o comércio das estampas ia de mal a pior, dizia Blaise, que havia algum tempo não queria comprar mais nada.

Daquela vez, contudo, Gamelin – que a necessidade tornava

engenhoso – acabava de conceber uma invenção feliz e nova, pelo menos assim acreditava, que deveria fazer a fortuna do comerciante de estampas, do gravador e a sua própria; um jogo de cartas patriótico no qual os reis, as damas, os valetes do antigo regime seriam substituídos por Gênios, Liberdades, Igualdades. Ele já havia esboçado todas as figuras, terminado várias delas, e tinha pressa de entregar a Desmahis as que estavam prontas para serem gravadas. A figura que lhe parecia mais bem concebida representava um voluntário usando o tricórnio, vestido com um casaco azul de paramentos vermelhos, uma calça amarela e polainas pretas, sentado numa caixa, os pés sobre uma pilha de balas de canhão, espingarda entre as pernas. Era o "cidadão de copas", que substituía o valete de copas. Havia mais de seis meses Gamelin desenhava revolucionários voluntários, e sempre com amor. Vendera alguns deles, nos dias de entusiasmo. Vários estavam pendurados nas paredes do ateliê. Cinco ou seis deles, feitos a aquarela, a guache, a carvão, espalhavam-se sobre a mesa e nas cadeiras. No mês de julho de 92, quando em todas as praças de Paris erguiam-se tablados para o alistamento de voluntários, quando todos os cabarés, enfeitados com folhagens, ressoavam aos gritos de "Viva a Nação! Viver livre ou morrer!", Gamelin não podia passar pelo Pont-Neuf ou diante da prefeitura sem que seu coração saltasse na direção da tenda embandeirada sob a qual magistrados usando echarpes inscreviam os voluntários ao som da *Marselhesa*. Mas, unindo-se ao exército, ele teria deixado a mãe sem pão.

 Precedida do som de sua penosa respiração expirada, a cidadã viúva Gamelin entrou no ateliê, suada, vermelha, palpitante, com a cocarda nacional negligentemente pendurada em seu barrete e prestes a se soltar. Colocou a sacola em uma cadeira e, de pé para poder respirar melhor, queixou-se da carestia dos víveres.

 Cuteleira na Rue de Grenelle-Saint-Germain, sob a placa de "Cidade de Châtellerault", enquanto vivera seu marido e agora pobre dona de casa, a cidadã Gamelin vivia retirada na casa de seu filho pintor. Era o mais velho de seus dois filhos. Quanto à sua filha Julie, outrora modista na Rue Honoré, melhor ignorar seu paradeiro, pois não era seguro dizer que havia emigrado com um aristocrata.

– Senhor Deus! – suspirou a cidadã mostrando ao filho um pedaço de pão de massa grossa e escura. – O pão está pela hora da morte; teremos sorte se for de farinha pura. Não se encontram no mercado nem ovos, nem legumes, nem queijos. De tanto comer castanhas, viraremos castanhas.

Após um silêncio demorado, continuou:

– Vi na rua mulheres que não tinham com o que alimentar seus filhinhos. A miséria é grande para os pobres. E as coisas continuarão assim, enquanto os negócios não forem restabelecidos.

– Minha mãe – disse Gamelin franzindo as sobrancelhas –, a fome que sofremos se deve aos atravessadores e aos agiotas que querem ver o povo passando fome e estão de conluio com os inimigos do exterior para tornar a República odiosa aos cidadãos e destruir a liberdade. É nisso que dão os complôs dos brissotinos[2], as traições de homens como Pétion e Roland! Felizes de nós se os federalistas em armas não vierem massacrar, em Paris, os patriotas que a fome não destrói tão rápido! Não há tempo a perder: é preciso taxar a farinha e guilhotinar todo aquele que especular com a alimentação do povo, fomentar a insurreição ou pactuar com o estrangeiro. A Convenção acaba de criar um tribunal extraordinário para julgar os conspiradores. É composto por patriotas; mas será que seus membros terão energia suficiente para defender a pátria contra todos os inimigos? Temos de ter esperança em Robespierre[3]: ele é virtuoso. Vamos, sobretudo, ter esperanças em Marat. Esse homem ama o povo, percebe seus verdadeiros interesses e os serve. Foi ainda o primeiro a desmascarar os traidores, a acabar com os complôs. É incorruptível e destemido. Só ele pode salvar a República em perigo.

A cidadã Gamelin, sacudindo a cabeça, fez a cocarda revolucionária cair de seu barrete, displicente.

– Deixa para lá, Évariste: teu Marat é um homem como os outros, e que não vale mais que os outros. És jovem, tens ilusões. O que dizes hoje de Marat, disseste ontem de Mirabeau, de La Fayette[4], de Pétion, de Brissot.

– Nunca! – gritou Gamelin, sinceramente desmemoriado.

Tendo liberado um canto da mesa de bétula atulhada de papéis, livros, pincéis e lápis, a cidadã colocou a sopeira de louça, duas tigelas de estanho, dois garfos de ferro, o pão escuro e um jarro de vinho medíocre.

O filho e a mãe tomaram a sopa em silêncio e terminaram o jantar com um pequeno pedaço de toucinho. A mãe, colocando o cozido sobre o pão, levava com gravidade os pedaços até a boca desdentada com a ponta de seu canivete e mastigava com respeito os alimentos que haviam custado caro.

Deixara os melhores pedaços no prato para o filho, que continuava pensativo e distraído.

– Come, Évariste – dizia a intervalos regulares –, come.

E aquela palavra adquiria em seus lábios a gravidade de um preceito religioso.

Retomou seus lamentos sobre a carestia dos víveres. Gamelin sugeria novamente a taxação como o único remédio para aqueles males.

Mas ela continuava:

– Não há mais dinheiro. Os emigrados levaram tudo. Não há mais confiança. É para desesperar-se de tudo.

– Calai-vos, minha mãe, calai-vos! – exclamou Gamelin. – Que importam nossas privações, nossos sofrimentos momentâneos! A Revolução fará a felicidade da humanidade durante séculos.

A boa senhora mergulhou o pão no vinho: seu espírito iluminou-se e ela pensou, sorrindo, nos tempos de sua juventude, quando dançava sobre a relva na festa do rei. Lembrou-se também do dia em que Joseph Gamelin, cuteleiro de profissão, pedira-a em casamento. E contou com detalhes como tudo se deu. Sua mãe dissera: "Arruma-te. Vamos até a Place de Grève, na loja do senhor Bienassis, ourives, para assistir ao esquartejamento de Damiens". Tiveram muita dificuldade para abrir caminho na multidão de curiosos. Na loja do senhor Bienassis, a moça encontrara Joseph Gamelin, vestido com seu belo traje cor-de-rosa, e compreendera imediatamente o que estava para acontecer. Durante todo o tempo em que ficou à janela para ver o regicida ser torturado, regado com chumbo fervido, esquartejado por quatro cavalos e lançado à fogueira, o senhor Joseph Gamelin, em pé atrás dela, não parara de elogiar sua tez, seu penteado e sua figura.

Esvaziou o fundo do copo e continuou a rememorar sua vida.

– Eu te pus no mundo, Évariste, mais cedo do que esperava, após um susto que levei, grávida, no Pont-Neuf, onde fui quase derrubada por curiosos que corriam para ver a execução do senhor de Lally[5]. Eras tão pequeno quando nasceste que o cirurgião achou que não sobreviverias. Mas eu tinha certeza de que Deus me daria a graça de conservar-te. Criei-te o melhor que pude, não poupando cuidados nem despesas. É justo dizer, querido Évariste, que provaste teu reconhecimento e que, desde a infância, procuraste recompensar-me da maneira que podias. Eras de natureza afetuosa e doce. Tua irmã não tinha mau coração; mas era egoísta e agressiva. Tinhas mais pena dos pobres e dos infelizes que ela. Quando os moleques do bairro tiravam os ninhos das árvores, te esforçavas para tirar-lhes das mãos os filhotes e devolvê-los às mães, e muitas vezes só desistias quando pisoteado e cruelmente espancado. Aos sete anos, em vez de brigar com os maus elementos, caminhavas tranquilamente nas ruas recitando o catecismo; e trazias para casa todos os pobres que encontravas, para socorrê-los, tanto que eu fui obrigada a castigar-te para tirar-te esse mau hábito. Não podias ver um ser sofrendo sem derramar lágrimas. Quando cresceste, ficaste muito bonito. Para minha grande surpresa, parecias não saber disso, muito diferente nesse ponto da maioria dos rapazes bonitos, que são vaidosos e vãos.

A velha mãe dizia a verdade. Évariste tivera, aos vinte anos, um rosto grave e encantador, uma beleza ao mesmo tempo austera e feminina, os traços de uma Minerva. Agora seus olhos sombrios e as faces pálidas expressavam uma alma triste e impetuosa. Mas o olhar, quando se virou para a mãe, retomou por um instante a doçura da primeira juventude.

Ela prosseguiu:

– Poderias ter aproveitado de tuas vantagens para correr atrás das moças, mas gostavas de ficar perto de mim, na loja, e às vezes acontecia que eu te dissesse para sair da barra de minha saia e ir desenferrujar as pernas com teus amigos, um pouco. Até meu leito de morte, darei meu testemunho, Évariste, de que és um bom filho. Depois da morte de teu pai, tu te responsabilizaste corajosamente por mim; embora teu trabalho não pague bem, nunca deixaste que algo me faltasse e, se estamos hoje, ambos, pobres e miseráveis, não posso reclamar de ti: a culpa é da Revolução.

Ele fez um gesto de crítica; mas ela deu de ombros e prosseguiu:

– Não sou uma aristocrata. Conheci os grandes em todo o seu

poder e posso dizer que abusavam de seus privilégios. Vi teu pai apanhar dos lacaios do duque de Canaleilles porque não saiu rapidamente do caminho de seu amo. Eu não gostava da austríaca[6]: era muito orgulhosa e gastava demais. Quanto ao rei, acreditei que fosse bom, e foi necessário seu processo e sua condenação para me fazer mudar de ideia. Por fim, não tenho saudades do Antigo Regime, embora tenha passado nele alguns momentos agradáveis. Mas não me digas que a Revolução estabelecerá a igualdade, porque os homens nunca serão iguais; isso não é possível e podem colocar o país de pernas para o ar: sempre haverá grandes e pequenos, gordos e magros.

E, enquanto falava, guardava a louça. O pintor não a escutava mais. Procurava a silhueta de um revolucionário, com barrete vermelho e carmanhola, que deveria, em seu baralho, substituir o valete de paus condenado.

Alguém arranhou a porta e uma jovem, uma camponesa, apareceu, mais larga que alta, ruiva, manca, com uma excrescência escondendo o olho esquerdo e o direito de um azul tão pálido que parecia branco, lábios enormes e dentes passando por cima dos lábios.

Perguntou a Gamelin se ele era o pintor e se podia fazer um retrato de seu noivo, Ferrand (Jules), voluntário no exército da região de Ardennes.

Gamelin respondeu que faria com prazer o retrato na volta do bravo guerreiro.

A moça pediu-lhe com insistente doçura que fosse já.

O pintor, sorrindo à revelia, objetou que nada poderia fazer sem o modelo.

A pobre criatura nada respondeu: não previra aquela dificuldade. Com a cabeça inclinada sobre o ombro esquerdo, as mãos unidas sobre o ventre, permanecia inerte e muda e parecia mergulhada na tristeza. Tocado e divertido com tamanha simplicidade, o pintor, para distrair a infeliz amante, colocou-lhe nas mãos um dos alistados voluntários que pintara a aquarela e perguntou-lhe se seu noivo das Ardennes se parecia com ele.

Ela pousou sobre o papel seu olhar triste que lentamente se animou, depois brilhou e finalmente resplandesceu; seu rosto largo desabrochou em um sorriso radiante.

– É sua verdadeira semelhança – disse por fim. – É o próprio Ferrand (Jules), é Ferrand (Jules) escritinho.

Antes que o pintor tivesse sequer pensado em tirar-lhe o papel das mãos, ela o dobrou com todo o cuidado com seus dedos gordos e vermelhos, fazendo um quadradinho que enfiou junto a seu coração, entre o corpete e a camisa, entregou ao artista um assinado* de cinco libras, desejou boa-noite a todos e saiu, manca e leve.

---

* *Assignat*, no original, era o papel-moeda emitido na época da Revolução, que originalmente era assinado, como garantia. (N. T.)

III

Na tarde do mesmo dia, Évariste foi encontrar-se com o cidadão Jean Blaise, comerciante de estampas, que também vendia caixas, embalagens e toda sorte de jogos, na Rue Honoré, em frente ao Oratoire, próxima às Messageries, Ao Amor Pintor. A loja abria-se no andar térreo de uma casa velha de sessenta anos, por um vão cuja abóbada levava em sua chave um mascarão lunado. O arco desse vão continha uma pintura a óleo representando "o siciliano ou o amor pintor", segundo uma composição de Boucher, que o pai de Jean Blaise mandara colocar em 1770 e que desde então sol e chuva esmaeciam. De cada lado da porta, um vão semelhante, com a cabeça de uma ninfa na chave da abóbada, guarnecida com vidros tão grandes quanto fora possível achar, ofertava aos olhares as estampas da moda e as últimas novidades da gravura em cores. Via-se, naquele dia, cenas galantes tratadas com uma graça um pouco seca por Boilly, *Aulas de amor conjugal* e *Doces resistências*, que escandalizavam os jacobinos e que os puristas denunciavam na Sociedade das Artes; *O passeio público*, de Debucourt, com um garoto de recados vestindo calças canarinho, estirado em três cadeiras, cavalos do jovem Carle Vernet[1], aeróstatos, *O banho de Virgínia* e figuras feitas à moda da Antiguidade.

Entre os cidadãos cujo fluxo corria diante da loja, eram os mais cobertos de trapos que paravam por mais tempo em frente às duas belas vitrines, prontos a se distraírem, ávidos de imagens e ciosos de tomar, ao menos com os olhos, sua parte dos bens deste mundo; admiravam boquiabertos, enquanto os aristocratas davam uma olhada rápida, franziam o cenho e passavam.

Do mais longe que podia percebê-la, Évariste ergueu seu olhar para uma das janelas que se abriam acima da loja, a da esquerda, onde havia um vaso de cravos vermelhos atrás do balcão de ferro em concha. Aquela janela iluminava o quarto de Élodie, filha de Jean Blaise. O comerciante de estampas morava com sua única filha no primeiro andar da casa.

Évariste, que parara por um instante como que para tomar fôlego em frente ao Amor Pintor, girou a maçaneta. Encontrou a cidadã Élodie que, tendo vendido algumas gravuras, duas composições de Fragonard filho e de Naigeon, cuidadosamente escolhidas entre tantas outras, antes de trancar em sua caixa os assinados que acabava de receber, passava-os um a um entre seus belos olhos e à luz do dia, para examinar as marcas, os riscos e a filigrana, preocupada, pois circulava o mesmo volume de papéis falsos e de verdadeiros, o que prejudicava muito o comércio. Assim como antigamente os que imitavam a assinatura do rei, os falsários da moeda nacional eram punidos com a morte; entretanto, encontravam-se moldes de assinados em todos os porões; os suíços introduziam falsos assinados aos milhões; eram lançados em pacotes nos albergues; os ingleses desembarcavam todos os dias sacolas cheias deles em nossas praias, para desacreditar a República e reduzir os patriotas à miséria. Élodie temia receber nota falsa e temia ainda mais repassá-la e ser tratada como cúmplice de Pitt[2], confiando, contudo, em sua sorte e certa de que conseguiria safar-se em qualquer situação.

Évariste olhou-a com o ar triste que, melhor do que todos os sorrisos, expressa o amor. Ela o olhou com um trejeito um pouco zombeteiro, que lhe levantava os olhos negros, e essa expressão dizia que ela sabia ser amada e que não desgostava de sê-lo e que aqueles modos irritam um enamorado, o levam a queixar-se, o induzem a declarar-se, se ainda não o houvesse feito, o que era o caso de Évariste.

Tendo guardado os asssinados na caixa, puxou de seu cesto de costura uma echarpe branca que começara a bordar e pôs-se a trabalhar. Era trabalhadora e graciosa e, como, por instinto, manejava a agulha tanto para agradar quanto para fazer um enfeite para si mesma, bordava de forma diferente, conforme quem a observasse: bordava displicentemente para aqueles a quem queria comunicar um suave langor; bordava caprichosamente para aqueles que brincava de desesperar um pouco. Pôs-se a bordar com cuidado para Évariste, em quem desejava cultivar um sentimento sério.

Élodie não era nem muito jovem nem muito bonita. Podia-se achá-la feia ao primeiro olhar. Morena, de tez azeitonada, sob o grande lenço branco descuidadamente amarrado na cabeça e de onde escapavam os cachos azulados de sua cabeleira, seus olhos de fogo pintavam as órbitas a carvão. Em seu rosto redondo, de maçãs salientes, risonho, um pouco achatado, agreste e voluptuoso, o pintor reconhecia em um modelo a cabeça do fauno de Borghese, cuja divina malandragem admirava. Um pequeno buço acentuava seus lábios ardentes. Um seio que parecia cheio de carinho erguia o lenço cruzado à moda daquele ano. O talhe flexível, as pernas ágeis, todo o seu corpo robusto moviam-se com graça selvagem e deliciosa. O olhar, o hálito, os tremores de sua carne, tudo nela pedia o coração e prometia amor. Atrás do balcão de vendedora, parecia uma ninfa da dança, uma bacante de Ópera, privada de sua pele de lince, do tirso e das guirlandas de hera, contida, dissimulada por encanto no invólucro modesto de uma dona de casa de Chardin.

– Meu pai não está em casa – disse ao pintor. – Esperai um instante: ele não tardará a voltar.

As mãozinhas morenas faziam a agulha correr pelo tecido de linho fino.

– Achais o desenho a vosso gosto, senhor Gamelin?

Gamelin era incapaz de fingir. E o amor, ao inflamar-lhe a coragem, exaltava sua franqueza.

– Bordas com habilidade, cidadã, mas, se queres que o diga, o desenho traçado não tem simplicidade nem nudez suficientes e ressente-se do gosto afetado que reinou por tempo demais na França na arte de decorar os tecidos, os móveis, os lambris; esses nós, essas guirlandas lembram o estilo pequeno e mesquinho que esteve em voga na época do tirano. Esse gosto está renascendo. Infelizmente, retornamos de longe. Nos tempos do infame Luís XV, a decoração tinha algo de chinês. Faziam-se cômodas barrigudas, com puxadores retorcidos de aspecto ridículo, boas apenas para lançar ao fogo e aquecer os patriotas; só a simplicidade é bela. Deve-se voltar ao antigo. David desenha camas e poltronas, segundo os vasos etruscos e as pinturas de Herculano.

– Vi algumas dessas camas e poltronas – disse Élodie. – São lindas! Logo ninguém mais vai querer outra coisa. Como vós, adoro o antigo.

– Muito bem, cidadã! – retomou Évariste. – Se tivésseis ornado essa echarpe com uma grega, folhas de hera, serpentes ou flechas entrecruzadas, ela teria sido digna de uma espartana... e de vós. É possível, contudo, manter esse modelo simplificando-o, trazendo-o de volta à linha reta.

Ela perguntou-lhe o que se deveria retirar.

Ele debruçou-se sobre a echarpe: sua face roçou os cachos de Élodie. Suas mãos encontravam-se sobre o tecido, seus hálitos mesclavam-se. Évariste experimentava naquele momento uma alegria infinita; mas, sentindo perto de seus lábios os lábios de Élodie, temeu ter ofendido a jovem e retirou-se bruscamente.

A cidadã Blaise amava Évariste Gamelin. Achava-o magnífico com seus grandes olhos ardentes, seu belo rosto oval, sua palidez, seus cabelos negros abundantes, repartidos sobre a testa e caindo em cachos sobre os ombros, seu porte grave, seu ar frio, seu aspecto severo, sua palavra firme, que não adulava. E, como o amava, atribuía-lhe um orgulhoso gênio de artista que explodiria um dia em obras-primas e tornaria seu nome famoso, e amava-o ainda mais por isso. A cidadã Blaise não cultuava o pudor viril, sua moral não seria ofendida se um homem cedesse a suas paixões, a suas inclinações, a seus desejos; ela amava Évariste, que era casto; não o amava porque era casto; mas encontrava no fato de o ser a vantagem de não conceber ciúmes nem suspeitas e não temer rivais.

Nesse instante, todavia, julgou-o um pouco reservado demais. Se a Arícia de Racine, que amava Hipólito[3], admirava a brava virtude do jovem herói, era na esperança de triunfar dela logo teria se queixado de uma severidade de costumes que ele não teria abrandado em seu nome. E, assim que encontrou uma oportunidade, declarou-se mais do que devia, para obrigá-lo a se declarar. A exemplo da suave Arícia, a cidadã Blaise não estava muito longe de crer que, no amor, a mulher é obrigada a dar o primeiro passo. "Os que mais amam", pensava, "são os mais tímidos; precisam de ajuda e de encorajamento. Aliás, tamanha é sua candura, que uma mulher pode percorrer metade do caminho e até mais sem que o percebam, oferecendo-lhes as aparências de um ataque audacioso e a glória da conquista." O que a tranquilizava sobre o resultado da iniciativa é que sabia com certeza (e também não haveria dúvida sobre esse assunto) que Évariste, antes que a Revolução o tivesse tornado herói, amara muito humanamente uma mulher, uma criatura humilde, a zeladora da academia.

Élodie, que não era nada ingênua, concebia diferentes tipos de amor. O sentimento que Évariste lhe inspirava era profundo o bastante para que ela pensasse em dedicar-lhe sua vida. Ela estava disposta a casar-se com ele, mas acreditava que seu pai não aprovaria a união de sua filha única com um artista obscuro e pobre. Gamelin não tinha nada; o comerciante de estampas lidava com grandes quantias de dinheiro. O Amor Pintor rendia muito, a agiotagem mais ainda, e ele se associara a um fornecedor que entregava à cavalaria da República botas de junco e aveia molhada. Por fim, o filho do cuteleiro da Rue Saint-Dominique era uma personalidade insignificante perto do editor de estampas conhecido em toda a Europa, parente dos Blaizot, dos Basan, dos Didot, e que frequentava a casa dos cidadãos Saint-Pierre e Florian. Não era por ser uma filha obediente que considerava o consentimento de seu pai como necessário a seu casamento. O pai, viúvo muito cedo, de humor ávido e leviano, grande sedutor de moças, grande negociante, jamais cuidara dela, deixara-a crescer livre, sem conselhos, sem amizade, preocupado não em vigiar, mas em ignorar a conduta dessa moça, cujos temperamento impetuoso e meios de sedução, bem mais poderosos que um lindo rosto, apreciava como conhecedor. Generosa demais para guardar-se, inteligente demais para perder-se, moderada em suas loucuras, o gosto de amar nunca a fizera esquecer as conveniências sociais. O pai tinha-lhe infinita gratidão por essa prudência; e, como ela herdara dele o senso comercial e o gosto pelos empreendimentos, ele não se preocupava com os motivos misteriosos que afastavam do casamento uma filha tão núbil e a mantinham em casa, onde ela valia por uma governanta e quatro empregados. Aos vinte e sete anos, ela sentia que tinha idade e experiência para fazer sua própria vida e não sentia nenhuma necessidade de pedir conselhos ou seguir a vontade de um pai jovem, fácil e distraído. Mas para que se casasse com Gamelin, seria preciso que o senhor Blaise garantisse um futuro para aquele genro pobre, o interessasse no negócio, lhe assegurasse encomendas, como fazia com vários artistas; enfim, de uma forma ou de outra, lhe desse recursos; e isso, ela julgava impossível que um oferecesse e o outro aceitasse, tão pouca simpatia havia entre os dois homens.

Aquela dificuldade incomodava a suave e sábia Élodie. Ela encarava sem temor a ideia de unir-se a seu amigo em laços secretos e tomar o autor da natureza como única testemunha de sua fidelidade mútua. Sua filosofia não achava condenável uma união que a independência em que vivia tornava possível e à qual o caráter honesto e virtuoso de Évariste daria uma força apaziguadora; mas Gamelin tinha muita dificuldade em manter-se e sustentar sua velha mãe: não parecia haver, em uma existência tão estreita, lugar para um amor, mesmo que reduzido à simplicidade da natureza. Aliás, Évariste ainda não havia declarado seus sentimentos nem comunicado suas intenções. A cidadã Blaise esperava forçá-lo em breve a fazê-lo.

Interrompeu a um só tempo suas meditações e sua agulha.

– Cidadão Évariste, esta echarpe agradará a mim apenas quanto agradar a vós mesmo. Desenhai um modelo para mim, por favor. Enquanto espero, desmancharei como Penélope o que foi feito em sua ausência.

Ele respondeu com entusiasmo sombrio:

– Comprometo-me a isto, cidadã. Desenharei o gládio de Harmodius[4]: uma espada em uma guirlanda.

E, pegando seu lápis, esboçou espadas e flores naquele estilo sóbrio e nu que amava. E, ao mesmo tempo, expunha suas doutrinas.

– Os franceses regenerados – dizia – devem repudiar todos os legados da servidão: o mau gosto, a má forma, o mau desenho. Watteau, Boucher, Fragonard trabalhavam para tiranos e para escravos. Em suas obras, não há nenhum sentimento do estilo correto nem da linha pura; em nenhum lugar se encontram a natureza e a verdade. Máscaras, bonecas, andrajos, macaquices. A posteridade desprezará suas obras frívolas. Dentro de cem anos, todos os quadros de Watteau terão perecido nos sótãos; em 1893, os estudantes de pintura cobrirão as telas de Boucher com seus esboços. David abriu o caminho: ele se aproximou da Antiguidade; mas ainda não tem simplicidade, grandeza e nudez suficientes. Nossos artistas ainda têm muitos segredos a aprender com os frisos de Herculano, os baixos-relevos romanos, os vasos etruscos.

Falou longamente da beleza antiga, depois voltou a Fragonard, que perseguia com um ódio inextinguível:

– Conheceis Fragonard, cidadã?

Élodie fez sinal que sim.

– Conheceis também o homúnculo Greuze, que é suficientemente ridículo com seu casaco escarlate e sua espada. Mas ele parece um sábio da Grécia perto de Fragonard. Encontrei-o, há algum tempo, o miserável velhote, trotando sob as arcadas do Palais-Égalité, empoado, libertino, buliçoso, galhofeiro, hediondo. Ao vê-lo, desejei que, na ausência de Apolo, algum vigoroso amigo das artes o pendurasse em uma árvore e o esfolasse como Mársias[5], como um exemplo eterno para os maus pintores.

Élodie fixou sobre ele seus olhos alegres e voluptuosos:

– Sabeis odiar, senhor Gamelin: deve-se crer que também sabeis a...

– Sois vós, Gamelin? – disse uma voz de tenor, a voz do cidadão Blaise que voltava à loja, com as botas estalando, as chaves tilintando, o casaco esvoaçando e usando um enorme chapéu preto cujos bicos lhe desciam até os ombros.

Élodie, levando consigo seu cesto, subiu para o quarto. O cidadão Blaise perguntou a Gamelin:

– E então, Gamelin! Estais me trazendo algo de novo?

– Talvez – disse o pintor.

E expôs sua ideia:

– Nossos baralhos oferecem um contraste chocante com os costumes atuais. Os nomes de valete e de rei ofendem os ouvidos de um patriota. Concebi e executei o novo baralho revolucionário no qual reis, damas e valetes são substituídos por Liberdades, Igualdades e Fraternidades; os ases, cercados de feixes, chamam-se Leis... Anunciais a Liberdade de paus, a Igualdade de espadas, a Fraternidade de ouros, a Lei de copas... Creio que estas cartas têm um bom desenho; tenho a intenção de mandá-las gravar a buril por Desmahis e registrá-las.

E, tirando de sua pasta algumas figuras terminadas em aquarela, o artista mostrou-as ao comerciante de estampas.

O cidadão Blaise recusou-se a pegá-las e desviou a cabeça.

– Meu filho, levai isso à Convenção, que vos dará as honras da sessão. Mas não espereis arrancar um soldo com vossa nova invenção, que não é nova. Acordastes tarde demais. Vosso baralho revolucionário é o terceiro que me trazem. Vosso camarada Dugourc ofereceu-me, na semana passada, um jogo de piquete com quatro Gênios, quatro Liberdades, quatro Igualdades. Outro me ofereceu um jogo em que havia sábios, bravos, Catão, Rousseau, Aníbal, sabe-se lá o que mais!... E essas cartas tinham em relação às vossas, meu amigo, a vantagem de serem desenhadas grosseiramente e gravadas em madeira cortada a canivete. Como conheceis pouco os homens, para crer que jogadores de baralho usarão cartas desenhadas ao gosto de David e gravadas à maneira de Bartolozzi! E ainda é uma estranha ilusão acreditar que seja preciso fazer tanto esforço para adequar os velhos jogos de cartas às ideias atuais. Por sua livre iniciativa, os bons *sans-culottes* corrigem sua falta de civismo pedindo: "O tirano!" ou simplesmente: "O grande porco!". Eles usam suas cartas imundas e nunca compram outras. O grande consumo de jogos é feito nas espeluncas do Palais-Égalité: aconselho-vos a ir até lá e oferecer aos crupiês e aos jogadores vossas Liberdades, vossas Igualdades, vossas... como dissestes?... vossas Leis de ouros... e voltai para me dizer como fostes recebido!

O cidadão Blaise sentou-se sobre o balcão, deu tapinhas em sua calça cor de nanquim para tirar os restos de tabaco e, olhando Gamelin com suave piedade:

– Permiti-me dar-vos um conselho, cidadão pintor: se quereis ganhar a vida, abandonai vossas cartas patrióticas, abandonai vossos símbolos revolucionários, vossos Hércules, vossas hidras, vossas Fúrias perseguindo o Crime, vossos gênios da Liberdade, e pintai belas mulheres. O ardor dos cidadãos para se regenerar amorna com o tempo e os homens sempre amarão as mulheres. Faça-me mulheres rosadas, com pequenos pés e pequenas mãos.

E ponha em vossa cabeça que ninguém mais está interessado na Revolução e que não se quer mais ouvir falar nisso.
Com isso, Évariste Gamelin irritou-se:
– Como! Não querem mais ouvir falar na Revolução!... Mas a instituição da Liberdade, as vitórias de nossos exércitos, o castigo dos tiranos são eventos que vão espantar a posteridade mais distante! Como é possível não ficarmos comovidos?... Como! A seita do revolucionário Jesus durou quase dezoito séculos e o culto da Liberdade seria abolido após quatro anos apenas de existência!
Mas Jean Blaise, com um ar de superioridade, retrucou:
– Estais sonhando; eu vivo a vida. Acreditai, meu amigo, a Revolução aborrece: está durando demais. Cinco anos de entusiasmo. Cinco anos de abraços, de massacres, de discursos, de *Marselhesa*, de rebates, de aristocratas enforcados, de cabeças carregadas em lanças, de mulheres a cavalo sobre canhões, de árvores da Liberdade enfeitadas com barretes vermelhos, de moças e de velhos de vestidos brancos, puxados em carros enfeitados de flores; de prisões, de guilhotina, de racionamentos, de cartazes, de distintivos, de penachos, de sabres, de carmanholas, é muito tempo! E, além disso, começamos a não entender mais nada. Vimos demais esses grandes cidadãos que só levastes ao Capitólio para depois lançá-los da rocha Tarpeia: Necker, Mirabeau, La Fayette, Bailly, Pétion, Manuel[6] e tantos outros. Quem garante que não estão preparando o mesmo destino para seus novos heróis?... Ninguém sabe mais nada.
– Nomeai-os, cidadão Blaise, nomeai esses heróis que estamos preparando para sacrificar! – disse Gamelin, com um tom que aconselhou prudência ao comerciante de estampas.
– Sou republicano e patriota – replicou, com a mão no coração. – Sou tão republicano quanto vós, cidadão Évariste Gamelin. Não desconfio de vosso civismo e não vos estou acusando de modo nenhum de inconstância. Mas ficai sabendo que meu civismo e minha dedicação à coisa pública são confirmados por numerosos atos. Meus princípios são os seguintes: deposito minha confiança em todo indivíduo capaz de servir à nação. Diante dos homens que a voz pública designa para a honra perigosa do poder legislativo, tais como Marat e Robespierre, eu me inclino; estou pronto a ajudá-los na medida de meus parcos meios e a

auxiliá-los com a humildade de um bom cidadão. Os comitês podem testemunhar meu zelo e minha dedicação. Associado a verdadeiros patriotas, forneci aveia e forragem para nossa brava cavalaria, sapatos para nossos soldados. Hoje mesmo, mandei enviar de Vernon sessenta bois para o exército do Sul, passando por um país infestado de ladrões e percorrido pelos emissários de Pitt e de Condé. Eu não falo; eu faço.

Gamelin guardou tranquilamente as aquarelas em sua pasta, cujos cordões amarrou, e colocou-a debaixo do braço.

– É uma estranha contradição – disse entre os dentes cerrados – ajudar nossos soldados a levar pelo mundo essa Liberdade que em casa é traída, ao semear o descontentamento e a inquietude na alma de seus defensores... Saudações, cidadão Blaise.

Antes de entrar no corredor que ladeia o Oratoire, Gamelin, com o coração cheio de amor e de cólera, voltou-se para dar uma olhada nos cravos vermelhos floridos no peitoral de uma janela.

Não perdia a esperança quanto ao destino da pátria. Às palavras pouco cívicas de Jean Blaise, ele opunha sua fé revolucionária. Mas precisava reconhecer que aquele comerciante não afirmava, sem alguma aparência de razão, que doravante o povo de Paris se desinteressava dos acontecimentos. Infelizmente, estava demasiado seguro de que, ao entusiasmo da primeira hora sucedia a indiferença geral e que não se veriam mais as grandes multidões unânimes de Oitenta e Nove, que não se veriam mais os milhões de almas harmoniosas que se espremiam em Noventa em torno do altar dos confederados. Não fosse por isso, os bons cidadãos dobrariam o zelo e a audácia, despertariam o povo adormecido, dando-lhe a escolha entre a liberdade e a morte.

Assim pensava Gamelin, e a lembrança de Élodie sustentava sua coragem.

Chegando ao cais, viu o sol descer no horizonte sob nuvens pesadas, semelhantes a montanhas de lava incandescente; os telhados da cidade eram banhados por uma luz de ouro; os vidros das janelas lançavam clarões. E Gamelin imaginava Titãs forjando, com os restos ardentes dos velhos mundos, Dikê, a cidade de bronze.

Sem ter um pedaço de pão para sua mãe nem para si, sonhava sentar-se à mesa sem cabeceira que convidaria o universo e da qual participaria toda a humanidade regenerada. Enquanto esperava, convencia-se de que a pátria, como boa mãe, alimentaria seu filho fiel. Resistindo ao desprezo do comerciante de estampas, excitava-se acreditando que sua ideia de um baralho revolucionário era nova e boa e que, com suas aquarelas bem realizadas, tinha uma fortuna debaixo do braço. "Desmahis irá gravá-las", pensava. "Nós mesmos editaremos o novo jogo patriótico e estamos certos de vender dez mil deles, a vinte soldos cada, em um mês."

E, na sua impaciência de realizar esse projeto, dirigiu-se a passos largos em direção ao Quai de la Ferraille, onde morava Desmahis, acima do vidraceiro.

Entrava-se pela loja. A vidraceira avisou Gamelin que o cidadão Desmahis não estava, o que não deveria surpreender muito o pintor, que sabia que o amigo tinha personalidade errante e indisciplinada, e que era de se espantar que fosse possível gravar tanto e tão bem com tão pouca assiduidade. Gamelin resolveu esperá-lo por algum tempo. A mulher do vidraceiro ofereceu-lhe uma cadeira. Ela estava aborrecida e queixava-se dos negócios que iam mal, embora dissessem que a Revolução, ao quebrar janelas, enriquecia os vidraceiros.

A noite caía: desistindo de esperar seu camarada, Gamelin despediu-se da vidraceira. Quando passava pelo Pont-Neuf, viu chegando pelo Quai des Morfondus guardas nacionais a cavalo que afastavam os transeuntes, carregavam tochas e, em um grande tilintar de sabres, escoltavam uma charrete que levava lentamente para a guilhotina um homem cujo nome ninguém sabia, um homem qualquer, o primeiro condenado do novo Tribunal Revolucionário. Podia-se vê-lo confusamente entre os chapéus dos guardas, sentado, com as mãos amarradas nas costas, a cabeça nua e caída, virada para a parte traseira da charrete. O carrasco estava de pé ao seu lado, apoiado às grades da charrete. Os transeuntes, parados, comentavam que era provavelmente algum esfomeador do povo e olhavam com indiferença. Gamelin, que se aproximara, reconheceu Desmahis entre os espectadores, enquanto este se esforçava para passar pela multidão e atravessar o cortejo. Chamou-o e colocou a mão em seu ombro; Desmahis virou a cabeça. Era um jovem belo e vigoroso. Dizia-se outrora, na academia, que tinha a cabeça de Baco no corpo de Hércules. Seus amigos chamavam-no de "Barbaroux"[7] por causa de sua semelhança com esse representante do povo.

– Vem – disse Gamelin –, preciso conversar contigo sobre um negócio importante.

– Deixa-me! – respondeu vivamente Desmahis.

E lançou algumas palavras indistintas, atento ao momento de lançar-se:

– Eu estava seguindo uma mulher divina, de chapéu de palha, uma modista, de cabelos loiros até as costas: essa maldita charrete me separou dela... Passou adiante, já está na outra extremidade da ponte.

Gamelin tentou segurá-lo pelo casaco, jurando que era um assunto importante.

Mas Desmahis já havia passado por entre cavalos, guardas, sabres e tochas e perseguia a donzela modista.

IV

Eram dez horas da manhã. O sol de abril mergulhava em luz as tenras folhas das árvores. Lavado pela tempestade da noite, o ar tinha uma deliciosa suavidade. A longos intervalos, um cavaleiro, passando na Allée des Veuves, rompia o silêncio da solidão. À beira da alameda sombreada, encostado na cabana da *Belle Lilloise*, em um banco de madeira, Évariste esperava por Élodie. Desde o dia em que seus dedos se tinham encontrado no linho fino da echarpe, em que seus hálitos se tinham mesclado, ele não voltara mais ao Amor Pintor. Durante toda uma semana, seu estoicismo orgulhoso e sua timidez, que se tornava cada vez mais intratável, tinham-no mantido distante de Élodie. Escrevera-lhe uma carta grave, sombria, ardente, na qual, expondo as queixas que tinha contra o cidadão Blaise e calando seu amor, dissimulando sua dor, anunciava sua resolução de nunca mais voltar à loja de estampas e, para manter essa resolução, mostrava mais firmeza do que uma amante poderia aprovar.

De natureza contrária, Élodie, inclinada a defender o que era seu em todas as oportunidades, pensou imediatamente em correr atrás do amigo. Pensou primeiro em ir encontrá-lo em sua casa, no ateliê da Place de Thionville. Mas, sabendo que ele tinha personalidade melancólica, julgando, pela carta, que tinha a alma irritada, temendo que envolvesse no mesmo rancor a filha e o pai e se empenhasse em não voltar a vê-la, pensou melhor e convidou-o para um encontro sentimental e romântico ao qual ele não poderia faltar, em que ela estaria à vontade para persuadi-lo e agradá-lo, em que a solidão conspiraria a seu favor para encantá-lo e vencê-lo.

Havia na época, em todos os jardins ingleses e em todos os passeios da moda, choupanas construídas por sábios arquitetos que lisonjeavam o gosto agreste dos citadinos. A cabana da *Belle Lilloise*, ocupada por um limonadeiro, apoiava sua indigência fingida sobre os restos artisticamente imitados de uma velha torre, a fim de unir ao charme camponês a melancolia das ruínas. E, como se não bastassem, para emocionar as almas sensíveis, uma cabana e uma torre desmoronada, o limonadeiro erguera, debaixo de um chorão, um túmulo, uma coluna encimada por uma urna funerária e que trazia a seguinte inscrição: "De Cleonice para seu fiel Azor". Choupanas, ruínas, túmulos: às vésperas de perecer, a aristocracia erguera nos parques hereditários esses símbolos de pobreza, de abolição e de morte. E agora os citadinos patriotas gostavam de beber, dançar, amar em cabanas falsas, à sombra de falsos claustros falsamente em ruínas e em meio a falsos túmulos, pois tanto uns quanto os outros eram amantes da natureza e discípulos de Jean-Jacques e tinham igualmente corações sensíveis e repletos de filosofia.

Tendo chegado ao encontro antes do horário combinado, Évariste esperava e, como no pêndulo de um relógio, media o tempo nos batimentos de seu coração. Uma patrulha passou, levando prisioneiros. Dez minutos depois, uma mulher vestida inteiramente de rosa, com um buquê de flores na mão, segundo o costume, acompanhada de um cavaleiro de tricórcnio, casaco vermelho, paletó e calça listrados, esgueiraram-se para a choupana, ambos tão parecidos com os galantes namorados do Antigo Regime que era preciso crer, como queria o cidadão Blaise, que há nos homens características que as revoluções não mudam.

Alguns instantes depois, vinda de Rueil ou de Saint-Cloud, uma velha, trazendo no braço uma caixa cilíndrica pintada de cores vivas, foi sentar-se no banco em que Gamelin esperava. Colocara à sua frente a caixa, cuja tampa possuía um ponteiro para tirar a sorte. Pois a pobre mulher tirava a sorte, nos jardins, para as criancinhas. Era uma vendedora de "prazeres", vendendo um doce antigo com um nome novo, pois, talvez porque o termo imemorial de "*oublie*"* trouxesse a ideia importuna de obrigação e de dízimo, talvez porque o público tivesse cansado do nome por capricho, as "*oublies*" passaram a chamar-se "*plaisirs*"**.

Com um canto do avental, a velha enxugou o suor da testa e exalou queixas ao céu, acusando Deus de injustiça quando dava uma vida dura às suas criaturas. Seu marido tinha uma taberna, à beira do rio, em Saint-Cloud, e ela subia todos os dias até os Champs-Élysées, agitando o pandeiro e gritando: "Chegaram os *plaisirs*, senhoras!". E apesar de todo esse trabalho o casal não tirava o suficiente para dar sustento à velhice.

Ao perceber que o jovem do banco estava disposto a ter pena dela, expôs com abundância a causa de seus males. Era a República que, ao despojar os ricos, tirava o pão da boca dos pobres. E não havia como esperar que as coisas melhorassem. Ao contrário, ela percebia, por vários sinais, que as coisas só iriam piorar. Em Nanterre, uma mulher dera à luz a uma criança com cabeça de víbora; um raio caíra na igreja de Rueil e derretera a cruz do campanário; viram um lobisomem nos bosques de Chaville. Homens mascarados envenenavam as fontes e jogavam no ar pós que causavam doenças...

Évariste viu Élodie que saltava do carro. Correu até ela. Os olhos da jovem brilhavam na sombra transparente do seu chapéu de palha; seus lábios, tão vermelhos quanto os cravos que trazia na mão, sorriam. Uma echarpe de seda preta, cruzada sobre o peito, atava-se em suas costas. Seu vestido amarelo mostrava os movimentos rápidos dos joelhos e descobria os pés calçados com sapatos sem salto. As ancas estavam quase inteiramente soltas: a Revolução havia liberado a cintura das cidadãs; entretanto, a saia, ainda inflada sob as ancas, disfarçava as formas ao exagerá-las e velava a realidade sob sua imagem ampliada.

Ele quis falar e não conseguiu encontrar palavras, e censurou essa falta de jeito que Élodie preferia à mais doce acolhida. Ela também notara e considerou bom sinal o fato de ele ter amarrado a gravata com mais cuidado que de costume. Estendeu-lhe a mão.

---

* *Oublie* era o nome de um doce popular no Antigo Regime; em português, "barquilho". (N. T.)
** Em português, "prazeres". (N. T.)

– Eu queria vos ver, conversar convosco. Não respondi à sua carta: desgostou-me; não conseguia reconhecer-vos. Teria sido mais amável, se tivesse sido mais natural. Seria desconhecer vosso caráter e vosso espírito se eu acreditasse que não quisésseis mais voltar ao Amor Pintor porque tivestes uma ligeira discussão sobre política com um homem muito mais velho. Tende a certeza de que não deveis temer de forma alguma que meu pai vos receba mal quando voltardes à loja. Vós não o conheceis: não lembra mais o que disse nem o que respondestes. Não afirmo que exista uma grande simpatia entre vós, mas ele não guarda rancor. Digo francamente, não está muito interessado em vós... nem em mim. Só pensa em seus negócios e em seu prazer.

Dirigiu-se aos arvoredos da cabana onde ele a acompanhou com alguma repugnância, porque sabia que eram ponto de encontro de amores venais e carinhos efêmeros. Ela escolheu a mesa mais afastada.

– Quantas coisas tenho para dizer-vos, Évariste! A amizade tem seus direitos: vai permitir-me usá-los? Falarei muito de vós... e um pouco de mim, se quiserdes.

Como o limonadeiro trouxera um jarro e copos, ela mesma serviu, como boa dona de casa; depois contou sobre sua infância, falou da beleza de sua mãe, que gostava de celebrar, por piedade filial e como origem de sua própria beleza; exaltou o vigor de seus avós, pois se orgulhava do seu sangue burguês. Contou como, tendo perdido uma mãe adorável aos dezesseis anos, vivera sem carinho e sem apoio. Pintou a si mesma como era, alerta, sensível, corajosa, e acrescentou:

– Évariste, passei uma juventude melancólica e solitária demais por não saber o valor de um coração como o vosso, e não renunciarei de própria vontade e sem esforços, quero avisar-vos, a uma simpatia com a qual eu acreditava poder contar e que me era cara.

Évariste olhou-a com ternura:

– É possível, Élodie, que eu não vos seja indiferente? Posso crê-lo?...

Parou, com medo de falar demais e abusar de uma amizade tão confiante.

Ela estendeu-lhe uma mãozinha honesta que mal saía das

longas mangas estreitas enfeitadas de renda. Seu seio arfava em longos suspiros.

– Atribui a mim, Évariste, todos os sentimentos que desejais que eu tenha por vós, e não vos enganeis sobre as disposições de meu coração.

– Élodie, Élodie, o que estais dizendo, ainda o repetiria quando souber...

Hesitou.

Ela baixou os olhos.

Ele concluiu, mais baixo:

– ...que vos amo?

Ao ouvir essas últimas palavras, ela enrubesceu: era de prazer. E, enquanto seus olhos expressavam uma terna volúpia, sem querer, um sorriso cômico erguia um canto de seus lábios. Pensava: "E ele acha que foi o primeiro a declarar-se!... E talvez tema desgostar-me!...".

E disse-lhe com candura:

– Não percebestes, meu amigo, que eu vos amava?

Pensavam estar sós no mundo. Em sua exaltação, Évariste ergueu os olhos para o firmamento resplandecente de luz e de azul:

– Vede: o céu olha para nós! Ele é adorável e benevolente como vós, minha bem-amada; tem vosso brilho, vossa doçura, vosso sorriso.

Sentia-se unido a toda a natureza, associava-a à sua alegria, à sua glória. Aos seus olhos, para celebrar aquele noivado, as flores das castanheiras iluminavam-se como candelabros, as tochas gigantescas dos álamos inflamavam-se.

Ele alegrava-se com sua força e sua grandeza. Ela, mais carinhosa e também mais delicada, mais maleável e mais dúctil, atribuía a si mesma as vantagens da fraqueza e, logo depois de tê-lo conquistado, submetia-se a ele; agora que o colocara sob seu domínio, reconhecia nele o mestre, o herói, o deus, ardia por obedecê-lo, admirá-lo e oferecer-se a ele. Sob a sombra do arvoredo, ele deu-lhe um longo beijo ardente sob o qual ela tombou a cabeça e, nos braços de Évariste, sentiu toda a sua carne derreter como cera.

Conversaram ainda por muito tempo sobre si mesmos, esquecidos do universo. Évariste expressava principalmente ideias vagas e puras, que deslumbravam Élodie. Esta dizia coisas suaves, úteis e particulares. Depois, quando julgou que não podia se demorar mais, levantou-se decidida, deu a seu amigo os três cravos vermelhos que floresceram em sua janela e saltou com agilidade no cabriolé que a trouxera. Era um carro de aluguel pintado de amarelo, com rodas muito altas, que certamente nada tinha de estranho, assim como o cocheiro. Mas Gamelin não alugava carros e ninguém de suas relações o fazia. Ao vê-la sobre aquelas grandes rodas rápidas, ele sentiu um aperto no coração e foi assaltado por um doloroso pressentimento: por uma espécie de alucinação totalmente intelectual, parecia-lhe que o cavalo de aluguel levava Élodie para além das coisas atuais e do tempo presente rumo a uma cidade rica e alegre, rumo a casas de luxo e de prazeres onde ele jamais penetraria.

O carro desapareceu. A inquietação de Évariste dissipou-se; mas restava-lhe uma surda angústia e ele sentia que as horas de ternura e de esquecimento que acabava de viver, ele não as reviveria mais.

Passou pelos Champs-Élysées, onde mulheres de vestidos claros costuravam ou bordavam, sentadas em cadeiras de madeira, enquanto seus filhos brincavam debaixo das árvores. Uma vendedora de *plaisirs*, carregando sua caixa em forma de tambor, fê-lo recordar a vendedora de *plaisirs* da Allée des Veuves, e pareceu-lhe que entre os dois encontros havia transcorrido toda uma parte de sua vida. Atravessou a Place de la Révolution[1]. No Jardin des Tuileries, ouviu roncar ao longe o imenso rumor dos grandes dias, as vozes unânimes que os inimigos da Revolução julgavam caladas para sempre. Apressou o passo em meio ao clamor crescente, alcançou a Rue Honoré e encontrou-a repleta de uma multidão de homens e mulheres que gritavam: "Viva a República! Viva a Liberdade!". Os muros dos jardins, as janelas, os balcões, os telhados estavam cheios de espectadores que agitavam chapéus e lenços. Precedido de um soldado que abria caminho para o cortejo, cercado de oficiais municipais, de guardas nacionais, canhoneiros, gendarmes, hussardos, avançava lentamente, acima da cabeça dos cidadãos, um homem de tez amarelada, a fronte enfeitada com uma coroa de carvalho, o corpo envolto em uma velha sobrecasaca verde com gola de arminho. As mulheres

lançavam flores. Ele passeava à sua volta o olhar agudo de seus olhos amarelos, como se, naquela multidão entusiasmada, ainda procurasse inimigos do povo a serem denunciados, traidores a serem castigados. Quando passou por ele, Gamelin, cabeça ao vento, mesclando sua voz a cem mil vozes, gritou:
– Viva Marat!
O vencedor adentrou como o Destino a sala da Convenção. Enquanto a multidão se dispersava lentamente, Gamelin, sentado em um marco da Rue Honoré[2], continha com a mão as batidas de seu coração. O que acabava de ver enchia-o de uma emoção sublime e de um entusiasmo ardente.

Ele venerava, amava Marat que, doente, com as veias em fogo, devorado por úlceras, esgotava o resto de suas forças a serviço da República e, em sua pobre casa, aberta a todos, recebia-o de braços abertos, falava-lhe com zelo do bem público, interrogava-o às vezes sobre os planos dos celerados. Admirava o fato de que os inimigos do justo, ao conspirar sua perda, tivessem preparado sua glória; abençoava o Tribunal Revolucionário que, ao inocentar o Amigo do Povo, devolvera à Convenção seu mais zeloso e mais puro legislador. Seus olhos voltavam a ver o rosto ardendo em febre, cingido com a coroa cívica, esse rosto impregnado de virtuoso orgulho e de amor impiedoso, a face torturada, descomposta, poderosa, a boca crispada, o peito largo, esse agonizante robusto que, do alto do carro vivo de seu triunfo, parecia dizer a seus concidadãos: "Sede, seguindo meu exemplo, patriotas até a morte".

A rua estava deserta, a noite cobria-a com sua sombra; o acendedor de lampiões passava com seu fanal e Gamelin murmurava:
– Até a morte!...

V

Às nove horas da manhã, Évariste encontrou Élodie, que o esperava sentada em um banco, no Jardin du Luxembourg.

Um mês após terem trocado juras de amor, viam-se todos os dias, no Amor Pintor ou no ateliê da Place de Thionville, com muita ternura, e todavia com uma certa reserva que impunha à sua intimidade o caráter de um amante sério e virtuoso, deísta e bom cidadão que, disposto a unir-se à sua amada perante a lei ou perante Deus somente, segundo as circunstâncias, queria fazê-lo apenas clara e publicamente. Élodie reconhecia tudo o que havia de honroso naquela resolução; mas, sem esperanças de um casamento que tudo tornava impossível e recusando-se a enfrentar as conveniências sociais, ela via dentro de si mesma uma relação que o segredo teria tornado decente até que sua duração a tornasse respeitável. Pensava, um dia, vencer os escrúpulos de um amante por demais respeitoso; e, como não queria tardar a fazer-lhe revelações necessárias, pedira-lhe uma hora de conversa no jardim deserto, perto do convento dos Cartuxos.

Olhou-o com ar de ternura e de sinceridade, tomou sua mão, fê-lo sentar-se ao seu lado e falou-lhe com respeito quase religioso:

– Estimo-vos demais para esconder-vos algo, Évariste. Creio que sou digna de vós, mas não o seria se não vos contasse tudo. Ouvi-me e sede meu juiz. Não posso me censurar de nenhuma ação vil, baixa ou apenas interesseira. Fui fraca e crédula... Não percais de vista, meu amigo, as circunstâncias difíceis em que eu me encontrava. Vós as conheceis: eu não tinha mais mãe; meu pai, ainda jovem, pensava apenas em seu divertimento e não cuidava de mim. Eu era sensível; a natureza dera-me um coração amoroso e uma alma generosa; e, embora não me recusasse um julgamento fir me e salutar, na época o sentimento vencia a razão dentro de mim. Infelizmente, venceria ainda hoje se ambos não entrassem em um consenso, Évariste, para dar-me a vós inteiramente e para sempre!

Expressava-se com tranquilidade e firmeza. Suas palavras estavam prontas; havia tempo que resolvera fazer sua confissão, porque era franca, porque lhe agradava imitar Jean-Jacques e porque se dizia racionalmente: "Évariste saberá, algum dia, de segredos dos quais não sou a única depositária; é melhor que uma confissão, cuja liberdade me traz vantagens, o instrua sobre aquilo que algum dia teria sabido, para minha vergonha". Carinhosa como era e diante da natureza, dócil, não se sentia muito culpada e sua confissão era-lhe, portanto, menos penosa; contava, aliás, dizer apenas o necessário.

– Ah! – suspirou. – Por que não chegastes naqueles momentos em que eu estava só, abandonada, querido Évariste?...

Gamelin levara ao pé da letra o pedido de Élodie para que fosse seu juiz. Pronto por natureza e por educação literária para o exercício da justiça doméstica, preparava-se para receber a confissão de Élodie.

Como ela hesitasse, ele fez sinal para que falasse.

Ela disse com muita simplicidade:

– Um jovem que, em meio a más qualidades, tinha outras boas e mostrava apenas estas, encontrou algum atrativo em mim e ocupou-se de mim com uma assiduidade que surpreendia vinda de quem vinha: estava na flor da idade, cheio de graça e relacionava-se com mulheres encantadoras que não escondiam que o adoravam. Não foram sua beleza nem mesmo seu espírito que me interessaram... Ele soube me tocar demonstrando amor por mim e creio que me amava realmente. Foi carinhoso, atencioso. Eu pedia compromissos só a seu coração, e esse coração era incerto... Acuso apenas a mim; estou fazendo minha confissão, não a dele. Não me queixo dele, posto que se tornou um estranho para mim. Ah! Juro-vos, Évariste, ele é para mim como se nunca houvera existido!

Calou-se. Gamelin não respondeu nada. Cruzava os braços; seu olhar estava fixo e sombrio. Pensava ao mesmo tempo em sua amada e em sua irmã Julie. Julie também dera ouvidos a um amante; mas muito diferente, pensava, da infeliz Élodie, fugiu com ele não por erro de um coração sensível, e sim para encontrar, longe dos seus, o luxo e o prazer. Em sua severidade, ele condenara a irmã e estava inclinado a condenar a amante.

Élodie voltou a falar, com uma voz muito suave:

– Eu estava imbuída de filosofia; acreditava que os homens fossem naturalmente honestos. Minha infelicidade foi encontrar um amante que não estava formado na escola da natureza e da moralidade, e que os preconceitos sociais, a ambição, o amor próprio, um falso ponto de honra haviam tornado egoísta e pérfido.

Essas palavras calculadas produziram o efeito esperado. Os olhos de Gamelin se suavizaram. Ele perguntou:

– Quem era seu sedutor? Eu o conheço?
– Não o conheceis.
– Dizei-me seu nome.

Ela previra aquela demanda e estava resolvida a não satisfazê-la. Deu suas razões.

– Poupai-me, por favor. Tanto para vós quanto para mim, já falei demais.

E como ele insistisse:

– No interesse sagrado de nosso amor, não direi mais nada que indique à vossa mente quem era esse... estranho. Não quero oferecer um espectro ao vosso ciúme; não quero colocar uma sombra inoportuna entre vós e mim. Não é agora que esqueci esse homem que vo-lo vou apresentar.

Gamelin instou para que ela revelasse o nome do sedutor: era a palavra que ele empregava obstinadamente, pois não tinha dúvidas de que Élodie tivesse sido seduzida, enganada, tomada não por vontade própria. Nem mesmo concebia que pudesse ter sido diferente e que ela tivesse obedecido ao desejo, ao irresistível desejo, ouvido os conselhos íntimos da carne e do sangue; não concebia que aquela criatura voluptuosa e carinhosa, aquela bela vítima, se tivesse oferecido; era preciso, para contentar seu caráter, que ela tivesse sido tomada a força ou por malícia, violentada, lançada em armadilhas colocadas em seus passos. Fazia-lhe perguntas usando termos moderados, mas precisos, exatos, incômodos. Perguntava-lhe como aquela relação começara, se fora curta ou longa, tranquila ou conturbada e de que forma fora rompida. E voltava sempre para os meios que aquele homem empregara para seduzi-la, como se tivesse usado expedientes estranhos e inéditos. Todas essas perguntas foram feitas em vão. Com uma obstinação doce e suplicante, ela se calava, com a boca cerrada e os olhos cheios de lágrimas.

Todavia, quando Évariste perguntou-lhe onde estava aquele homem agora, ela respondeu:

– Ele deixou o reino.

E consertou rapidamente:

– ... a França.

– Um emigrado! – exclamou Gamelin.

Ela olhou para ele, muda, ao mesmo tempo confortada e entristecida ao vê-lo criar por si mesmo uma verdade conforme às suas paixões políticas, e dar ao seu ciúme, gratuitamente, um tom jacobino.

Na verdade, o amante de Élodie era um pequeno funcionário de um procurador, belíssimo rapaz, querubim namorador, que ela havia adorado e cuja lembrança ainda provocava um calor em seu peito três anos depois. Ele procurava mulheres ricas e maduras: deixou Élodie por uma senhora experiente que recompensou seus méritos. Tendo entrado, após o cancelamento dos escritórios de procuradoria, para a prefeitura de Paris, era agora um dragão *sans-culotte* e o rufião de uma aristocrata.

– Um nobre! Um emigrado! – repetia Gamelin, que ela evitava desenganar, pois nunca desejara que ele soubesse de toda a verdade. – E ele vos abandonou covardemente?

Ela inclinou a cabeça.

Ele apertou-a contra o peito:

– Querida vítima da corrupção monárquica, meu amor a vingará daquele infame. Possa o céu fazer com que eu o encontre! Saberei reconhecê-lo!

Ela virou a cabeça, ao mesmo tempo triste e sorridente, e decepcionada. Gostaria que ele fosse mais conhecedor das coisas do amor, mais natural, mais brutal. Sentia que ele só perdoara com aquela rapidez porque tinha uma imaginação fria e porque a confidência que lhe fizera não despertava nele nenhuma daquelas imagens que torturam os voluptuosos, e que, por fim, ele via naquela sedução apenas um fato moral e social.

Levantaram-se e seguiram pelas verdes alamedas do jardim. Ele dizia que, por ela ter sofrido, estimava-a ainda mais. Élodie não pedia tanto; mas, tal como ele era, ela o amava e admirava o gênio das artes que via brilhar dentro dele.

Ao sair do Luxembourg, encontraram um tumulto na Rue de l'Égalité e em torno do Théâtre de la Nation, o que não deveria sur- preender: havia alguns dias reinava uma grande agitação nas seções mais patriotas; elas denunciavam a facção de Orléans[1] e os cúmplices de Brissot, que conjuravam, dizia-se, a ruína de Paris e o massacre dos republicanos. E o próprio Gamelin assinara, um pouco antes, a petição da Comuna que pedia a exclusão dos Vinte-e-um[2].

Um pouco antes de passar sob a arcada que ligava o teatro à casa vizinha, precisaram atravessar um grupo de cidadãos que usavam carmanhola e ouvia o discurso feito, do alto da galeria, por um jovem militar belo como o *Cupido* de Praxíteles, sob seu capacete de pele de pantera. O encantador soldado acusava o Amigo do Povo de indolência. Dizia:

– Tu dormes, Marat, enquanto os federalistas forjam nossos ferros!

Mal Élodie virara seus olhos para vê-lo.

– Venha, Évariste! – disse vivamente.

A multidão assustava-a, disse, e temia desmaiar no burburinho. Separaram-se na Place de la Nation, jurando amor eterno.

Naquela manhã, bem cedo, o cidadão Brotteaux presenteara a cidadã Gamelin com um magnífico capão. Teria sido imprudente de sua parte revelar como o obtivera: conseguira-o com uma senhora da Halle para a qual, de vez em quando, fazia as vezes de secretário, e sabia-se que as senhoras da Halle nutriam sentimentos monarquistas e se correspondiam com os emigrados. A cidadã Gamelin recebera o capão com um coração agradecido. Não se encontravam, na época, peças como aquela: os víveres encareciam. O povo temia a fome; os aristocratas, dizia-se, desejavam-na, os intermediários preparavam-na.

O cidadão Brotteaux, convidado a comer sua parte do capão no almoço, compareceu e felicitou sua anfitriã pelo suave cheiro de cozinha que se respirava em sua casa. E, realmente, o ateliê do pintor cheirava a caldo gordo.

– Sois muito bom – respondeu a boa senhora. – Para preparar o estômago para receber vosso capão, fiz uma sopa de ervas com um pedaço de toucinho e um osso grande de boi. Nada perfuma melhor um caldo que um osso com tutano.

– Essa máxima é louvável, cidadã – respondeu o velho Brotteaux. – E agireis bem se voltardes a colocar este precioso osso na panela amanhã, depois de amanhã e durante o resto da semana, pois ele não deixará de perfumá-la. A sibila de Panzoust procedia da seguinte forma: fazia uma sopa de repolhos verdes com um toucinho amarelo e um velho *savorados*. Assim é chamado em sua terra, que também é a minha, o osso da medula tão saboroso e suculento.

– Essa senhora da qual falais – disse a cidadã Gamelin – não seria um pouco parcimoniosa demais por fazer com que fosse servido por tanto tempo o mesmo osso?

– Levava uma vida sem recursos – respondeu Brotteaux. – Era pobre, embora profetisa.

Nesse momento, Évariste Gamelin entrou, todo comovido com as revelações que acabava de ouvir e prometendo a si mesmo conhecer o sedutor de Élodie, para vingar nele ao mesmo tempo a República e seu amor.

Após os cumprimentos de praxe, o cidadão Brotteaux retomou o fio de seu discurso:

– É raro que aqueles que têm a profissão de prever o futuro enriqueçam. Percebem-se muito rapidamente suas enganações. Sua impostura os torna odiosos. Mas dever-se-ia detestá-los mais ainda se de fato anunciassem o porvir. Pois a vida de um homem seria intolerável se soubesse o que iria lhe acontecer. Descobriria os males futuros, pelos quais sofreria antecipadamente, e não gozaria mais dos bens presentes, cujo fim veria. A ignorância é a condição necessária da felicidade dos homens e deve-se reconhecer que, no mais das vezes, eles a preenchem muito bem. De nós ignoramos quase tudo; sobre os outros, ignoramos tudo. A ignorância faz nossa tranquilidade; a mentira, nossa felicidade.

A cidadã Gamelin colocou a sopa sobre a mesa, rezou o *Benedicite*, pediu que o filho e o hóspede sentassem e começou a comer de pé, recusando o lugar que o cidadão Brotteaux oferecia a seu lado, pois, como dizia, ela conhecia as exigências da boa educação.

VI

Dez horas da manhã. Nem um sopro de ar. Era o mês de julho mais quente que se tinha visto. Na estreita Rue de Jérusalem, uma centena de cidadãos da seção fazia fila na porta do padeiro, vigiados por quatro guardas nacionais que, armas descansadas, fumavam seus cachimbos.

A Convenção Nacional decretara o *maximum*[1]: imediatamente desapareceram grãos e farinha. Como os israelitas no deserto, os parisienses levantavam antes do nascer do sol, se quisessem comer. Todas aquelas pessoas, apertadas umas contra às outras, homens, mulheres, crianças, sob um céu de chumbo derretido, que esquentava a podridão das sarjetas e intensificava os odores de suor e de sujeira, empurravam-se, interpelavam-se, olhavam-se com todos os sentimentos que os seres humanos podiam experimentar uns pelos outros – antipatia, nojo, interesse, desejo, indiferença. Haviam entendido, graças a uma experiência dolorosa, que não havia pão para todos: assim aqueles que chegavam por último tentavam se esgueirar para a frente; os que perdiam terreno queixavam-se e irritavam-se e apelavam em vão para seu direito desprezado. As mulheres davam, raivosas, cotoveladas e golpes com as ancas para conservar seu lugar ou conseguir outro melhor. Quando o aperto se tornava sufocante, os gritos elevavam-se: "Não empurra!". E todos protestavam, diziam que estavam sendo empurrados.

Para evitar essas desordens cotidianas, os comissários delegados pela seção tinham imaginado amarrar uma corda na porta do padeiro, que cada um segurava em seu lugar na fila; mas as mãos muito próximas encontravam-se na corda e entravam em luta. Aquele que a largasse não conseguia mais retomá-la. Os descontentes ou os jocosos cortavam-na e era preciso renunciar a ela.

Naquela fila, as pessoas sufocavam, pensavam que iam morrer, faziam zombarias e propostas licenciosas, insultavam os aristocratas e os federalistas, autores de todo o mal. Quando um cachorro passava, os zombeteiros chamavam-no de Pitt. Por vezes ressoava uma grande bofetada, aplicada pela mão de uma cidadã na face de um insolente, enquanto, amassada por seu vizinho, uma criadinha, com os olhos semicerrados e a boca entreaberta, suspirava molemente. A qualquer palavra, qualquer gesto, qualquer atitude própria a despertar o humor malicioso dos amáveis franceses, um grupo de jovens libertinos cantava o *Ça ira*, apesar dos protestos de um velho jacobino, indignado que se comprometesse em equívocos desagradáveis um refrão que expressava a fé republicana em um futuro de justiça e de felicidade.

Com a escada debaixo do braço, um rapaz foi pregar num muro na frente da padaria, um cartaz com um aviso da Comuna racionando a carne do açougue. Transeuntes paravam para ler a folha ainda viscosa. Uma vendedora de repolhos, que caminhava com o cesto nas costas, pôs-se a dizer com seu vozeirão rasgado:

– Os belos bois se foram! Vamos catar os miúdos.

Repentinamente, tamanho sopro de fedor ardente subiu de um esgoto que muitos foram tomados por enjoos; uma mulher passou mal e foi entregue desmaiada a dois guardas nacionais que a levaram a poucos passos dali, para junto de uma bomba d'água. Todos tapavam o nariz; um rumor subia; trocavam-se palavras, cheias de angústia e de pavor. Os cidadãos se perguntavam se fora algum animal que enterraram lá, ou então um veneno lançado por maldade, ou antes um massacrado de setembro[2], nobre ou padre, esquecido em algum porão da vizinhança.

– Alguns foram colocados nos porões?

– Colocaram corpos por todo lugar!

– Deve ter sido um daqueles do Châtelet. No dia 2, vi trezentos amontoados no Pont au Change.

Os parisienses temiam a vingança desses que, mortos, os envenenariam.

Évariste Gamelin entrou na fila: queria evitar à sua mãe o cansaço de uma longa espera. Seu vizinho, o cidadão Brotteaux, acompanhava-o, calmo, sorridente, com seu volume de Lucrécio no bolso esgarçado da sobrecasaca cor de pulga.

O bom velhote descreveu aquela cena como um quadro de gênero digno do pincel de um Téniers moderno.

– Esses moços de recados e essas comadres são mais interessantes que os gregos e os romanos, tão caros hoje a nossos pintores. Sempre gostei do estilo flamengo.

O que não dizia, por sabedoria e bom gosto, era que tinha possuído uma galeria de quadros holandeses igualada apenas pelo gabinete do senhor de Choiseul quanto ao número e à escolha das pinturas.

– Só há beleza na Antiguidade – respondeu o pintor –, e no que nela foi inspirado. Mas concordo que os quadros de gênero de Téniers, de Steen ou de Ostade valem mais que as fanfreluches de Watteau, de Boucher ou de Van Loo[3]: neles, a humanidade é enfeiada, mas não aviltada como por um Baudouin ou um Fragonard.

Um jornaleiro passou, gritando:

– O *Boletim do Tribunal Revolucionário*!... a lista dos condenados!

– Não basta somente um Tribunal Revolucionário – disse Gamelin. – É preciso ter um em cada cidade... Não, em cada comuna, em cada distrito. É preciso que todos os pais de família, que todos os cidadãos se tornem juízes. Quando a nação se encontra sob os canhões do inimigo e sob o punhal dos traidores, a indulgência é parricida. Como! Lyon, Marseille, Bordeaux insurretas, a Córsega revoltada, a Vendeia em fogo, Mayence e Valenciennes caindo em poder da coalizão, a traição nos campos, nas cidades, nos acampamentos militares, a traição sentada nos bancos da Convenção Nacional, a traição sentada, com um mapa nas mãos, nos conselhos de guerra de nossos generais!... Que a guilhotina salve a pátria!

– Não tenho nenhuma objeção essencial contra a guilhotina – respondeu o velho Brotteaux. – A natureza, minha única amante e única mestra, absolutamente não me alerta, com efeito, que a vida de um homem tenha algum valor; ensina, ao contrário, de formas diversas, que não tem nenhum. A única finalidade dos seres parece ser tornar-se alimento de outros seres destinados ao mesmo fim. O assassinato é natural de direito: por conseguinte, a pena de morte é legítima, com a condição de não exercê-la por virtude ou por justiça, mas por necessidade ou para tirar dela algum proveito. Entretanto, devo ter instintos perversos, pois tenho repugnância de ver sangue correr e trata-se de uma depravação que toda a minha filosofia ainda não conseguiu corrigir.

– Os republicanos são humanos e sensíveis – continuou Évariste. – Apenas os déspotas defendem que a pena de morte seja um atributo necessário da autoridade. O povo soberano a abolirá algum dia. Robespierre combateu-a e com ele todos os patriotas; a lei que a suprime deveria ser promulgada o mais breve possível. Mas ela só deverá ser aplicada quando o último inimigo da República tiver perecido sob a espada da lei.

Gamelin e Brotteaux tinham agora atrás de si os retardatários, entre os quais várias mulheres da seção; entre elas, uma bela e grande tricoteira*, de lenço na cabeça e tamancos, carregando um sabre atravessado, uma linda moça loira, despenteada, cujo lenço estava muito amassado, e uma jovem mãe que, magra e pálida, dava o seio a um menino franzino.

A criança, que não encontrava mais leite, gritava, mas seus gritos eram fracos e os soluços o sufocavam. Terrivelmente pequeno, com a tez branca e apagada, olhos inflamados, sua mãe contemplava-o com dolorosa solicitude.

– Ele é muito pequeno – disse Gamelin voltando-se para o infeliz bebê, que gemia em suas costas, sob o aperto sufocante dos últimos a chegar.

– Tem seis meses, pobre querido!... Seu pai está no exército: foi daqueles que empurraram os austríacos para Condé. Chama-se Dumonteil (Michel), vendedor de tecido por profissão. Alistou-se em um teatro que foi erguido na frente da Prefeitura. Meu pobre amor queria defender a pátria e conhecer outros lugares... Escreveu-me pedindo paciência. Mas como querem que eu alimente Paul... (ele se chama Paul)... quando não consigo alimentar a mim mesma?

---

* Tricoteira era o nome que se dava, durante a Revolução Francesa, às mulheres que assistiam às sessões da Convenção, das assembleias populares e do Tribunal Revolucionário, fazendo tricô. (N. T.)

– Ah! – exclamou a jovem loira. – Ainda vamos esperar pelo menos uma hora e será preciso, esta noite, recomeçar a mesma cerimônia na porta da mercearia. Corremos risco de morte para conseguir três ovos e um quarto de manteiga.

– Faz três meses que não vejo manteiga! – suspirou a cidadã Dumonteil.

E o coro das mulheres lamentou-se da raridade e do alto preço dos víveres, maldisse os emigrados e destinou à guilhotina os comissários das seções que davam às mulheres libertinas, a preço de favores vergonhosos, galinhas e pães de dois quilos. Semearam-se histórias alarmantes de bois afogados no rio Sena, de sacos de farinha esvaziados nos esgotos, de pães lançados nas latrinas... Era culpa dos esfomeadores monarquistas, partidários de Roland, de Brissot, que desejavam o extermínio do povo de Paris.

De repente, a linda moça loira, de lenço amassado, gritou como se tivesse fogo na saia, que ela sacudia violentamente, proclamando que haviam roubado sua bolsa.

Ao saber do roubo, uma grande indignação sublevou aquele povo miúdo, que pilhara os casarões do Faubourg Saint-Germain e invadira as Tuileries sem levar nada, artesãos e dona de casa que teriam queimado de bom grado o Château de Versailles, mas que se sentiriam desonrados se tivessem roubado um alfinete. Os jovens libertinos arriscaram algumas brincadeiras maldosas sobre o infortúnio da bela moça, logo abafadas pelo rumor público. Já se falava em enforcar o ladrão no primeiro poste. Iniciava-se uma investigação tumultuosa e parcial. A grande tricoteira, apontando para um velhote suspeito de ser um monge sem batina, jurava que o culpado era o "capuchinho". A multidão, logo convencida, lançou gritos de morte.

O velhote tão vivamente denunciado à vindita pública estava muito modestamente na frente do cidadão Brotteaux. Tinha toda a aparência, de fato, de ser um antigo religioso. Seu aspecto era bastante venerável, embora alterado pela aflição que as violências da multidão e a recordação ainda viva das jornadas de setembro causavam ao pobre homem. O temor que seu rosto retratava tornava-o suspeito ao populacho, que prefere acreditar que somente os culpados têm medo de seus julgamentos, como se a precipitação desconsiderada com a qual os realiza não devesse apavorar até os mais inocentes.

Brotteaux dera-se como lei nunca contrariar o sentimento popular, sobretudo quando se mostrava absurdo e feroz, "porque então a voz do povo era a voz de Deus", dizia. Mas Brotteaux era inconsequente: declarou que aquele homem, fosse ele capuchinho ou não, não podia ter roubado a cidadã, de quem não se aproximara em momento algum.

A multidão concluiu que aquele que defendia o ladrão era seu cúmplice e falava-se agora de tratar com rigor os dois malfeitores e, quando Gamelin assegurou a inocência de Brotteaux, os mais razoáveis falaram em mandá-lo com os outros dois à seção.

Mas a linda moça exclamou de súbito, alegremente, que encontrara sua bolsa. Imediatamente foi coberta de vaias e ameaçada de ser espancada em públçico, como uma freira.

– Senhor – disse o religioso a Brotteaux –, agradeço-vos por ter tomado minha defesa. Meu nome tem pouca importância, mas vou dizê-lo, eu vos devo isso: chamo-me Louis de Longuemare. Com efeito, sou um monge; não um capuchinho, como disseram essas mulheres. É bem diferente: sou clérigo regular da ordem dos Barnabitas, que deu doutores e santos em grande quantidade à Igreja. Não é o bastante fazer remontar sua origem a São Carlos Borromeu: deve-se considerar seu verdadeiro fundador o apóstolo Paulo, cujo monograma a ordem carrega em seu brasão. Tive de deixar meu convento que se tornou sede da seção do Pont-Neuf e usar um hábito secular.

– Padre – disse Brotteaux, examinando os trapos que vestiam o senhor de Longuemare –, vosso hábito é mostra suficiente de que não renegastes vosso estado: ao vê-lo, as pessoas acreditariam que reformastes a ordem mais do que a abandonastes. E expusestes-vos benevolamente, sob sua aparência austera, às injúrias de um populacho ímpio.

– Eu não poderia, no entanto, usar um casaco azul, como um dançarino! – respondeu o religioso.

– Padre, o que estou dizendo de vossa roupa é para honrar vosso caráter e alertar-vos sobre os perigos que correis.

– Senhor, seria mais conveniente, ao contrário, incentivar-me a confessar minha fé. Pois tenho demasiada inclinação a temer o perigo. Deixei meu hábito, senhor, o que é uma forma de apostasia; quisera ao menos não deixar a casa onde Deus outorgou-me por tantos anos a graça de uma vida mansa e oculta. Consegui o direito de permanecer lá; e lá mantive minha cela, enquanto transformavam a igreja e o claustro em uma espécie de pequeno órgão público que chamaram de seção. Vi, senhor, vi martelarem os emblemas da santa verdade; vi o nome do apóstolo Paulo substituído por um boné de presidiário. Por vezes até assisti aos conciliábulos da seção, e ouvi expressarem equívocos espantosos. Por fim, abandonei aquela casa profanada e fui viver com a pensão de cem pistolas[4] que a Assembleia me outorgou, em um estábulo cujos cavalos foram requisitados para o serviço do exército. Lá digo a missa para alguns fiéis, que vão atestar a eternidade da Igreja de Jesus Cristo.

– Quanto a mim, padre – respondeu o outro –, se quiserdes sabê-lo, meu nome é Brotteaux e fui outrora publicano.

– Senhor – replicou o padre Longuemare –, eu sabia, pelo exemplo de São Mateus, que se pode esperar uma boa palavra de um publicano.

– Padre, sois demasiado íntegro.

– Cidadão Brotteaux – disse Gamelin –, admirai esse povo bom, mais faminto de justiça que de pão: todos aqui estavam prontos a abandonar seu lugar para castigar o ladrão. Esses homens, essas mulheres tão pobres, submetidos a tantas privações, são de uma probidade severa e não podem tolerar um ato desonesto.

– É necessário convir – respondeu Brotteaux – que, em seu grande desejo de prender o ladrão, essas pessoas teriam prejudicado este bom religioso, seu defensor e o defensor de seu defensor. Sua própria avareza e o amor egoísta que dedicam aos seus bens os levavam a isso: o ladrão, atacando um deles, ameaçava a todos; eles se preservavam ao castigá-lo... Aliás, é provável que a maioria desses trabalhadores e dessas mães de família sejam probos e respeitosos dos bens dos outros. Esses sentimentos lhes foram inculcados desde a infância por seus pais e mães, que lhes deram palmadas suficientes e fizeram as virtudes entrar por seus traseiros.

Gamelin não escondeu do velho Brotteaux que tal linguagem não lhe parecia digna de um filósofo.

– A virtude – disse ele – é natural no homem: Deus depositou seu germe no coração dos mortais.

O velho Brotteaux era ateu e tirava de seu ateísmo uma fonte abundante de deleite.

– Vejo, cidadão Gamelin, que, embora revolucionário no que tange à terra, sois conservador e até mesmo reacionário, no que tange ao céu. Robespierre e Marat o são tanto quanto vós. E acho singular que os franceses, que não toleram mais um rei mortal, se obstinem a manter um imortal, muito mais tirânico e feroz. Pois o que é a Bastilha e até mesmo a câmara ardente, perto do inferno? A humanidade copia seus deuses segundo seus tiranos, e vós, que rejeitais o original, mantendes a cópia!

– Oh! Cidadão! – exclamou Gamelin. – Não tendes vergonha de usar essa linguagem? E conseguis confundir as sombrias divindades concebidas pela ignorância e pelo medo com o Autor da natureza? A crença em um Deus bom é necessária à moral. O Ser Supremo é a fonte de todas as virtudes, e ninguém é republicano se não acreditar em Deus. Robespierre sabia disso muito bem quando retirou da sala dos jacobinos o busto do filósofo Helvétius, culpado de ter induzido os franceses à servidão, ao ensinar-lhes o ateísmo... Espero, pelo menos, cidadão Brotteaux, que, quando a República tiver instituído o culto à Razão, não ireis recusar a adesão a uma religião tão sábia.

– Tenho amor pela razão, e não fanatismo por ela – respondeu Brotteaux. – A razão nos guia e nos ilumina; quando a transformardes em divindade, ela vos cegará e vos convencerá a perpetrar crimes.

E Brotteaux continuou a argumentar, com os pés na sarjeta, assim como fazia outrora em uma daquelas poltronas douradas do barão de Holbach[5], que, segundo sua expressão, serviam de fundamento para a filosofia natural:

– Jean-Jacques Rousseau – disse –, que mostrou alguns talentos, principalmente em música, era um joão-ninguém que pretendia tirar sua moral da natureza e que na verdade, a tirava dos princípios de Calvino. A natureza nos ensina a nos devorarmos uns aos outros e nos dá o exemplo de todos os crimes e de todos os vícios que o estado social corrige ou dissimula. Deve-se amar a virtude; mas é bom saber que se trata de um simples expediente imaginado pelos homens para viverem juntos comodamente. O que chamamos de moral não passa de uma iniciativa desesperada de nossos semelhantes contra a ordem universal, que é a luta, a carnificina e o jogo cego das forças contrárias. Ela destrói a si mesma e, quanto mais penso nisso, mais me convenço de que o universo está enraivecido. Os teólogos e os filósofos, que fazem de Deus o autor da natureza e o arquiteto do universo, fazem-no parecer, para nós, absurdo e mau. Dizem que Ele é bom, porque O temem, mas devem convir que Ele age de forma atroz. Atribuem a Ele uma maldade rara, até mesmo no homem. E é assim que O tornam adorável na terra. Pois nossa raça miserável não dedicaria um culto a deuses justos e bons, dos quais nada tivesse a temer; não guardaria de suas dádivas um inútil reconhecimento. Sem o purgatório e o inferno, o bom Deus não passaria de um pobre coitado.

– Senhor – disse o padre Longuemare –, não faleis da natureza: não sabeis o que ela é.

– Por Deus, sei tão bem quanto vós, padre!

– Não podeis sabê-lo, posto que não tendes religião e apenas a religião nos ensina o que é a natureza, no que é boa e como foi depravada. De resto, não espereis que eu vos responda: Deus não me deu, para refutar vossos erros, nem o calor da linguagem nem a força do espírito. Temeria oferecer-vos, em virtude da minha insuficiência, apenas oportunidades para a blasfêmia e motivos para endurecimento e, embora sinta um grande desejo de servir-vos, receberia apenas como fruto de minha indiscreta caridade...

O discurso foi interrompido por um imenso clamor que, partindo do início da coluna, avisou a fila inteira dos famintos que a padaria estava abrindo suas portas. Começaram a avançar, mas com uma extrema lentidão. Um guarda nacional de serviço fazia os compradores entrarem um a um. O padeiro, sua mulher e o ajudante eram assistidos durante a venda por dois comissários civis que, usando uma fita tricolor no braço esquerdo, garantiam que o consumidor pertencia àquela seção e que lhe fosse entregue apenas a parte proporcional às bocas que tinha para alimentar.

O cidadão Brotteaux fazia da busca do prazer o fim único de sua vida: estimava que a razão e os sentidos, únicos juízes na ausência dos deuses, não podiam conceber outro. Ora, encontrando nas palavras do pintor um pouco de fanatismo demais e nas do religioso um pouco de simplicidade demais para tirar delas algum prazer, esse homem sábio, a fim de conformar sua conduta à sua doutrina, na presente conjuntura, e encantar a espera ainda longa, tirou do bolso esgarçado de sua sobrecasaca cor de pulga seu volume de Lucrécio, que continuava sendo seu mais caro deleite e seu verdadeiro contentamento. A capa de couro vermelho estava gasta pelo uso e o cidadão Brotteaux raspara prudentemente seus brasões, as três ilhotas de ouro compradas com belas moedas sonantes por seu pai rendeiro. Abriu o livro no ponto em que o poeta filósofo, que quer curar os homens dos distúrbios vãos do amor, surpreende uma mulher entre os braços de suas criadas em um estado que ofenderia todos os sentidos de um amante. O cidadão Brotteaux leu esses versos, não sem lançar os olhos para a nuca dourada de sua linda vizinha nem sem respirar com volúpia a pele úmida daquela pequena criada suja. O poeta Lucrécio tinha uma única sabedoria; seu discípulo Brotteaux tinha várias.

Ele lia, dando dois passos a cada quinze minutos. A seus ouvidos, alegrados pelas cadências graves e numerosas da musa latina, jorrava em vão a gritaria das comadres sobre o aumento do preço do pão, do açúcar, do café, da vela e do sabão. Foi assim que atingiu com serenidade a entrada da padaria. Atrás dele, Évariste Gamelin via por cima de sua cabeça a espiga dourada sobre a grade de ferro que fechava a cornija.

Ao chegar sua vez, entrou na loja: os cestos, os armários estavam vazios; o padeiro entregou-lhe o único pão que restou e que não chegava a pesar duas libras. Évariste pagou, e fechou-se a grade logo atrás dele, por medo que o povo em tumulto invadisse a padaria. Mas não era preciso temer: aquela pobre gente, instruída à obediência por seus antigos opressores e seus atuais salvadores, partiu, de cabeça baixa e arrastando os passos.

Gamelin, quando chegou à esquina, viu a cidadã Dumonteil, com seu bebê nos braços, sentada em um banco. Estava sem movimentos, sem cor, sem lágrimas, sem olhar. A criança sugava seu dedo avidamente. Gamelin parou um instante à sua frente, tímido, incerto. Ela parecia não vê-lo.

Ele balbuciou algumas palavras, depois tirou a faca do bolso, um canivete de cabo de chifre, cortou seu pão ao meio e colocou metade no colo da jovem mãe, que olhou, espantada; mas ele já virara a esquina.

Já em casa, Évariste encontrou a mãe sentada à janela, remendando suas meias. Entregou-lhe alegremente o resto de pão.

– Perdoai-me, minha boa mãe: cansado de ficar tanto tempo sobre minhas pernas, esgotado de calor, na rua, ao voltar para casa, bocado por bocado, acabei comendo a metade de nossa ração. Resta apenas vossa parte.

E fingiu sacudir as migalhas de seu casaco.

VII

Usando de um modo muito antigo de dizer, a cidadã viúva Gamelin anunciara: "De tanto comer castanhas, viraremos castanhas". Nesse dia, 13 de julho, ela e o filho almoçaram, ao meio-dia, um ensopado de castanhas. Quando terminaram aquela austera refeição, uma senhora empurrou a porta e repentinamente encheu o ateliê com seu brilho e seus perfumes. Évariste reconheceu a cidadã Rochemaure. Acreditando que ela tivesse errado a porta e procurasse o cidadão Brotteaux, seu amigo de outrora, já pensava indicar-lhe seu sótão ou chamar Brotteaux, para poupar que uma mulher elegante subisse uma escada de mão; mas pareceu à primeira vista que era o cidadão Évariste Gamelin que ela queria encontrar, pois declarou-se feliz em vê-lo e em dizer-se sua criada.

Não eram completamente desconhecidos um do outro: encontraram-se diversas vezes no ateliê de David, em uma tribuna da assembleia, nos Jacobinos, no restaurante Vénua: ela o notara por sua beleza, sua juventude, seu aspecto interessante.

Usando um chapéu enfeitado com fitas em excesso e empenachado como o chapéu de um representante em missão, a cidadã Rochemaure estava de peruca, maquiada, mosquiada, almiscarada, com as carnes ainda frescas sob tanto preparo: esses artifícios violentos da moda traíam a pressa de viver e a febre desses dias terríveis de amanhãs incertos. Sua blusa com grandes lapelas e abas, reluzente com enormes botões de aço, era vermelho sangue, e não se podia distinguir, de tal forma se mostrava ao mesmo tempo aristocrata e revolucionária, se estava usando as cores das vítimas ou do carrasco. Um jovem militar, um dragão, acompanhava-a.

Com uma longa bengala de nácar na mão, mulher alta, bela, ampla, com colo generoso, ela deu a volta no ateliê e, aproximando dos olhos cinzentos seu lornhão de ouro de duas hastes, examinou as telas do pintor, sorridente, exclamativa, levada à admiração pela beleza do artista, e lisonjeando para ser lisonjeada.

– O que é este quadro tão nobre e tão tocante de uma mulher doce e bela junto a um jovem doente?

Gamelin respondeu que era preciso reconhecer nesse quadro *Orestes velado por Electra sua irmã* e que, se pudesse tê-lo terminado, teria sido talvez sua melhor obra.

– Esse tema – acrescentou – foi tirado do *Orestes* de Eurípedes. Eu havia lido, em uma tradução já antiga dessa tragédia, uma cena que provocara minha admiração: a cena em que a jovem Electra, erguendo o irmão em seu leito de dor, enxuga a espuma que suja sua boca, afasta de seus olhos os cabelos que o cegam e roga ao irmão querido que escute o que ela vai dizer no silêncio das Fúrias... Ao ler e reler essa tradução, sentia uma espécie de névoa ocultando de mim as formas gregas, que eu não conseguia dissipar. Imaginava o texto original mais nervoso e com outro tom. Sentindo um grande desejo de ter uma ideia exata, fui pedir ao senhor Gail, na época professor do Collège de France (foi em 91), que me explicasse a cena palavra por palavra. Explicou-me conforme eu pedia e percebi que os antigos são muito mais simples e mais familiares do que se imagina. Assim, Electra diz a Orestes: "Querido irmão, como teu sono me alegrou! Queres que te ajude a erguer-te?". E Orestes responde: "Sim, ajuda-me, ergue-me, e enxuga estes restos de espuma seca em torno de minha boca e de meus olhos. Põe teu peito contra o meu e afasta de meu rosto minha cabeleira despenteada, pois ela esconde meus olhos...". Pleno dessa poesia tão jovem e tão viva, dessas expressões ingênuas e fortes, esbocei este quadro que aqui vedes, cidadã.

O pintor que, normalmente, falava de maneira tão discreta de suas obras, não parava de falar sobre essa. Incentivado por um sinal da cidadã Rochemaure que aproximara seu lornhão, ele prosseguiu:

– Hennequin tratou como um mestre a ira de Orestes. Mas Orestes nos emociona mais ainda em sua tristeza do que em seus furores. Que destino foi o dele! Por piedade filial, por obediência a ordens sagradas, ele cometeu o crime do qual os deuses o absolveriam, mas que os homens jamais perdoarão. Para vingar a justiça ultrajada, renegou a natureza, tornou-se desumano, arrancou suas entranhas. Permanece altivo sob o peso de seu terrível e virtuoso feito... Foi isso o que eu quis mostrar neste grupo do irmão e da irmã.

Aproximou-se da tela e olhou-a com satisfação.

– Algumas partes estão mais ou menos terminadas – disse ele.
– A cabeça e o braço direito de Orestes, por exemplo.

– É um fragmento admirável... E Orestes parece-se convosco, cidadão Gamelin.

– Pensais assim? – disse o pintor com um sorriso sério.

Ela sentou-se na cadeira que Gamelin lhe oferecia. O jovem dragão manteve-se de pé a seu lado, com a mão no espaldar da cadeira em que ela se sentara. Nisso percebia-se que a Revolução se tinha concretizado, pois, sob o Antigo Regime, um homem jamais teria, em público, tocado um único dedo no assento onde se encontrasse uma dama, instruído pela educação dos limites, às vezes bastante rudes, da polidez, estimando, aliás, que a circunspeção mantida em sociedade atribui um preço singular ao abandono secreto e que, para perder o respeito, era preciso tê-lo.

Louise Masché de Rochemaure, filha de um tenente de caça do rei, viúva de um procurador e, por vinte anos, fiel amiga do financista Brotteaux des Ilettes, aderira aos novos princípios. Foi vista, em julho de 1790, arando a terra do Champ de Mars. Sua decidida inclinação pelos poderes a levara facilmente dos moderados aos girondinos e destes aos montanheses, enquanto um espírito de conciliação, um ardor pelas causas e um certo espírito de intriga ainda a ligavam aos aristocratas e aos contrarrevolucionários. Era uma pessoa muito conhecida, pois frequentava cafés, teatros, restaurantes da moda, casas de jogos, salões, redações de jornais, antessalas de comitês. A Revolução trazia-lhe novidades, divertimentos, sorrisos, alegrias, negócios, empreendimentos frutuosos. Armando intrigas políticas e galantes, tocando harpa, desenhando paisagens, cantando romanças, dançando danças gregas, oferecendo jantares, recebendo belas mulheres, como a condessa de Beaufort e a atriz Descoings, mantendo a noite inteira uma mesa de trinta-e-um e *biribi** e fazendo girar a roleta, ainda encontrava tempo para ser piedosa com seus amigos. Curiosa, ativa, atrapalhada, frívola, conhecedora dos homens e ignorando as multidões, tão estranha às opiniões que compartilhava quanto àquelas que devia repudiar, não entendendo absolutamente nada do que estava acontecendo na França, ela se mostrava empreendedora, ousada e cheia de audácia por desconhecimento do perigo e por confiança ilimitada no poder de seus encantos.

O militar que a acompanhava estava na flor da idade. Um capacete de cobre, enfeitado com uma pele de pantera e a crista ornada com passamaria de veludo encarnado, sombreava seu rosto de querubim e espalhava em suas costas uma longa e terrível crina. Seu casaco vermelho ajustado como um colete, cuidava de não descer até as pernas para não ocultar seu porte elegante. Levava à cintura um enorme sabre, cujo punho em formato de bico de águia refulgia. Uma calça com dobradura, de um azul claro, moldava os músculos elegantes de suas pernas, e sutaches de um azul escuro desenhavam ricos arabescos sobre suas coxas. Parecia um dançarino vestido para algum papel marcial e galante nas operetas *Aquiles em Ciros* ou *As núpcias de Alexandre*, desenhado por um aluno de David preocupado em ajustar as formas.

Gamelin lembrava-se confusamente de já tê-lo visto. Era de fato o militar que encontrara, quinze dias antes, discursando para o povo nas galerias do Théâtre de la Nation.

A cidadã Rochemaure apresentou-o:

— Cidadão Henry, membro do Comitê Revolucionário da sessão dos Direitos do Homem.

Ela o tinha sempre às suas saias, espelho do amor e certificado vivo de civismo.

---

* O trinta-e-um é um jogo de cartas cujo objetivo, à maneira do vinte-e-um, é completar trinta e um pontos, não podendo passar desse número. O *biribi* é um jogo de azar originário do *biribisso* italiano (século XVII) que, por sua vez, é derivado da loto, na Itália jogada no século XVI. Quando chegou à França, no início do século XVIII, passou a ser conhecido também como *cavagnole* (cavanhole). Corresponde hoje ao atual bingo e à loto francesa. (N. T.)

A cidadã elogiou o talento de Gamelin e perguntou-lhe se não concordaria em desenhar um cartaz para uma modista que estava ajudando. Abordaria nele um tema apropriado: uma mulher experimentando uma echarpe em frente a um psichê, por exemplo, ou uma jovem trabalhadora carregando uma caixa de chapéus debaixo do braço.

Falaram-lhe de Fragonard filho, do jovem Ducis e também de um certo Prudhomme como capazes de executar uma pequena obra desse tipo; mas ela preferia dirigir-se ao cidadão Évariste Gamelin. Todavia, não chegara a nada de definido sobre a questão e sentia-se que ela fizera a encomenda apenas para iniciar a conversa. Na verdade, tinha vindo por motivos totalmente diferentes. Pedia um favor ao cidadão Gamelin: sabendo que conhecia o cidadão Marat, queria pedir-lhe que a apresentasse ao Amigo do Povo, com quem desejava conversar.

Gamelin respondeu que ele era uma pessoa de muito pouca importância para apresentá-la a Marat e que, além disso, ela não precisava de ninguém para servir-lhe de introdutor: Marat, embora sobrecarregado de compromissos, não era o homem invisível que diziam.

E Gamelin acrescentou:

– Ele vos receberá, cidadã, se estiverdes infeliz, pois seu grande coração o torna acessível ao sofrimento e piedoso diante de todos os sofrimentos. Ele vos receberá, se tiverdes alguma revelação para fazer que interesse a salvação pública: dedicou seus dias a desmascarar os traidores.

A cidadã Rochemaure respondeu que gostaria de saudar em Marat um cidadão ilustre, que prestara grandes serviços ao país, que era capaz de prestar outros ainda maiores, e que desejava apresentar esse legislador a homens bem intencionados, filantropos favorecidos pela fortuna e capazes de lhe fornecer meios novos para satisfazer seu amor ardente pela humanidade.

– É desejável – acrescentou – fazer com que os ricos cooperem para a prosperidade pública.

Na verdade, a cidadã prometera ao banqueiro Morhardt que o faria jantar com Marat.

Morhardt, suíço como o Amigo do Povo, acertara com diversos deputados da Convenção, como Julien (de Toulouse), Delaunay (de Angers) e o ex-capuchinho Chabot, para especular sobre as ações da Companhia das Índias. O jogo, muito simples, consistia em fazer as ações caírem para 650 libras por meio de moções espoliadoras, a fim de comprar o maior número possível a esse preço e, logo depois, fazer subir seu valor para 4 mil ou 5 mil libras por meio de moções tranquilizadoras. Mas Chabot, Julien e Delaunay haviam sido desmascarados. Suspeitava-se de Lacroix, de Fabre d'Eglantine e até mesmo de Danton. O homem da agiotagem, o barão de Batz[1], buscava novos cúmplices na Convenção e aconselhava ao banqueiro Morhardt que fosse ver Marat.

Esse pensamento dos agiotas contrarrevolucionários não era tão estranho quanto parecia à primeira vista. Essa gente sempre se esforçava para se ligar às potências do dia e, por sua popularidade, seus escritos e seu caráter, Marat era uma potência formidável. Os girondinos naufragavam; os partidários de Danton, derrubados pela tempestade, não governavam mais. Robespierre, o ídolo do povo, era de uma probidade ciosa, suspeitosa e não deixava ninguém se aproximar. Era importante cercar Marat, garantir sua benevolência para o dia em que seria ditador e tudo apontava para o fato de que viria a sê-lo algum dia: sua popularidade, sua ambição, sua pressa em recomendar os meios mais drásticos. E talvez, afinal, Marat restabelecesse a ordem, as finanças, a prosperidade. Por diversas vezes, erguera-se contra os energúmenos que procuravam ser mais patriotas que ele; havia algum tempo, denunciava os demagogos quase tanto quanto os moderados. Depois de ter incitado o povo a enforcar os atravessadores em suas lojas pilhadas, exortava os cidadãos à calma e à prudência; tornava-se um homem de governo.

Apesar de alguns rumores que se ouviam sobre ele, assim como sobre todos os outros homens da Revolução, os agiotas não o achavam corruptível, mas sabiam que era vaidoso e crédulo: esperavam atraí-lo com lisonjas e, sobretudo, com uma familiaridade condescendente, que acreditavam ser a mais sedutora das lisonjas. Contavam, graças a ele, fazer ventos e tempestades sobre todos os valores que quisessem comprar e revender, e levá-lo a servir seus interesses, acreditando agir apenas no interesse público.

Grande agenciadora, embora ainda estivesse na idade dos amores, a cidadã Rochemaure atribuíra-se a missão de unir o legislador jornalista ao banqueiro e sua louca imaginação mostrava-lhe o homem dos porões, com as mãos ainda vermelhas do sangue de setembro, engajado no partido dos financistas de quem ela era agente, lançado por sua própria sensibilidade e candura em pleno ágio, naquele mundo, que ela adorava, de atravessadores, de fornecedores, de emissários do exterior, de crupiês e de mulheres de vida fácil.

Ela insistiu para que o cidadão Gamelin a levasse à casa do Amigo do Povo, que morava a pouca distância, na Rue des Cordeliers, perto da igreja. Depois de alguma resistência, o pintor cedeu aos desejos da cidadã.

O dragão Henry, convidado a unir-se a eles, recusou, alegando que desejava manter sua liberdade, mesmo com respeito ao cidadão Marat, que, sem dúvida, prestara serviços à República, mas agora fraquejava: não tinha, em seu jornal, aconselhado a resignação ao povo de Paris?

E o jovem Henry, com uma voz melodiosa e dois longos suspiros, deplorou a República traída por aqueles em quem ela depositara sua esperança: Danton, que afastava a ideia de um imposto sobre os ricos, Robespierre, que se opunha à continuidade das seções, e Marat, cujos conselhos pusilânimes quebravam o entusiasmo dos cidadãos.

– Oh! – exclamou. – Como esses homens parecem fracos perto de Leclerc e de Jacques Roux[2]!... Roux! Leclerc! Vós éreis os verdadeiros amigos do povo!

Gamelin não ouviu essas palavras, que o teriam indignado: estava no cômodo vizinho, vestindo seu casaco azul.

– Podeis orgulhar-vos de vosso filho – disse a cidadã Rochemaure à cidadã Gamelin. – É grande por seu talento e por seu caráter.

A cidadã viúva Gamelin deu, como resposta, um bom testemunho sobre seu filho sem, todavia, mostrar muito orgulho diante de uma dama de elevada posição, pois aprendera na infância que o primeiro dever dos pequenos é a humildade diante dos poderosos. Estava inclinada a queixar-se, pois tinha motivos demais e encontrava em suas queixas um alívio para os sofrimentos. Revelava seus males com abundância àqueles que acreditava capazes de aliviá-los, e a senhora de Rochemaure parecia-lhe ser uma dessas pessoas. Por isso, aproveitando-se do momento favorável, contou de um só fôlego o desespero da mãe e do filho, que ambos morriam de fome. Não se vendiam mais quadros: a Revolução matara o comércio como se tivesse uma faca. Os víveres eram raros e os preços exorbitantes...

E a boa senhora derramava seus lamentos com toda a volubilidade de seus lábios moles e de sua língua espessa, a fim de vê-los todos expedidos quando voltasse seu filho, cujo orgulho não teria aprovado tais queixas. Esforçava-se por comover no menor tempo possível uma senhora que julgava rica e bem relacionada, e despertar seu interesse pela sorte do filho. E sentia que a beleza de Évariste conspirava a seu favor para amolecer o coração de uma mulher bem nascida.

Com efeito, a cidadã Rochemaure mostrou sensibilidade: comoveu-se com a ideia dos sofrimentos de Évariste e de sua mãe e procurou meios para suavizá-los. Mandaria alguns amigos ricos comprarem obras do pintor.

– Pois – disse sorrindo –, ainda há dinheiro na França, mas ele se esconde.

Melhor ainda: já que a arte estava perdida, conseguiria para Évariste um cargo na empresa de Morhardt ou com os irmãos Perregaux, ou uma vaga de escriturário em algum fornecedor do exército.

Depois pensou que isso não era o que cabia a um homem com aquele caráter; e, depois de um momento de reflexão, fez sinal de que havia encontrado a solução:

– Falta nomear vários jurados para o Tribunal Revolucionário. Jurado, magistrado, é isso que convém ao seu filho. Mantenho boas relações com os membros do Comitê de Salvação Pública; conheço o mais velho dos Robespierre; seu irmão janta em casa com frequência. Falarei com eles. Pedirei para que falem com Montané, Dumas e Fouquier[3].

A cidadã Gamelin, comovida e agradecida, pôs um dedo sobre os lábios: Évariste voltava ao ateliê.

Ele desceu com a cidadã Rochemaure a escada escura, cujos degraus de madeira e ladrilhos estavam cobertos por uma sujeira antiga.

Sobre o Pont-Neuf, onde o sol já baixo alongava a sombra do

pedestal que carregara o cavalo de bronze* e que, hoje, eram embandeirados com as cores da nação, uma multidão de homens e de mulheres do povo escutava, em pequenos grupos, cidadãos que falavam em voz baixa. A multidão, consternada, guardava um silêncio entrecortado por gemidos e gritos de raiva. Muitos caminhavam a passos rápidos em direção à Rue de Thionville, antes Rue Dauphine; Gamelin, esgueirando-se em um desses grupos, ouviu dizerem que Marat acabava de ser assassinado.

Pouco a pouco, a notícia foi se confirmando e precisando: ele fora assassinado em sua banheira, por uma mulher vinda expressamente de Caen para cometer esse crime.

Alguns achavam que ela fugira; mas a maioria dizia que fora presa.

Estavam todos lá, como um rebanho sem pastor.

Pensavam: "Marat, sensível, humano, benfeitor, Marat não está mais aqui para conduzir-nos, ele que nunca se enganou, que adivinhava tudo, que ousava revelar tudo!... O que fazer, o que será de nós? Perdemos nosso conselheiro, nosso defensor, nosso amigo". Sabiam de onde vinha o golpe e quem dirigira o braço daquela mulher. Gemiam:

– Marat foi morto por mãos criminosas que querem nos exterminar. Sua morte é o sinal da degola de todos os patriotas.

Contavam de forma diversa as circunstâncias daquela morte trágica e as últimas palavras da vítima; faziam perguntas sobre o assassino, sobre o qual somente se sabia que era uma mulher jovem enviada pelos traidores federalistas. Mostrando as unhas e os dentes, as cidadãs prometiam a criminosa ao suplício e, achando a guilhotina muito suave, exigiam para aquele monstro o chicote, a roda, o esquartejamento e imaginavam novas torturas.

Guardas nacionais em armas arrastavam para a sessão um homem com ar resoluto. Sua roupa estava em farrapos; filetes de sangue corriam sobre a face pálida. Fora surpreendido dizendo que Marat merecera sua sorte ao provocar constantemente a pilhagem e o massacre. Com muita dificuldade, os milicianos conseguiram

---

* Tratava-se da estátua equestre de Henrique IV, derrubada em 1792. Foi a primeira efígie exposta em via pública na França. (N. R.)

subtraí-lo ao furor popular. Apontavam-no como um cúmplice do assassino e ameaças de morte elevavam-se à sua passagem.

Gamelin permanecia estupefato de dor. Magras lágrimas secavam em seus olhos ardentes. À sua dor filial mesclavam-se uma solicitude patriótica e uma piedade popular que o dilaceravam.

Pensava: "Depois de Le Peltier, depois de Bourdon, Marat!... Reconheço o destino dos patriotas: massacrados no Champ de Mars, em Nancy, em Paris, todos perecerão". E pensava no traidor Wimpfen[4] que, havia pouco, à frente de uma horda de sessenta mil monarquistas, marchava sobre Paris, e que, se não tivesse sido detido em Vernon pelos bravos patriotas, teria posto a ferro e a sangue a cidade heroica e condenada.

E quantos perigos mais, quantos projetos criminosos, quantas traições, que apenas a sabedoria e a vigilância de Marat podiam conhecer e desmascarar? Quem, depois dele, poderia denunciar Custine ocioso no campo de César e recusando-se a desbloquear Valenciennes, Biron inativo na Baixa-Vendeia, deixando que tomassem Saumur e sitiassem Nantes, Dillon[5] traindo a pátria na região de Argonne?...

Entretanto, à sua volta, crescia a cada momento o clamor sinistro:

– Marat morreu; os aristocratas o mataram!

Como, com o coração cheio de dor, de ódio e de amor, ele caminhava para prestar uma homenagem fúnebre ao mártir da liberdade, uma velha camponesa que usava uma touca limusina aproximou-se dele e perguntou-lhe se esse senhor Marat, que fora assassinado, não era o senhor padre Mara, de Saint-Pierre-du-Queyroix.

VIII

Na véspera da festa, em uma noite tranquila e clara, Élodie, de braços dados com Évariste, passeava no campo da Federação. Trabalhadores terminavam apressadamente de erguer colunas, estátuas, templos, uma montanha, um altar. Símbolos gigantescos, o Hércules popular erguendo sua clava, a Natureza oferecendo ao universo suas mamas inesgotáveis, erguiam-se de repente em uma capital tomada pela fome, pelo terror, espreitando se não ouviam os canhões austríacos na estrada de Meaux. A Vendeia reparava seu fracasso diante de Nantes com vitórias audaciosas. Um círculo de ferro, de chamas e de ódio cercava a grande cidade revolucionária. Entretanto, ela recebia com magnificência, como a soberana de um vasto império, os deputados das assembleias primárias que haviam aceitado a constituição. O federalismo estava vencido: a República una, indivisível, vencera todos os seus inimigos.

Estendendo o braço sobre a planície populosa:

– Foi aqui – disse Évariste – que, no dia 17 de julho de 91, o infame Bailly mandou fuzilar o povo aos pés do altar da pátria. O granadeiro Passavant, testemunha do massacre, voltou para casa, rasgou seu casaco e gritou: "Jurei morrer com a liberdade; ela não mais existe: morrerei". E estourou os miolos.

Entretanto, os artistas e os burgueses pacíficos examinavam os preparativos para a festa, e lia-se em seus rostos um amor pela vida tão triste quanto sua própria vida: os maiores acontecimentos, ao penetrar em suas mentes, diminuíam até alcançar sua medida e tornavam-se insípidos como eles. Cada casal caminhava, carregando nos braços, arrastando pela mão ou fazendo correr a sua frente crianças que não eram mais belas que os pais e não prometiam ser mais felizes, e que dariam a vida a outros filhos tão medíocres quanto eles na alegria e na beleza. E por vezes via-se uma jovem alta e bela que, ao passar, inspirava nos jovens um desejo generoso e nos velhos a saudade da doce vida.

Perto da Escola Militar, Évariste mostrou a Élodie estátuas egípcias desenhadas por David segundo modelos romanos da época de Augusto. Ouviram então um velho parisiense empoado exclamar:

– Parece que estamos à beira do Nilo!

Nos três dias em que Élodie não encontrara seu amigo, graves acontecimentos ocorreram no Amor Pintor. O cidadão Blaise fora denunciado ao Comitê de Segurança Geral por fraudes nos suprimentos. Felizmente, o comerciante de estampas era conhecido em sua seção: o Comitê de Vigilância da seção de Piques garantiu seu civismo ao Comitê de Segurança Geral e justificou-o plenamente.

Uma vez contado esse acontecimento com emoção, Élodie acrescentou:

– Agora estamos tranquilos, mas passou muito perto. Por pouco meu pai não foi para a prisão. Se o perigo tivesse se prolongado mais algumas horas, eu teria ido pedir-vos, Évariste, para interceder por ele junto aos vossos amigos influentes.

Évariste não respondeu. Élodie estava longe de medir a profundidade daquele silêncio.

Caminharam de mãos dadas ao longo das margens do Sena. Falavam de seu carinho mútuo na linguagem de Julie e de Saint-Preux: o bom Jean-Jacques dava-lhes meios para retratar e ornar seu amor.

A municipalidade realizara o prodígio de fazer reinar, por um dia, a abundância na cidade esfomeada. Uma feira fora instalada na Place des Invalides, às margens do rio: comerciantes vendiam, em barracas, salames, salsichões, chouriços, presuntos cobertos de louro, bolos de Nanterre, pães de mel, panquecas, pães de quatro libras, limonada e vinho. Havia também lojas em que se vendiam canções patrióticas, distintivos, fitas tricolores, bolsas, correntes de latão e toda sorte de bijuterias. Parando na banca de um humilde joalheiro, Évariste escolheu um anel de prata no qual se via em relevo a cabeça de Marat enrolada em um lenço. E colocou-o no dedo de Élodie.

Naquela tarde, Gamelin foi à Rue de l'Arbre-Sec, na residência da cidadã Rochemaure, que o chamara para um assunto urgente. Encontrou-a em seu quarto de dormir, estendida sobre uma espreguiçadeira, vestida com um deshabillé elegante.

Enquanto a atitude da cidadã expressava um langor voluptuoso, em torno dela tudo falava de suas graças, seus divertimentos, seus talentos: uma harpa perto do cravo entreaberto; um violão em uma poltrona; um bastidor de bordar, onde estava preparado um pano de cetim; na mesa, uma miniatura esboçada, papéis, livros; uma biblioteca em desordem, como que devastada por uma bela mão tão ávida de conhecer quanto de sentir. Ela deu-lhe a mão para beijar e disse:

– Saudações, cidadão jurado!... Hoje mesmo, Robespierre, o mais velho, entregou-me uma carta em seu favor para o presidente Herman[1], uma carta bem escrita que diz mais ou menos isto: "Indico-vos o cidadão Gamelin, recomendável por seus talentos e por seu patriotismo. É meu dever apresentar-vos um patriota que tem princípios e uma conduta firme na linha revolucionária. Não desprezeis a oportunidade de ser útil a um republicano...". Levei imediatamente essa carta ao presidente Herman, que me recebeu com notável cortesia e logo assinou vossa nomeação. Está feito.

Gamelin, depois de um instante de silêncio, disse:

– Cidadã, ainda que eu não tenha um único pedaço de pão para dar a minha mãe, juro sobre minha honra que aceito as funções de jurado apenas para servir a República e vingá-la de todos os seus inimigos.

A cidadã julgou o agradecimento frio e o cumprimento severo. Suspeitou que Gamelin carecia de graça. Mas amava demais a juventude para não lhe perdoar alguma severidade. Gamelin era belo: encontrou mérito nele. "Será moldado", pensou. E convidou-o para seus jantares: ela recebia convidados, todas as noites, depois do teatro.

– Encontrareis em minha casa gente de espírito e de talento: Elleviou, Talma, o cidadão Vigée, que faz versos com uma habilidade maravilhosa. O cidadão François leu para nós sua peça *Pamela*, que está sendo ensaiada no Théâtre de la Nation. O estilo é elegante e puro, como tudo que sai da pena do cidadão François. A peça é tocante: fez-nos derramar lágrimas. É a jovem atriz Lange que irá desempenhar o papel de Pamela.

– Confio em vosso julgamento, cidadã – respondeu Gamelin. – Mas o Théâtre de la Nation é pouco nacional. E considero desabonador para o cidadão François que suas obras sejam realizadas naquele palco aviltado pelos versos miseráveis de Laya: ninguém esqueceu o escândalo do *Amigo das Leis*...

– Cidadão Gamelin, deixo-vos Laya: não é um de meus amigos.

Não havia sido por pura bondade que a cidadã usara seu crédito para nomear Gamelin para um cargo invejado: após o que fizera e o que porventura ainda teria oportunidade de fazer por ele, contava ligá-lo estreitamente a ela e garantir para si um apoio a uma justiça com a qual, mais dia menos dia, teria de se defrontar, pois enviava muitas cartas à França e ao exterior, e, naquela época, tais correspondências eram suspeitas.

– Ides muito ao teatro, cidadão?

Nesse instante, o dragão Henry, mais encantador que o jovem Bathylle, entrou no quarto. Carregava duas enormes pistolas na cintura.

Beijou a mão da bela cidadã, que lhe disse:

– Eis o cidadão Évariste Gamelin por quem passei o dia no Comitê de Segurança Geral e que não me agradece por isso. Repreendei-o.

– Ah! Cidadã – exclamou o militar –, acabais de ver nossos legisladores nas Tuileries. Que espetáculo aflitivo! Os representantes de um povo livre deveriam sentar-se sob os lambris de um déspota? Os mesmos lustres recentemente acesos para os complôs dos Capeto e as orgias de Antonieta hoje iluminam as vigílias de nossos legisladores. Tal coisa faz a natureza fremir.

– Meu amigo, cumprimentai o cidadão Gamelin – respondeu. – Foi nomeado para o Tribunal Revolucionário.

– Meus parabéns, cidadão! – disse Henry. – Alegro-me em ver um cidadão com seu caráter investido para essa função. Mas, na verdade, tenho pouca confiança na justiça metódica, criada pelos moderados da Convenção, nessa Nêmesis complacente que protege os conspiradores, poupa os traidores, mal ousa alcançar os federalistas e teme chamar a austríaca como ré. Não, não será o Tribunal Revolucionário que salvará a República. São muito culpados aqueles que, na situação desesperada em que nos encontramos, interromperam o arrojo da justiça popular!

– Henry – disse a cidadã Rochemaure –, alcançai-me esse frasco...

Ao voltar para casa, Gamelin encontrou a mãe e o velho Brotteaux jogando uma partida de canastra à luz de uma vela fumacenta. A cidadã pedia sem pudor "uma trinca de reis".

Ao saber que seu filho era jurado, beijou-o com paixão, pensando que essa era uma grande honra para ambos e que, doravante, comeriam todos os dias.

– Estou feliz e orgulhosa de ser a mãe de um jurado. A justiça é uma bela coisa e a mais necessária de todas: sem justiça, os fracos seriam humilhados a todo instante. E creio que julgarás bem, meu querido Évariste: pois, desde a infância, achei-te justo e benevolente em tudo. Não podias suportar a iniquidade e opunhas-te com todas as forças à violência. Tinhas piedade dos infelizes e essa é a maior qualidade de um juiz... Mas dize-me, Évariste, como vos trajais nesse grande tribunal?

Gamelin respondeu que os juízes usavam um chapéu de penas negras, mas que os jurados não tinham uma vestimenta uniforme, usavam a indumentária de sempre.

– Seria melhor – replicou a cidadã – que usassem a toga e a peruca: pareceriam mais respeitáveis. Mesmo que te vistas a maior parte do tempo com descuido, é belo e enfeita tuas roupas; mas a maioria dos homens precisa de algum ornamento para parecer considerável: seria melhor que os jurados usassem a toga e a peruca.

A cidadã tinha ouvido dizer que as funções de jurado no Tribunal eram remuneradas; não se conteve e perguntou se se ganhava o bastante para viver honradamente, pois um jurado, dizia, deve ter uma boa aparência pública.

Soube com satisfação que os jurados recebiam uma indenização de dezoito libras por sessão e que a multidão de crimes contra a segurança do Estado obrigava-os a reunir-se com muita frequência.

O velho Brotteaux recolheu as cartas, levantou-se e disse a Gamelin:

– Cidadão, foste investido numa magistratura augusta e temível. Cumprimento-te por emprestares as luzes de tua consciência a um tribunal talvez mais seguro e menos falível que qualquer outro, porque busca o bem e o mal, não em si mesmos e em sua essência, mas apenas em relação a interesses tangíveis e a sentimentos manifestos. Tereis de pronunciar-vos entre o ódio e o amor, o que se faz espontaneamente, não entre a verdade e o erro, cujo discernimento é impossível para o fraco espírito dos homens. Julgando segundo os movimentos de vossos corações, não correreis o risco de vos enganar, já que o veredito será correto enquanto contemplar as paixões que são sua lei sagrada. Mas, não importa, se eu fosse vosso presidente, faria como Bridoie: confiaria a sorte aos dados. Em matéria de justiça, é ainda o meio mais seguro.

IX

Évariste Gamelin deveria assumir suas funções no dia 14 de setembro, quando seria reorganizado o Tribunal, doravante dividido em quatro seções, com quinze jurados cada. As prisões estavam abarrotadas; o acusador público trabalhava dezoito horas por dia. À derrota dos exércitos, às revoltas das províncias, às conspirações, aos complôs, às traições, a Convenção opunha o terror[1]. Os deuses tinham sede.

A primeira atividade do novo jurado foi fazer uma visita de deferência ao presidente Herman, que o encantou com a doçura de sua linguagem e a amenidade no trato. Compatriota e amigo de Robespierre, cujos sentimentos compartilhava, mostrava um coração sensível e virtuoso. Estava completamente tomado por sentimentos humanos, por demasiado tempo estranhos ao coração dos juízes e que seriam a glória eterna de um Dupaty e de um Beccaria[2]. Estava satisfeito com a suavização de costumes que tinha se manifestado, na ordem judiciária, com a supressão da tortura e dos suplícios ignominiosos ou cruéis. Ficava feliz em ver que a pena de morte, outrora prodigalizada e servindo, recentemente ainda, na repressão aos menores delitos, tornara-se mais rara e reservada aos grandes crimes. De sua parte, como Robespierre, já a teria abolido em tudo o que não tocasse à segurança pública. Mas julgou trair o Estado deixando de castigar com a morte os crimes cometidos contra a soberania nacional.

Todos os seus colegas pensavam assim: a velha ideia monárquica da razão de Estado inspirava o Tribunal Revolucionário.

Oito séculos de poder absoluto haviam formado seus magistrados, e era a partir dos princípios do direito divino que ele julgava os inimigos da liberdade.

Évariste Gamelin apresentou-se, no mesmo dia, diante do acusador público, o cidadão Fouquier, que o recebeu no gabinete onde trabalhava com seu escrivão. Era um homem robusto, de voz rude, olhos de gato, que trazia, em sua ampla face bexigosa, em sua tez plúmbea, o indício dos estragos que uma existência sedentária e reclusa provoca nos homens vigorosos, feitos para o ar livre e os exercícios violentos. Os dossiês amontoavam-se à sua volta como os muros de um sepulcro e, visivelmente, ele amava aquela papelocracia terrível que parecia querer sufocá-lo. Suas palavras eram as de um magistrado laborioso, aplicado em seus deveres e cuja mente não saía do círculo de suas funções. Seu hálito aquecido cheirava à aguardente que tomava para sustentar-se e que não parecia subir ao cérebro, tamanha a lucidez em seu discurso constantemente medíocre.

Morava em um pequeno apartamento do Palais com sua jovem esposa, que lhe dera dois gêmeos. Aquela jovem, a tia Henriette e a criada Pélagie compunham toda a sua casa. Mostrava-se doce e bondoso para com essas mulheres. Enfim, era um homem excelente em sua família e em sua profissão, sem muitas ideias e nenhuma imaginação.

Gamelin não pôde deixar de perceber com algum desprazer o quanto aqueles magistrados da nova ordem se pareciam de espírito e de modos com os magistrados do Antigo Regime. E de fato o eram: Herman exercera as funções de advogado-geral no conselho da região de Artois; Fouquier era um antigo procurador no Châtelet. Haviam mantido seu caráter. Mas Gamelin acreditava na palingenesia revolucionária.

Ao deixar o tribunal, atravessou a galeria do Palais e parou diante das lojas em que toda espécie de objetos estava exposta com arte. Folheou, na banca da cidadã Tenot, obras históricas, políticas e filosóficas: *As correntes da escravidão*; *Ensaio sobre o despotismo*; *Os crimes das rainhas*[3]. "Isto sim são escritos republicanos!", pensou e perguntou à livreira se vendia muitos daqueles títulos. Ela sacudiu a cabeça:

– Vendemos apenas canções e romances.

E tirando um pequeno volume de uma gaveta:
– Aqui está uma coisa boa – acrescentou.
Évariste leu o título: *A freira de camisola*.

Encontrou em frente à loja vizinha Philippe Desmahis que, magnífico e carinhoso, em meio às águas de cheiro, pós e sachês da cidadã Saint-Jorre, assegurava a bela vendedora quanto ao seu amor, prometia-lhe que faria seu retrato e pedia-lhe uns instantes de conversa no Jardin des Tuileries, à noitinha. Era um belo homem. A persuasão escorria de seus lábios e jorrava de seus olhos. A cidadã Saint-Jorre escutava em silêncio e, pronta para acreditar, baixava os olhos.

Para se familiarizar com as terríveis funções nas quais fora investido, o novo jurado quis, misturado ao público, assistir a um julgamento do Tribunal. Subiu a escada onde uma imensa multidão estava sentada como em um anfiteatro e penetrou na antiga sala do Parlamento de Paris.

As pessoas comprimiam-se para ver julgar algum general. Pois na época, como dizia o velho Brotteaux, "a Convenção, a exemplo do governo de Sua Majestade britânica, mandava para julgamento os generais vencidos, por falta dos generais traidores que, por sua vez, não se deixavam julgar. Não que um general vencido seja necessariamente um criminoso", acrescentava Brotteaux, "pois é necessário que haja um em cada batalha. Mas nada como condenar um general para dar ânimo aos outros...".

Muitos já haviam passado pela cadeira de réu, militares levianos e turrões, miolos de passarinho em crânios de boi. Esse não sabia nada mais do que os magistrados que o interrogavam sobre os sítios e as batalhas que comandara: a acusação e a defesa perdiam-se nos efetivos, objetivos, munições, marchas e contramarchas. E a multidão de cidadãos que acompanhava esses debates obscuros e intermináveis via, por trás do militar imbecil, a pátria aberta e dilacerada, sofrendo mil mortes; e, com o olhar e a voz, insistiam para que os jurados, tranquilos em seu banco, desferissem o veredito como golpes de machado sobre os inimigos da República

Évariste sentia-o ardentemente: o que devia ser golpeado naquele miserável eram os dois monstros horríveis que dilaceravam a Pátria: a revolta e a derrota. Tratava-se realmente de saber se o militar era inocente ou culpado! Quando a região da Vendeia retomava coragem, quando a cidade de Toulon se entregava ao inimigo, quando o exército do Reno recuava diante dos vencedores de Mayence, quando o exército do Norte, retirado do campo de César, podia ser afastado num ataque de surpresa pelos Imperiais, pelos ingleses, pelos holandeses, senhores da cidade de Valenciennes, o que importava era instruir os generais para vencer ou morrer. Ao ver aquele velho soldado deficiente e embrutecido que, na audiência, se perdia em seus mapas como se perdera lá, nas planícies do Norte, Gamelin, para não gritar com o povo: "Matem-no!", saiu precipitadamente da sala.

Na assembleia da seção, o novo jurado recebeu os cumprimentos do presidente Olivier, que o fez jurar sobre o velho altar-mor dos Barnabitas, transformado em altar da pátria, abafar em sua alma, em nome sagrado da humanidade, toda fraqueza humana.

Gamelin, com a mão erguida, tomou como testemunha de seu juramento as cinzas augustas de Marat, mártir da Liberdade, cujo busto acabara de ser colocado próximo a um pilar da antiga igreja, em frente ao busto de Le Peltier.

Soaram alguns aplausos, mesclados a murmúrios. A assembleia estava agitada. Na entrada da nave, um grupo de membros da sessão armados de lanças vociferava.

– É antirrepublicano carregar armas em uma reunião de homens livres – disse o presidente.

E ordenou que entregassem imediatamente os fuzis e as lanças na antiga sacristia.

Um corcunda, de olhos vivos e lábios grossos, o cidadão Beauvisage, do Comitê de Vigilância, foi ocupar o púlpito que se tornara tribuna e fora encimada com o barrete vermelho.

– Os generais estão nos traindo – disse ele – e entregam nossos exércitos para o inimigo. Os Imperiais lançam unidades de cavalaria contra as cidades de Péronne e de Saint-Quentin. A cidade de Toulon foi entregue aos ingleses, que lá desembarcaram quatorze mil homens. Os inimigos da República conspiram no próprio seio da Convenção. Na capital, são urdidos inúmeros complôs para libertar a austríaca. Enquanto falo, corre o rumor de que o filho Capeto, fugido da prisão do Templo, está sendo levado em triunfo a Saint-Cloud: querem reestabelecer a seu favor o trono do tirano. O encarecimento dos víveres e a depreciação dos assinados são o efeito das manobras executadas em nossos lares, debaixo de nossos olhos, por agentes do exterior. Em nome da salvação pública, ordeno que o cidadão jurado seja impiedoso para com os conspiradores e os traidores.

Enquanto descia da tribuna, erguiam-se vozes na assembleia: "Abaixo o Tribunal Revolucionário! Abaixo os moderados!".

Gordo e com a tez saudável, o cidadão Dupont pai, marceneiro na Place de Thionville, subiu à tribuna, desejoso, dizia, de dirigir uma pergunta ao cidadão jurado. E perguntou a Gamelin qual seria sua atitude na questão dos partidários de Brissot e da viúva Capeto.

Évariste era tímido e não sabia falar em público. Mas foi inspirado pela indignação. Levantou-se, pálido, e disse com uma voz abafada:

– Sou magistrado. Comprometo-me apenas com minha consciência. Qualquer promessa que eu vos fizesse seria contrária a meu dever. Devo falar no Tribunal e calar-me em todos os outros lugares. Não vos conheço mais. Sou um juiz: não conheço amigos nem inimigos.

A assembleia, diversa, incerta e hesitante, como todas as assembleias, aprovou. Mas o cidadão Dupont pai voltou à carga; não perdoava Gamelin por ocupar uma posição que ele mesmo desejava.

– Entendo, até mesmo aprovo os escrúpulos do cidadão jurado. Dizem que é patriota: compete a ele saber se sua consciência permite que participe de um tribunal destinado a destruir os inimigos da República e resolvido a poupá-los. Um bom cidadão deve saber evitar certas cumplicidades. Não se verificou que vários jurados deste tribunal se deixaram corromper pelo ouro dos acusados, e que o presidente Montané perpetrou um documento falso para salvar a cabeça da jovem Corday[4]?

A essas palavras, a sala retumbou com aplausos vigorosos. As últimas palmas ainda subiam à abóbada, quando Fortuné Trubert subiu à tribuna. Emagrecera muito, naqueles últimos meses. No rosto pálido, as maçãs vermelhas marcavam a pele; as pálpebras estavam inflamadas e as pupilas vítreas.

– Cidadãos – disse com voz fraca e um pouco ofegante, estranhamente penetrante. – Não se pode suspeitar do Tribunal Revolucionário sem suspeitar ao mesmo tempo da Convenção e do Comitê de Salvação Pública dos quais emana. O cidadão Beauvisage nos alarmou ao mostrar o presidente Montané alterando o procedimento a favor de um culpado. Por que não acrescentou, para nossa tranquilidade, que, após ser denunciado pelo acusador público, Montané foi destituído e preso?... Não se pode cuidar da salvação pública sem lançar a suspeita sobre tudo? Não há mais talentos ou virtudes na Convenção? Robespierre, Couthon, Saint-Just não são homens honestos? É notável que os discursos mais violentos sejam realizados por indivíduos que nunca foram vistos lutando pela República. Não falariam de outra forma se quisessem torná-la odiosa. Cidadãos, menos barulho e mais trabalho! É com canhões, e não com gritaria, que salvaremos a França. A metade dos porões da seção ainda não foram escavados. Vários cidadãos ainda detêm quantidades consideráveis de bronze. Lembramos aos ricos que os dons patrióticos são sua melhor garantia. Recomendo à sua liberalidade as filhas e as mulheres de nossos soldados que estão se cobrindo de glória na fronteira e no Loire. Um deles, o hussardo Pommier (Augustin), anteriormente aprendiz de *sommelier*, morador da Rue de Jérusalem, no último dia 10, diante de Condé, foi atacado por seis cavaleiros austríacos quando dava de beber aos cavalos: matou dois e fez os outros prisioneiros. Peço que a seção declare que Pommier (Augustin) cumpriu seu dever.

O discurso foi aplaudido e os membros da seção se separaram aos gritos de: "Viva a República!".

Permanecendo só na nave com Trubert, Gamelin apertou sua mão:

– Obrigado. Como vais?

– Eu estou muito bem, muito bem! – respondeu Trubert, cuspindo sangue em seu lenço, com um soluço. – A República tem muitos inimigos fora e dentro dela; e nossa seção, de sua parte, conta com um bom número deles. Não é com gritaria e sim com ferro e leis que se fundam os Impérios... Boa noite, Gamelin: preciso escrever algumas cartas.

E partiu, com o lenço sobre os lábios, para a antiga sacristia.

A cidadã viúva Gamelin, com seu distintivo doravante mais bem ajustado ao lenço, adotara, do dia para a noite, uma gravidade burguesa, um orgulho republicano e o porte digno que convém à mãe de um cidadão jurado. O respeito pela justiça, no qual fora alimentada, a admiração que, desde a infância, inspiravam nela a toga e a samarra, o terror santo que sempre sentira ao ver aqueles homens a quem Deus em pessoa concede sobre a terra o direito de vida e de morte, esses sentimentos tornavam augusto, venerável e santo esse filho que havia pouco tempo ainda acreditava ser quase uma criança. Em sua simplicidade, concebia a continuidade da justiça através da Revolução com a mesma força com a qual os legisladores da Convenção concebiam a continuidade do Estado na mudança dos regimes, e o Tribunal Revolucionário parecia-lhe equivalente em majestade a todas as antigas jurisdições que aprendera a reverenciar.

O cidadão Brotteaux demonstrava para com o jovem magistrado um interesse mesclado de surpresa e de deferência forçada. Assim como a cidadã viúva Gamelin, ele apreciava a continuidade da justiça através dos regimes; mas, ao contrário dessa senhora, desprezava os tribunais revolucionários da mesma forma que desprezava as cortes do antigo regime. Não ousando expressar abertamente seu pensamento, e não conseguindo calar-se, lançava-se em paradoxos que Gamelin compreendia apenas o bastante para suspeitá-lo de sua falta de civismo.

– O augusto tribunal do qual brevemente participareis – disse ele certa vez – foi instituído pelo Senado francês para a salvação da República; e foi certamente um pensamento virtuoso de nossos legisladores dar juízes aos nossos inimigos. Concebo sua generosidade, mas não creio que seja política. Teria sido mais habilidoso, parece-me, que aniquilassem na sombra seus adversários mais irreconciliáveis e atraíssem os outros com presentes ou promessas. Um tribunal age com lentidão e provoca mais medo que mal: ele é, acima de tudo, exemplar. O inconveniente do vosso é reconciliar todos aqueles que assusta e criar assim, de um amálgama de interesses e de paixões contrárias, um grande partido capaz de uma ação comum e poderosa. Semeais o medo: é o medo, mais que a coragem, que dá à luz os heróis; espero, cidadão Gamelin, que nunca vejais um dia rebentar contra vós prodígios de medo!

O gravador Desmahis, apaixonado, naquela semana, por uma moça do Palais-Égalité, a morena Flora, uma gigante, encontrara, no entanto, cinco minutos para cumprimentar seu camarada e dizer-lhe que tal nomeação honrava muito as belas-artes.

A própria Élodie, embora sem consciência disso detestasse qualquer coisa revolucionária e temesse as funções públicas como as rivais mais perigosas que pudessem lhe disputar o coração de seu amante, a meiga Élodie sofria a ascendência de um magistrado instado a se pronunciar sobre as questões capitais. Aliás, a nomeação de Évariste para as funções de jurado produziam à sua volta efeitos positivos, com os quais sua sensibilidade se alegrava: o cidadão Jean Blaise foi ao ateliê da Place de Thionville para abraçar o jurado com um transbordamento de carinho viril.

Como todos os contrarrevolucionários, ele tinha consideração pelos poderes da República e, desde que fora denunciado por fraude nos fornecimentos ao Exército, o Tribunal Revolucionário inspirava-lhe um temor respeitoso. Via-se como uma personalidade demasiadamente importante e envolvida em negócios demais para gozar de uma perfeita segurança: o cidadão Gamelin parecia-lhe um homem que deveria ser tratado com deferência. Enfim, eram bons cidadãos, amigos das leis.

Estendeu a mão ao pintor magistrado, mostrou-se cordial e patriota, amigo das artes e da liberdade. Gamelin, generoso, apertou aquela mão amplamente aberta.

– Cidadão Évariste Gamelin – disse Jean Blaise –, apelo para vossa amizade e vossos talentos. Pretendo levar-vos amanhã por quarenta e oito horas ao campo: desenhareis e conversaremos.

Várias vezes, todo ano, o comerciante de estampas fazia um passeio de dois ou três dias na companhia de pintores que desenhavam, segundo suas indicações, paisagens e ruínas. Percebendo com habilidade o que poderia agradar ao público, ele trazia, dessas saídas, cenas que, terminadas no ateliê e gravadas com destreza, tornavam-se estampas em preto e branco ou em cores, das quais tirava bom lucro. A partir desses croquis, também mandava executar lambris de portas e painéis que seriam vendidos tanto ou melhor que as obras decorativas de Hubert Robert.

Dessa vez, queria levar o cidadão Gamelin para esboçar algumas fábricas* ao natural, tanto o jurado havia engrandecido o pintor. Dois outros artistas faziam parte do grupo, o gravador Desmahis, que desenhava bem, e o obscuro Philippe Dubois, que trabalhava extraordinariamente no gênero de Robert. Segundo o hábito, a cidadã Élodie, com sua amiga, a cidadã Hasard, acompanhavam os artistas. Jean Blaise, que sabia unir a preocupação por seus interesses com o cuidado por seus prazeres, convidara também para o passeio a cidadã Thévenin, atriz do Vaudeville, que era considerada sua amante.

---

* *Fabrique*, num uso antigo em francês, significa uma construção que orna, decora, um jardim, um parque. O dicionário Caldas Aulete assinala o mesmo uso em língua portuguesa. (N. R.)

X

Sábado, às sete da manhã, o cidadão Blaise, de bicorne preto, colete escarlate, calças de couro, botas de canhão amarelas, bateu com o cabo do chicote na porta do ateliê. A cidadã viúva Gamelin encontrava-se em honesta conversa com o cidadão Brotteaux, enquanto Évariste amarrava sua alta gravata branca diante de um pequeno pedaço de espelho.

– Boa viagem, senhor Blaise – disse a cidadã. – Mas já que ides pintar paisagens, levai o senhor Brotteaux, que é pintor.

– Pois bem – respondeu Jean Blaise. – Cidadão Brotteaux, vinde conosco.

Após assegurar-se de que não seria importuno, Brotteaux, de caráter sociável e amigo dos divertimentos, aceitou.

A cidadã Élodie subira os quatro andares para abraçar a cidadã viúva Gamelin, a qual chamava de mãezinha. Estava vestida toda de branco e cheirava a lavanda.

Uma velha berlinda de viagem com a capota abaixada, puxada por dois cavalos, esperava na praça. Rose Thévenin estava sentada ao fundo, com Julienne Hasard. Élodie acomodou à direita a atriz, sentou-se à esquerda e colocou a magra Julienne entre as duas. Brotteaux instalou-se atrás, diante da cidadã Thévenin; Philippe Dubois, defronte à cidadã Hasard; Évariste, em frente de Élodie. Philippe Desmahis erguia seu torso atlético no banco, à esquerda do cocheiro, o qual surpreendia contando-lhe que, em certo país da América, as árvores davam chouriços e salsichões.

O cidadão Blaise, excelente cavaleiro, fazia o caminho a cavalo e adiantava-se para não receber a poeira da berlinda.

À medida que as rodas queimavam os paralelepípedos do subúrbio, os viajantes esqueciam suas preocupações; e, quando viram os campos, as árvores, o céu, seus pensamentos se tornaram felizes e serenos. Élodie pensou que tinha nascido para criar galinhas com Évariste, juiz de paz em alguma aldeia, às margens de um rio, perto de um bosque. Os olmeiros do caminho fugiam à sua passagem. Na entrada dos vilarejos, os mastins lançavam-se de través contra o carro e latiam entre as pernas dos cavalos, enquanto um grande *spaniel* francês deitado de través na estrada erguia-se de má vontade; as galinhas revoavam esparsas e, para fugir, atravessavam a estrada; os gansos, como uma tropa cerrada, afastavam-se lentamente. Crianças lambuzadas olhavam o grupo passar. A manhã estava quente, o céu claro. A terra gretada esperava pela chuva. Desceram perto de Villejuif. Como atravessassem o burgo, Desmahis entrou em uma venda de frutas para comprar cerejas com as quais desejava refrescar as cidadãs. A vendedora era bonita: Desmahis não voltava. Philippe Dubois chamou-o pelo apelido que seus amigos lhe davam comumente:

– Ei! Barbaroux!... Barbaroux!

Ao ouvir o nome execrado, os transeuntes ficaram alertas e rostos apareceram em todas as janelas. E, quando viu sair da venda um homem jovem e belo, de camisa aberta, com os folhos tremulando sobre um peito atlético, carregando sobre os ombros um cesto de cerejas e o casaco pendurado na ponta de uma vara, tomando-o por um girondino proscrito, um grupo de *sans-culottes* abordou-o violentamente e o teria levado à municipalidade apesar de seus protestos indignados, se o velho Brotteaux, Gamelin e as três moças não tivessem atestado que o cidadão se chamava Philippe Desmahis, gravador a talho-doce e bom jacobino. Ainda foi preciso que o suspeito mostrasse a carta de civismo que trazia consigo, por um feliz acaso, pois era muito descuidado com essas coisas. A esse preço, escapou das mãos dos aldeões patriotas sem outro dano além de uma de suas mangas de renda arrancada; mas era uma perda leve. Recebeu até mesmo as desculpas dos guardas nacionais que o haviam apertado com mais força e que já falavam em carregá-lo em triunfo até a prefeitura.

Livre, cercado pelas cidadãs Élodie, Rose e Julienne, Desmahis dirigiu a Philippe Dubois, de quem não gostava e suspeitava de perfídia, um sorriso amargo e, ganhando por uma cabeça:
– Dubois, se me chamares mais uma vez de Barbaroux, vou chamar-te de Brissot; trata-se de um homenzinho gordo e ridículo, de cabelos ensebados, pele oleosa, mãos úmidas. Ninguém duvidará que seja o infame Brissot, o inimigo do povo; e os republicanos, tomados de horror e nojo ao ver-te, vão enforcar-te no próximo poste... Entendeste?

O cidadão Blaise, que acabava de dar de beber a seu cavalo, garantiu que tinha resolvido o problema, embora parecesse a todos que o problema fora resolvido sem ele.

Subiram de volta no carro. Na estrada, Desmahis contou ao cocheiro que, nessa planície de Longjumeau, vários habitantes da Lua haviam caído outrora – e, pela forma e pela cor, pareciam rãs, mas eram de um talhe bem maior. Philippe Dubois e Gamelin falavam de sua arte. Dubois, aluno de Regnault, tinha ido a Roma. Vira as tapeçarias de Rafael, que colocava acima de todas as obras-primas. Admirava o colorido de Correggio, a invenção de Annibale Carracci e o desenho de Domenichino*, mas nada lhe parecia comparável, quanto ao estilo, aos quadros de Pompeio Battoni. Frequentara, em Roma, o senhor Ménageot e a senhora Lebrun, que haviam se declarado contra a Revolução: por isso não falava neles. Mas elogiava Angélica Kauffman, que tinha um gosto puro e conhecia o estilo antigo.

Gamelin deplorava que, no apogeu da pintura francesa, tão tardia, já que datava somente de Le Sueur, de Claude e de Poussin e correspondia à decadência das escolas italiana e flamenga, tenha sucedido um declínio tão rápido e profundo. Creditava esse fato aos costumes públicos e à Academia, que era sua expressão. Mas a Academia acabava felizmente de ser extinta e, sob a influência dos novos princípios, David e sua escola estavam criando uma arte digna de um povo livre. Entre os jovens pintores, Gamelin colocava, sem inveja, em primeiro plano Hennequin e

---

* Domenico Zampieri (1581-1641), pintor italiano, aluno de Annibale Carraci, com quem pintou os afrescos do palácio Farnese, em Roma. (N. T.)

Topino-Lebrun. Philippe Dubois preferia Regnault, seu mestre, a David e fundava no jovem Gérard a esperança da pintura.

Élodie cumprimentava a cidadã Thévenin por seu casquete de veludo vermelho e seu vestido branco. E a atriz elogiava suas duas companheiras por suas vestes e indicava-lhes como aprimorá-las: em sua opinião, tratava-se de diminuir a quantidade de ornamentos.

– Nunca se está simples demais – dizia. – Aprendemos isso no teatro, onde a roupa deve permitir que se vejam todos os gestos. Essa é sua beleza, não há necessidade de outra.

– Estais certa, cara amiga – respondia Élodie. – Mas no trajar nada é mais caro que a simplicidade. E nem sempre é por mau gosto que acrescentamos enfeites; algumas vezes é por economia.

Falaram com interesse sobre a moda do outono, vestidos lisos, cintura curta.

– Tantas mulheres se enfeiam ao seguir a moda! – disse Thévenin. – Cada um deveria se vestir segundo sua figura.

– Nada é mais belo que os tecidos enrolados sobre o corpo e drapeados – disse Gamelin. – Tudo o que foi cortado e costurado é horrível.

Esses pensamentos, melhores em um livro de Winckelmann que na boca de um homem que conversa com mulheres parisienses, foram rejeitados com o desprezo da indiferença.

– Para o inverno – disse Élodie – estão fazendo capas acolchoadas à moda da Lapônia, de florença ou siciliana*, e sobrecasacas à moda de Zulima[1], de dimensões arredondadas, fechadas por um colete à moda turca.

– São chamados de tapa-miséria – disse Thévenin. – São vendidos já prontos. Tenho uma costureirinha que trabalha como um anjo e que não é cara: posso enviá-la à sua casa, querida.

E as palavras voavam leves e apressadas, desdobrando, erguendo os finos tecidos, florença listada, pequim liso, siciliana, gaze, nanquim.

---

* *Florence*, no original, é um tafetá de seda leve; em português, trata-se de um tecido de algodão semelhante à seda, feito outrora em Florença, na Itália. Sicilienne é um tecido de malha quadrada ou cuja trama é bem fechada. (N. T.)

E o velho Brotteaux, escutando-as, pensava com melancólica volúpia naqueles véus de uma estação jogados sobre formas encantadoras, que duram poucos anos e renascem eternamente como as flores do campo. E seus olhares, que iam das três moças para as centáureas e para as papoulas dos campos cultivados, umedeciam-se de lágrimas sorridentes.

Chegaram a Orangis por volta das nove horas e pararam no Albergue do Sino, onde o casal Poitrine hospedava pessoas a pé e a cavalo. O cidadão Blaise, que se refrescara, estendeu a mão às cidadãs. Depois de encomendar o almoço para o meio-dia, precedidos de suas caixas, cartolinas, cavaletes e guarda-sóis que um rapazola da aldeia carregava, foram a pé, pelo campo, na direção da confluência dos rios Orge e Yvette, nesses lugares encantadores de onde se descobre a planície verdejante de Longjumeau e que margeiam o rio Sena e o bosque de Sainte-Geneviève.

Jean Blaise, que conduzia a tropa de artistas, trocava com o antigo financista palavras jocosas pelas quasi passavam, sem ordem ou medida, os personagens de Verboquet, o Generoso, Catherine Cuissot, que mascateava, as senhoritas Chaudron, o mago Galichet e as figuras mais recentes de Cadet Roussel e da senhora Angot.

Évariste, tomado por um repentino amor pela natureza ao ver os ceifeiros apanhando a palha do trigo, sentia seus olhos se encherem de lágrimas; sonhos de concórdia e de amor preenchiam seu coração. Demahis soprava nos cabelos das cidadãs os leves grãos dos dentes-de-leão. Tendo as três o gosto das citadinas pelos buquês, colhiam nos prados verbascos, cujas flores se fecham em espiga em torno do caule, campânulas, portando seus sininhos lilases claros suspensos em andares, os finos raminhos da verbena odorífera, os engos, a hortelã, os lírios-dos-tintureiros, os milefólios, toda a flora campestre do fim do verão. E porque Jean-Jacques colocara a botânica na moda entre as moças das cidades, todas as três conheciam das flores os nomes e os amores. Como as corolas delicadas, amolecidas pela estiagem, desfolhavam-se em seus braços e caíam em chuva a seus pés, a cidadã Élodie suspirou:

– As flores já fenecem!

Todos puseram mãos à obra e esforçaram-se em expressar

a natureza tal como a viam; mas cada qual a via à moda de um mestre. Em pouco tempo, Philippe Dubois traçou, no estilo de Hubert Robert, uma chácara abandonada, árvores abatidas, um riacho seco. Évariste Gamelin encontrava às margens do rio Yvette as paisagens de Poussin. Philippe Desmahis, diante de um pombal, trabalhava ao modo picaresco de Callot e de Duplessis. O velho Brotteaux, que se orgulhava de copiar os flamengos, desenhava cuidadosamente uma vaca. Élodie esboçava uma cabana e sua amiga Julienne, que era filha de um vendedor de tintas, preparava sua paleta. Algumas crianças, coladas a ela, olhavam-na pintar. Ela as afastava de sua luz chamando-as de mosquitos e dando-lhes guloseimas. E a cidadã Thévenin, quando achava uma delas bonita, limpava seu rosto, beijava-a e colocava flores em seus cabelos. Acariciava-as com uma doçura melancólica porque não tinha a alegria de ser mãe, e também para embelezar-se com a expressão de um terno sentimento e para exercer a arte do gesto e do conjunto.

Apenas ela não desenhava nem pintava. Cuidava de decorar um papel e mais ainda de agradar. E, com seu caderno na mão, ia de um ao outro, uma coisa leve e encantadora. "Nenhuma tez, nenhum gesto, nenhum corpo, nenhuma voz", diziam as mulheres, e elas enchiam o espaço com movimento, cor e harmonia. Desvanecida, linda, cansada, infatigável, ela personificava as delícias da viagem. De humor inconstante e contudo sempre alegre, suscetível, irritável e no entanto razoável e tranquila, a língua afiada com o tom mais polido, vã, modesta, verdadeira, falsa, deliciosa... Se Rose Thévenin não conseguia obter sucesso, se não se tornava uma deusa, era porque os tempos eram ruins e não havia mais em Paris incenso ou altar para as Graças. A cidadã Blaise que, ao falar dela, fazia caretas e a chamava de sua "madrasta", não podia vê-la sem render-se a tantos encantos.

Estavam ensaiando *Les visitandines** no Théâtre Feydeau, e Rose alegrava-se de desempenhar nessa peça um papel muito natural. Ela buscava a naturalidade, perseguia-a, encontrava-a.

– Não veremos Pamela? – perguntou o belo Desmahis.

---

* *As visitandinas*, ópera cômica de autoria de Picard e música de Devienne; fez sucesso durante a Revolução. (N. T.)

O Théâtre de la Nation estava fechado e os atores haviam sido enviados para Madelonnettes e Pélagie*.

– É essa a liberdade? – perguntou abismada a cidadã Thévenin, erguendo aos céus seus belos olhos indignados.

– O atores do Théâtre de la Nation são aristocratas e a peça do cidadão François tende a fazer lamentar a perda dos privilégios da nobreza – declarou Gamelin.

– Senhores – disse Thévenin –, sabeis apenas dar ouvidos àqueles que vos adulam?...

Por volta do meio-dia, como todos estivessem com muita fome, a pequena trupe voltou para o albergue.

Évariste, junto de Élodie, lembrava-lhe sorrindo seus primeiros encontros:

– Dois filhotes de passarinho haviam caído do telhado onde ficava o ninho, no beiral de sua janela. Vós os alimentáveis no bico; um deles sobreviveu e levantou voo. O outro morreu no leito de algodão que havíeis feito para ele. "Era aquele que eu preferia", dissestes. Naquele dia, Élodie, usáveis um laço vermelho nos cabelos.

Philippe Dubois e Brotteaux, um pouco atrás, falavam de Roma para onde ambos haviam ido, este em 72, e aquele por volta dos últimos dias da Academia. E o velho Brotteaux ainda se lembrava da princesa Mondragona, a quem bem teria deixado ouvir seus suspiros, se não fosse o conde Altieri, que parecia sua sombra. Philippe Dubois não deixou de lhe dizer que fora convidado para jantar na residência do cardeal de Bernis e que este era o anfitrião mais obsequioso do mundo.

– Conheci-o – disse Brotteaux – e posso dizer sem me vangloriar que fui por algum tempo um de seus amigos mais próximos; ele gostava de frequentar a canalha. Era um homem amável e, embora trabalhasse recitando fábulas, havia em seu dedo mínimo mais sã filosofia do que na cabeça de todos os seus jacobinos que querem nos fazer cultuadores da virtude e de Deus. Por certo,

---

* Antigo convento, o Madelonnettes foi transformado em prisão em 1790; abrigou atores, representantes do antigo regime e generais da Revolução. Sainte-Pélagie era uma das prisões parisienses da época e recebeu primeiro os monarquistas e em seguida os republicanos. (N. R.)

prefiro nossos simples teófagos, que não sabem o que dizem ou fazem, a esses enraivecidos rabiscadores de leis, que se empenham em nos guilhotinar para nos tornar virtuosos e sábios e nos fazer adorar o Ser Supremo, que os fez à sua imagem. Em tempos passados, eu mandava rezar a missa na capela das Ilettes por um pobre diabo de cura que dizia depois de beber: "Não falemos mal dos pecadores: vivemos deles, padres indignos que somos!". Convenhai, senhor, que esse comedor de hóstia tinha máximas saudáveis sobre o governo. Seria preciso voltar a esse ponto e governar os homens tal como são e não como gostaríamos que fossem.

A Thévenin aproximara-se do velho Brotteaux. Sabia que aquele homem tivera uma vida de luxo outrora, e sua imaginação enfeitava com essa brilhante recordação a pobreza presente do antigo financista, que ela julgava menos humilhante, por ser geral e provocada pela ruína pública. Contemplava nele, curiosamente e não desprovida de respeito, os restos de um daqueles Cresos generosos que as atrizes mais velhas celebravam suspirando. E, além disso, os modos desse velhote de sobrecasaca cor de pulga tão gasta e tão limpa eram de seu agrado.

– Senhor Brotteaux – disse ela –, sabe-se que outrora, em um belo parque, em noites iluminadas, vós vos esgueiráveis em bosques de murtas com atrizes e dançarinas, ao som longínquo das flautas e violinos... Infelizmente, vossas deusas da Opéra e da Comédie-Française eram mais belas que nós, pobres e pequenas atrizes nacionais, não é?

– Não acrediteis nisso, senhorita – respondeu Brotteaux. – Ficai sabendo que, se naqueles tempos houvesse alguma que se lhe assemelhasse, ela teria pairado, só, soberana e sem rivais, por menos que o desejasse, nesse parque sobre o qual a senhorita tem uma visão tão lisonjeira...

O Albergue do Sino era rústico. Um ramo de azevinho pendia sobre o portão que dava acesso a um pátio sempre úmido onde ciscavam as galinhas. No fundo do pátio erguia-se a casa, composta pelo rés do chão e um primeiro andar, coberta por um telhado alto com telhas cheias de musgo e cujas paredes desapareciam sob velhas roseiras carregadas de rosas. À direita, algumas rocas mostravam suas pontas por cima do muro baixo do jardim. À esquerda, ficava a estrebaria, com uma manjedoura no exterior e um celeiro de tabique. Uma escada estava apoiada à parede. Ainda desse lado, sob um galpão atulhado de instrumentos agrícolas e de troncos, do alto de um velho cabriolé, um galo branco vigiava suas galinhas. O pátio era fechado, nesse sentido, por estábulos diante dos quais erguia-se, como um outeiro glorioso, um monte de estrume que, agora, era revirado com um garfo por uma moça mais larga do que alta, de cabelos cor de palha. A purina que enchia seus tamancos lavava seus pés descalços, cujos calcanhares amarelos como açafrão viam-se erguer de tempos em tempos. A saia arregaçada deixava descoberta a sujeira de suas pernas enormes e atarracadas. Enquanto Philippe Desmahis a observava, surpreso e divertido pela bizarra brincadeira da natureza, que construíra aquela moça na largura, o albergista chamou:

– Ei, Troncuda! Vai buscar água!

Ela virou-se e mostrou um rosto escarlate e uma boca larga onde faltava um dente. Fora preciso o chifre de um touro para lascar aquela potente dentição. Com o forcado no ombro, ela ria. Lembrando coxas, seus braços desnudados refulgiam ao sol.

A mesa fora posta na sala baixa, onde os frangos acabavam de assar à beira da lareira, enfeitada com velhos fuzis. Com mais de vinte pés de comprimento, a sala caiada era iluminada apenas pelos vidros esverdeados da porta e por uma única janela, emoldurada de rosas, perto da qual a avó girava sua roca. Ela usava uma touca e uma gola de renda dos tempos da Regência. Os dedos nodosos de suas mãos manchadas de terra seguravam o fuso. Moscas pousavam em suas pálpebras, e ela não as espantava. Nos braços de sua mãe, vira passar Luís XIV em sua carruagem.

Havia sessenta anos que fizera uma viagem a Paris. Contou com uma voz fraca e cantante, às três moças de pé à sua frente, que vira a Prefeitura, as Tuileries e a Samaritaine, e que, quando atravessava o Pont-Royal, um barco que levava maçãs para o mercado do Mail abriu-se, que as maçãs se foram na correnteza e o rio ficou todo avermelhado.

Fora instruída quanto às mudanças recém-advindas no reino e, principalmente, sobre a cizânia que havia entre os curas ajuramentados* e os que não juravam. Também sabia que haviam ocorrido guerras, fome e sinais no céu. Não acreditava nem um pouco que o rei estivesse morto. Fizeram-no fugir, dizia, por um subterrâneo e entregaram ao carrasco, em seu lugar, um homem comum.

Aos pés da anciã, nasciam os dentes do último rebento da família Poitrine, Jeannot, que estava em seu moisés. A cidadã Thévenin ergueu o berço de vime e sorriu para o menino, que gemeu baixinho, esgotado de febre e de convulsões. Ele devia estar muito enfermo, pois haviam chamado o médico, o cidadão Pelleport que, a bem da verdade, como era deputado suplente na Convenção, não cobrava por suas visitas.

A cidadã Thévenin, a quem cabia bem o ditado filho de peixe sabe nadar, em qualquer lugar se sentia em casa; descontente com a forma como a Troncuda tinha lavado a louça, limpava os pratos, os copos e os garfos. Enquanto a cidadã Poitrine cozinhava a sopa, que provava como boa hoteleira, Élodie fatiava um pão de quatro libras ainda quente do forno. Gamelin, ao vê-la trabalhar, disse-lhe:

– Li, faz alguns dias, um livro escrito por um jovem alemão, cujo nome esqueci, e que foi muito bem traduzido para o francês. Nele se vê uma bela jovem chamada Charlotte que, como vós, Élodie, cortava fatias de pão e, como vós, o fazia com tanta graça, e tão lindamente que, ao vê-la, o jovem Werther enamorou-se.

– E acabou em casamento? – perguntou Élodie.

– Não – respondeu Évariste – acabou com a morte violenta de Werther.

Comeram bem, pois estavam famintos; mas a comida era medíocre. Jean Blaise queixou-se: gostava de comer bem e fazia da boa alimentação uma regra de vida; e, sem dúvida, o que o incentivava a erigir sua gulodice como sistema de vida era a escassez generalizada de víveres. Em todas as casas, a Revolução esvaziara

---

* Em francês, *jureur*. "É chamado, na França, o padre que consentira prestar juramento à constituição civil do clero", na definição do *Dictionnaire de l'Académie Française* (8e. éd., 1932). O *XMLittré* - V.1.3 não difere muito: "na história da Revolução Francesa, o padre que prestava juramento à constituição civil do clero". (N. T.)

as panelas. A maior parte dos cidadãos não tinha o que pôr na boca. As pessoas habilidosas que, como Jean Blaise, ganhavam muito com a miséria pública, iam aos restaurantes, onde mostravam seu espírito empanturrando-se. Brotteaux, que no ano II da Liberdade vivia de castanhas e de restos de pão, lembrava-se de ter jantado no restaurante de Grimod de la Reynière, na entrada dos Champs-Élysées. Desejoso de merecer o título de *gourmet*, diante dos repolhos com toucinho da senhora Poitrine, enumerava elaboradas receitas de cozinha e bons preceitos gastronômicos. E, como Gamelin declarasse que um republicano despreza os prazeres da mesa, o velho financista, amador de antiguidades, dava ao jovem espartano a verdadeira fórmula do caldo negro*.

Depois do almoço, Jean Blaise, que não se esquecia dos negócios, fez com que sua academia ambulante realizasse croquis e esboços do albergue, que julgava bastante romântico em sua falta de cuidado. Enquanto Philippe Desmahis e Philippe Dubois desenhavam os estábulos, a Troncuda foi dar de comer aos porcos. O cidadão Pelleport, oficial de saúde, que saía ao mesmo tempo da sala baixa onde fora atender o pequeno Poitrine, aproximou-se dos artistas e, após tê-los cumprimentado por seus talentos, que honravam toda a nação, mostrou-lhes a Troncuda cercada de porcos.

– Vede essa criatura – disse. – Não se trata de uma moça, como poderiam crer: são duas moças. Entendam que estou falando literalmente. Surpreso com o volume enorme de sua formação óssea, examinei-a e percebi que tinha a maioria dos ossos em dobro: em cada coxa, dois fêmures soldados juntos; em cada ombro, dois úmeros. Ela também possui músculos em dobro. Em minha opinião, são duas gêmeas estreitamente associadas ou, melhor dizendo, fundidas. O caso é interessante. Chamei a atenção do senhor Saint-Hilaire sobre isso, que me agradeceu. O que estais vendo aí é um monstro, cidadãos. As pessoas daqui chamam-na de "a Troncuda". Deveriam dizer "as Troncudas": são duas. A natureza tem dessas esquisitices... Boa tarde, cidadãos pintores! Teremos tempestade esta noite...

---

* Alimentação dos espartanos na Antiguidade. (N. T.)

Depois do jantar à luz de velas, a academia Blaise brincou de cabra-cega no pátio do albergue, na companhia de um filho e de uma filha Poitrine, jogo no qual moças e moços puseram uma vivacidade que sua idade explica o bastante para que não se pense se a violência e a incerteza dos tempos não estariam excitando seu ardor. Quando a noite caiu completamente, Jean Blaise propôs que jogassem na sala baixa jogos de salão. Élodie pediu para jogar a "caçada ao coração", o que foi aceito por todo o grupo. A partir das indicações da jovem, Philippe Desmahis traçou com giz, nos móveis, nas portas e nas paredes, sete corações, ou seja, um a menos que o número de jogadores, pois o velho Brotteaux concordara gentilmente em participar. Dançaram em ciranda "*La Tour, prends garde*", e, a um sinal de Élodie, cada qual correu para pôr a mão em um coração. Gamelin, distraído e atrapalhado, encontrou todos ocupados: deu uma prenda, a pequena faca comprada por seis soldos na feira Saint-Germain com o qual cortara o pão para a mãe necessitada. Recomeçaram e foi, respectivamente, a vez de Blaise, Élodie, Brotteaux e da cidadã Thévenin não encontrarem coração e darem cada um uma prenda, um anel, um retículo, um livrinho encadernado em marroquim, um bracelete. Depois, as prendas foram sorteadas no colo de Élodie e cada um, para recuperar a sua, teve de mostrar seus talentos para o grupo, cantar uma música ou recitar versos. Brotteaux recitou o discurso do patrono da França, no primeiro canto de *A donzela*[2]:

> Sou Dionísio e santo de profissão.
> Amo a Gália...*

O cidadão Blaise, embora menos letrado, deu a resposta de Richemond sem hesitar:

> Senhor santo, não valia a pena
> Abandonar os domínios celestiais...**

Todos, então, liam e reliam com prazer a obra-prima do Ariosto francês; os homens mais graves riam dos amores de Joana e de

---

* Je suis Denis et saint de mon métier./ J'aime la Gaule...
** Monsieur le Saint, ce n'était pas la peine/ D'abandonner le céleste domaine...

Dunois, das aventuras de Agnes e de Monrose e das façanhas do burro alado. Todos os homens cultivados sabiam de cor os belos trechos daquele poema divertido e filosófico. O próprio Évariste Gamelin, embora de humor severo, ao pegar no regaço de Élodie sua faca de seis soldos, recitou de boa vontade a entrada de Grisbourdon nos infernos. A cidadã Thévenin cantou sem acompanhamento o romance de Nina: *Quando o bem-amado voltar*. Desmahis cantou, com a música de *O estribilho*:

> Alguns pegaram o porco
> Desse bom santo Antônio.
> E, metendo-lhe o capucho,
> Fizeram dele um monge.
> Custavam-lhe apenas as maneiras...*

Entretanto, Desmahis estava preocupado. Nesse momento, amava ardentemente as três mulheres com as quais brincava de "prenda tocada" e lançava para as três olhares ardentes e doces. Amava a cidadã Thévenin por sua graça, sua flexibilidade, sua arte competente, seus olhares e sua voz que chegava ao coração; amava Élodie, que sentia ter uma natureza abundante, rica e generosa; amava Julienne Hasard, apesar dos cabelos descoloridos, dos cílios brancos, das sardas e do peito magro porque, como esse Dunois do qual falava Voltaire em *La Pucelle*, estava sempre pronto, em sua generosidade, para dar à menos bela um gesto de amor e, além disso, parecia-lhe, por enquanto, a mais desocupada e, portanto, mais acessível. Isento de qualquer vaidade, nunca estava certo de ser correspondido; tampouco estava certo de não sê-lo. Por isso, por via das dúvidas, oferecia-se. Aproveitando os encontros felizes do jogo da "prenda tocada", dirigiu palavras doces à cidadã Thévenin que não se aborreceu, mas nada podia responder sob o olhar ciumento do cidadão Jean Blaise. Falou ainda mais amorosamente com Élodie, que sabia comprometida com Gamelin, mas não era bastante exigente a ponto de querer um coração só para si. Élodie não podia amá-lo; mas achava-o belo e não conseguiu ocultá-lo inteiramente dele. Por fim, levou

---

* Quelques-uns prirent le cochon/ De ce bon saint Antoine,/ Et, lui mettant un capuchon,/ Ils en firent un moine./ Il n'en coûtait que la façon...

seus votos mais intensos aos ouvidos da cidadã Hasard: ela respondeu com um ar de estupor que podia expressar tanto uma submissão abissal quanto uma triste indiferença. E Desmahis não acreditou que ela fosse indiferente.

No albergue, havia apenas dois quartos de dormir, ambos no primeiro andar e no mesmo corredor. O da esquerda, o melhor, estava coberto de papel de parede florido e ornado com um espelho do tamanho da mão, cuja moldura dourada sofria o ataque das moscas desde a infância de Luís XV. Lá, sob um toldo de chita estampada com folhagens, erguiam-se duas camas com travesseiros de pluma, edredons e cobertas. Esse quarto estava reservado para as três cidadãs.

Quando chegou a hora de se retirar, Desmahis e a cidadã Hasard, segurando na mão cada qual uma vela, desejaram-se boa noite no corredor. O gravador apaixonado entregou à filha do vendedor de tintas um bilhete no qual lhe pedia que o encontrasse no sótão, que estava situado acima do quarto das cidadãs, quando todos dormissem.

Previdente e sábio, tinha estudado os átrios durante o dia e explorado aquele sótão, cheio de réstias de cebolas, frutas que secavam debaixo de um ninho de vespas, baús, malas velhas. Vira até mesmo uma velha cama de lona, que lhe pareceu manca e sem uso, bem como um colchão de palha furado, de onde saltavam pulgas.

Em frente ao quarto das cidadãs, havia outro com três camas, pequeno, onde dormiriam os cidadãos viajantes, como lhe aprouvessem. Mas Brotteaux, que era sibarita, preferira dormir no feno do celeiro. Jean Blaise havia desaparecido. Dubois e Gamelin não tardaram a adormecer. Desmahis deitou na cama; mas, quando o silêncio da noite, como água dormente, cobriu a casa, o gravador levantou-se e subiu a escada de madeira, que se pôs a estalar sob seus pés descalços. A porta do sótão estava entreaberta. De lá saía um calor abafado e odores acres de frutos apodrecidos. Na cama de lona manca, dormia a Troncuda, de boca aberta, camisa levantada, pernas abertas. Era enorme. Atravessando a lucarna, um raio de lua banhava de azul e de prata sua pele que, entre escamas de sujeira e manchas de purina, brilhava de juventude e frescor. Desmahis lançou-se sobre ela; acordada em um sobressalto, teve medo e gritou; mas, logo que entendeu o que queriam dela, serenada, não fez prova de surpresa ou de contrariedade e fingiu estar ainda mergulhada em um meio sono que, ao tirar-lhe a consciência das coisas, permitia-lhe algum sentimento...

Desmahis voltou para o quarto, onde dormiu até o dia amanhecer um sono tranquilo e profundo.

No dia seguinte, depois de um último dia de trabalho, a academia viajante retomou o rumo de Paris. Quando Jean Blaise pagou seu hospedeiro com assinados, o cidadão Poitrine lamentou-se de só ver "dinheiro quadrado" e prometeu uma candeia ao indivíduo que trouxesse de volta as amarelinhas.

Ofereceu flores às cidadãs. À sua ordem, a Troncuda, em uma escada, de tamancos e saia levantada, mostrando à luz suas pernas sujas e resplandecentes, cortava rosas incansavelmente nas roseiras trepadeiras que cobriam a muralha. De suas mãos largas, as rosas caíam como chuva, torrentes, avalanche, nas saias estendidas de Élodie, de Julienne e da cidadã Thévenin. A berlinda ficou cheia. Todos, ao voltar para casa à noite, levavam braçadas delas e seu sono e seu despertar ficaram totalmente perfumados.

XI

Na manhã do dia 7 de setembro, a cidadã Rochemaure, a caminho da casa do jurado Gamelin – cujo interesse queria despertar por algum suspeito do seu conhecimento –, encontrou no patamar o antigo senhor Brotteaux des Ilettes, a quem amara nos dias felizes. Brotteaux ia levar doze dúzias de bonecos feitos por ele ao comerciante de brinquedos da Rue de la Loi. E resolvera, para carregá-los mais facilmente, amarrá-los na ponta de uma vara, como faziam os vendedores ambulantes. Tratava galantemente todas as mulheres, mesmo aquelas cujos atrativos haviam esmorecido para ele, em razão de um longo conhecimento, como devia ser o caso da senhora de Rochemaure, a não ser que, temperada pela traição, pela ausência, pela infidelidade e pela corpulência, ele a achasse apetitosa. Em todo caso, recebeu-a no patamar imundo, de cerâmicas desconjuntadas, como outrora no alto da escadaria das Ilettes e rogou que lhe fizesse a honra de visitar seu sótão. Ela subiu a escada com bastante presteza e encontrou-se sob uma estrutura cujas vigas inclinadas suportavam uma cobertura de telhas numa lucarna. Não era possível manter-se de pé. Ela sentou-se na única cadeira que podia haver naquele reduto e, após passar por um instante seu olhar pelas telhas separadas, perguntou-lhe, surpresa e entristecida:

– É aqui que habitais, Maurice? Não tendes por que temer os importunos. É preciso ser diabo ou gato para encontrá-lo.

– Tenho pouco espaço – respondeu o velho amigo. – E não vou esconder que às vezes chove sobre meu catre. É um pequeno

inconveniente. E durante as noites serenas vejo a lua, imagem e testemunha dos amores dos homens. Pois a lua, senhora, foi atestada pelos enamorados de todos os tempos e, quando está cheia, pálida e redonda, lembra ao amante o objeto de seus desejos.
– Entendo – disse a cidadã.
– Quando é época – prosseguiu Brotteaux –, os gatos fazem uma bela algazarra nessa calha. Mas deve-se perdoar ao amor que mia e xinga sobre os telhados, quando ele enche de tormento e de crimes a vida dos homens.

Ambos tiveram a sabedoria de conversar como amigos que se tinham deixado na noite anterior para ir dormir; e, embora tivessem se tornado estranhos um ao outro, trocavam ideias de forma agradável e familiar.

Entretanto, a senhora de Rochemaure parecia preocupada. A Revolução, que fora por muito tempo para ela sorridente e frutuosa, trazia-lhe agora desconforto e preocupações; suas ceias tornavam-se menos brilhantes e menos alegres. Os sons de sua harpa não iluminavam mais os rostos sombrios. Suas mesas de jogo haviam sido abandonadas pelos convivas mais ricos. Muitos de seus conhecidos, hoje suspeitos, escondiam-se; o financista Morhardt, seu amigo, fora preso e era por ele que vinha conversar com o jurado Gamelin. Ela mesma era suspeita. Guardas nacionais haviam feito uma busca em sua casa, revirado as gavetas de suas cômodas, levantado as lâminas de seu piso, dado golpes de baioneta em seus colchões. Não encontraram nada, pediram desculpas e beberam seu vinho. Mas passaram muito perto de sua correspondência com um emigrado, o senhor d'Expilly. Alguns amigos que tinha entre os jacobinos haviam-na avisado que o belo Henry, seu rufião, tornava-se comprometedor com suas violências demasiado exageradas para parecerem sinceras.

Com os cotovelos sobre os joelhos e os punhos apoiados no rosto, perguntou a seu velho amigo, sentado no colchão de palha:
– O que pensais de tudo isso, Maurice?
– Penso que essas pessoas dão amplo assunto para reflexão e para o divertimento de um filósofo ou de um amante de espetáculos, mas também que seria melhor para vós, cara amiga, que fosse embora da França.
– Maurice, aonde isso nos levará?

– É o que me perguntáveis, Louise, um dia, numa carruagem, à beira do rio Cher, no caminho das Ilettes, enquanto nosso cavalo, que havia disparado, nos arrastava num galope furioso. Como as mulheres são curiosas! Ainda hoje quereis saber aonde vamos parar. Perguntai às cartomantes. Não sou adivinho, minha amiga. E a filosofia, mesmo a mais saudável, é de pouco auxílio para o conhecimento do futuro. Essas coisas acabarão, pois tudo acaba. Pode-se prever diversas saídas. A vitória da coalizão e a entrada dos aliados em Paris. Não estão longe disso; todavia, duvido que consigam. Esses soldados da República lutam com um ardor que nada pode apagar. É possível que Robespierre se case com a senhora Royale e seja nomeado protetor do reino durante a minoridade de Luís XVII.

– Vós acreditais? – exclamou a cidadã, impaciente por se envolver nessa bela intriga.

– É possível também – prosseguiu Brotteaux – que a Vendeia vença e que o governo dos padres seja restabelecido sobre amontoados de ruínas e de cadáveres. Não imaginais, cara amiga, o império que o clero mantém sobre a multidão dos asnos... Eu quis dizer "das almas"; troquei as palavras. O mais provável, de meu ponto de vista, é que o Tribunal Revolucionário acarretará a destruição do regime que o instituiu: está ameaçando cabeças em demasia. São inúmeros aqueles que apavora; eles se reunirão e, para destruí-lo, destruirão o regime. Creio que fizestes com que nomeassem o jovem Gamelin para essa justiça. Ele é virtuoso: será terrível. Quanto mais penso nisso, bela amiga, mais creio que esse tribunal, criado para salvar a República, a perderá. A Convenção quis ter, como a realeza, seus grandes dias, sua Câmara Ardente, e garantir sua segurança por meio dos magistrados nomeados por ela e mantidos sob sua dependência. Mas como os grandes dias da Convenção são inferiores aos grandes dias da monarquia e como sua Câmara Ardente é menos política do que a de Luís XIV! Reina no Tribunal Revolucionário um sentimento de baixa justiça e de igualdade sem relevos que logo o tornará odiado e ridículo e desgostará a todos. Sabíeis, Louise, que esse tribunal, que chamará como réus a rainha da França e vinte e um legisladores, condenava ontem uma criada culpada de ter gritado "Viva o rei!" com má intenção e pensando em destruir a República?

Nossos juízes, emplumados de negro, trabalham no gênero desse William Shakespeare, tão caro aos ingleses, que introduz nas cenas mais trágicas de suas peças de teatro grosseiras palhaçadas.
– Pois bem! Maurice, continuais feliz no amor? – perguntou a cidadã.
– Infelizmente – respondeu Brotteaux –, as pombas voam para o branco pombal e não pousam mais na torre em ruínas.
– Vós não mudastes... Até logo, meu amigo!

Naquela noite, o dragão Henry, tendo ido, sem ter sido convidado, à casa da senhora de Rochemaure, encontrou-a lacrando uma carta na qual leu o endereço do cidadão Rauline, em Vernon. Era, ele o sabia, uma carta para a Inglaterra. Rauline recebia de um funcionário dos correios a correspondência da senhora de Rochemaure e a mandava levar a Dieppe por meio de uma vendedora de peixes. Um dono de barco entregava-a, durante a noite, a um navio britânico que cruzava o litoral; um emigrado, o senhor d'Expilly, recebia-a em Londres e comunicava-a, se julgasse útil, ao gabinete de Saint-James.

Henry era jovem e belo: Aquiles não unia tanta graça a tanto vigor quando vestiu as armas que Ulisses lhe apresentava. Mas a cidadã Rochemaure, há pouco sensível aos encantos do jovem herói da Comuna, desviava dele seus olhos e seu pensamento desde que havia sido avisada de que, denunciado aos jacobinos como um exagerado, aquele jovem soldado poderia comprometê-la e corrompê-la. Henry sentia que talvez não estivesse mais acima de suas forças deixar de amar a senhora de Rochemaure; mas não apreciava que não mais o distinguisse. Contava com ela para satisfazer certas despesas que o serviço da República requeria. Enfim, pensando nos extremos aos quais podem chegar as mulheres e como elas passam com rapidez do carinho mais ardente para a mais fria insensibilidade e como é fácil para elas sacrificar o que prezaram e desgraçar o que adoraram, suspeitou que essa encantadora Louise poderia um dia mandar jogá-lo na cadeia para se livrar dele. Sua prudência o aconselhava a reconquistar aquela beleza perdida. Era por isso que viera armado de todos os seus encantos. Aproximava-se dela, distanciava-se, voltava a aproximar-se, roçava seu corpo, fugia segundo as regras de sedução nos balés. Depois, jogou-se em uma poltrona e, com sua voz invencível, sua voz que falava às entranhas das mulheres, louvou a natureza e a solidão e propôs suspirando que fossem passear em Ermenonville.

Enquanto isso, ela puxava alguns acordes de sua harpa e lançava à sua volta olhares de impaciência e aborrecimento. De repente, Henry ergueu-se sombrio e resoluto e anunciou que partia para o exército e que em poucos dias estaria diante de Maubeuge.

Sem demonstrar dúvida ou surpresa, ela aprovou com um aceno de cabeça.

– Estais me parabenizando por essa decisão?
– Parabenizo-vos.

Ela esperava um novo amigo que a agradava infinitamente e de quem pensava tirar grandes vantagens; muito diferente daquele: um Mirabeau ressuscitado, um Danton limpo e que se tornara fornecedor, um leão que falava em jogar todos os patriotas no Sena. A todo instante, pensava ouvir a campainha e estremecia.

Para mandar Henry embora, calou-se, bocejou, folheou uma partitura e bocejou novamente. Ao ver que ele não partia, disse que precisava sair e dirigiu-se a seu quarto de vestir.

Ele gritou com uma voz emocionada:

– Adeus, Louise!... Voltarei a ver-vos algum dia?

E suas mãos vasculhavam a escrivaninha aberta.

Assim que chegou à rua, abriu a carta endereçada ao cidadão Rauline e leu-a com interesse. Continha de fato um quadro curioso do estado do espírito público na França. Falava da rainha, da cidadã Thévenin, do Tribunal Revolucionário, e muitas palavras confidenciais do bom Brotteaux des Ilettes eram relatadas.

Ao terminar a leitura e recolocar a carta no bolso, hesitou por alguns instantes: depois, como um homem que tomou sua decisão e que pensa que quanto antes é melhor, dirigiu-se para as Tuileries e penetrou no salão do Comitê de Salvação Geral.

Naquele dia, às três horas da tarde, Évariste Gamelin sentava no banco dos jurados, na companhia de quatorze colegas cuja maioria conhecia, gente simples, honesta e patriota, eruditos, artistas ou artesãos: um pintor, como ele, um desenhista, ambos cheios de talento, um cirurgião, um sapateiro, um antigo marquês, que dera grandes provas de civismo, um gráfico, pequenos comerciantes, uma amostra enfim do povo de Paris. Estavam lá, em suas vestes operárias ou burguesas, tosados como Tito ou usando cabelos presos, com o tricórnio enfiado sobre os olhos ou o chapéu redondo colocado na parte de trás da cabeça, ou ainda com o barrete vermelho escondendo as orelhas. Uns usavam paletó, casaca e calça, como antigamente; os outros usavam carmanhola e calça listada, à moda dos *sans-culottes*. Calçados com botas ou sapatos de fivela, ou tamancos, apresentavam em suas pessoas todas as diversidades da vestimenta masculina em uso na época. Como todos já haviam participado de julgamentos anteriores, pareciam muito à vontade em seus bancos e Gamelin invejava sua tranquilidade. Seu coração batia, suas orelhas zumbiam, seus olhos se toldavam e tudo o que o cercava adquiria uma cor lívida.

Quando o oficial anunciou o Tribunal, três juízes tomaram seu lugar sobre um estrado um pouco pequeno, defronte a uma mesa verde. Usavam chapéus com o distintivo revolucionário, enfeitado com grandes plumas negras, e o manto de audiência com uma fita tricolor de onde pendia sobre o peito uma pesada medalha de prata. À sua frente, ao pé do estrado, sentava-se o substituto do acusador público, usando vestimenta semelhante. O escrivão sentou-se entre o Tribunal e a poltrona vazia do acusado. Gamelin via esses homens com olhos diferentes do que os tinha visto até então, mais belos, mais graves, mais assustadores, embora adotassem atitudes familiares, folheando papéis, chamando um oficial de justiça ou virando-se para trás para escutar alguma comunicação de um jurado ou de um funcionário.

Acima dos juízes, estavam suspensas as tábuas dos Direitos do Homem; à sua direita e à sua esquerda, encostados às velhas muralhas feudais, os bustos de Le Peltier Saint-Fargeau e de Marat. Em frente ao banco dos jurados, no fundo da sala, erguia-se a tribuna pública. Mulheres enchiam as primeiras fileiras. Loiras, morenas ou grisalhas, todas usavam toucas altas cuja aba plissada sombreava as faces; em seus peitos, aos quais a moda dava uniformemente a amplitude de um seio de nutriz, cruzava-se um lenço branco ou dobrava-se o peitilho do avental azul. Estavam de braços cruzados sobre a balaustrada da tribuna. Atrás delas, viam-se, espalhados pela arquibancada, cidadãos vestidos com a diversidade que, naquela época, dava às multidões um caráter estranho e pitoresco. À direita, próximo à entrada, atrás de uma barreira fechada, estendia-se um espaço onde o público ficava de pé. Dessa vez, eram poucos. A questão de que cuidaria essa seção do Tribunal interessava apenas a um pequeno número de espectadores e, sem dúvida, as outras seções, que ocorriam ao mesmo tempo, traziam causas mais emocionantes.

Isso tranquilizava um pouco Gamelin, cujo coração, que fraquejava facilmente, não teria suportado a atmosfera inflamada das grandes audiências. Seus olhos fixavam-se nos mínimos detalhes: observava o algodão no ouvido do escrivão e uma mancha de tinta no dossiê do substituto. Via, como se tivesse uma lupa, os capitéis esculpidos em uma época em que todo conhecimento das ordens antigas fora perdido e que encimavam colunas góticas com guirlandas de urtiga e de azevinho. Mas seu olhar voltava sem cessar àquela poltrona, de forma antiquada, forrada de veludo de Utrecht vermelho, com o assento gasto e os braços escurecidos. Guardas nacionais em armas estavam postados em todas as saídas.

Por fim, apareceu o acusado, escoltado por granadeiros, com os membros livres, todavia, como prescrevia a lei. Era um homem de uns cinquenta anos, magro, seco, moreno, muito calvo, com as faces cavadas, os lábios finos e violáceos, vestido à moda antiga com um casaco sangue de boi. Sem dúvida, porque se encontrasse febril, seus olhos brilhavam como pedrarias e suas faces pareciam envernizadas. Sentou-se. Suas pernas, que cruzara, eram de uma magreza excessiva e suas grandes mãos nodosas abraçavam-nas completamente. Chamava-se Marie-Adolphe Guillergues e era acusado de dilapidação na forragem da República. O ato da acusação culpava-o de fatos numerosos e graves, dos quais nenhum era absolutamente certo. Interrogado, Guillergues negou a maioria deles e explicou outros de seu ponto de vista. Sua linguagem era precisa e fria, singularmente hábil, e dava a ideia de um homem com o qual não é desejável tratar de nenhum assunto. Tinha resposta para tudo. Quando o juiz lhe fazia alguma pergunta embaraçosa, seu rosto permanecia calmo e sua palavra segura, mas as duas mãos, reunidas sobre o peito, crispavam-se em agonia. Gamelin percebeu-o e disse ao ouvido de seu vizinho, pintor como ele:

– Olhai para os polegares!

A primeira testemunha ouvida relatou fatos devastadores. Era sobre ela que toda a acusação estava baseada. As testemunhas chamadas a seguir mostraram-se, ao contrário, favoráveis ao acusado. O substituto do acusador público foi veemente, mas permaneceu vago. O defensor falou com um tom de verdade que trouxe simpatias para o acusado que ele mesmo não conseguira conciliar. A audiência foi suspensa e os jurados se reuniram na câmara das deliberações. Lá, após uma discussão obscura e confusa, dividiram-se em dois grupos mais ou menos iguais em número. Viram-se, de um lado, os indiferentes, os tépidos, os razoáveis, que nenhuma paixão animava e, do outro, aqueles que se deixavam conduzir pelo sentimento, mostravam-se pouco sensíveis à argumentação e julgavam com o coração. Estes sempre condenavam. Eram os bons, os puros: pensavam apenas em salvar a República e não se preocupavam com o resto. Tal atitude provocou uma forte impressão em Gamelin, que se sentia em comunhão com eles.

"Esse Guillergues", pensava, "é um malandro esperto, um celerado que especulou com a forragem de nossa cavalaria. Absolvê-lo é deixar escapar um traidor, é trair a pátria, destinar o exército à derrota." E Gamelin já via os hussardos da República, sobre suas montarias fracas, mortos a golpes de sabre pela cavalaria inimiga... "Mas e se Guillergues for inocente?..."

Pensou repentinamente em Jean Blaise, igualmente suspeito de infidelidade nos suprimentos. Tantos outros deviam agir como Guillergues e Blaise, preparar a derrota, perder a República! Era preciso dar um exemplo. Mas e se Guillergues fosse inocente?...

– Não há provas – disse Gamelin em voz alta.

– Nunca há provas – respondeu o presidente do júri erguendo os ombros –, um dos bons, dos puros.

Finalmente, havia sete votos para a condenação e oito pela absolvição.

O júri voltou para a sala e a audiência recomeçou. Os jurados deviam explicar seu veredito; falaram um de cada vez diante da poltrona vazia. Uns eram prolixos; outros se contentavam com uma palavra; alguns pronunciavam palavras ininteligíveis.

Quando chegou sua vez, Gamelin levantou-se e disse:

– Na presença de um crime tão grande como retirar dos defensores da pátria os meios de vencer, queremos provas formais que não possuímos.

Com a maioria dos votos, o acusado foi declarado inocente.

Guillergues foi trazido de volta à frente dos juízes, acompanhado de um murmúrio benevolente dos espectadores que anunciavam sua absolvição. Era outro homem. A secura de seus traços derretera, seus lábios amoleceram. Tinha um aspecto venerável; seu rosto expressava a inocência. O presidente leu, com voz emocionada, o veredito que livrava o acusado; a sala estourou em aplausos. O guarda que trouxera Guillergues jogou-se em seus braços. O presidente chamou-o e deu-lhe um abraço fraterno. Os jurados o abraçaram. Gamelin chorava copiosamente.

No pátio do Palais, iluminado pelos últimos raios do sol, uma multidão barulhenta agitava-se. As quatro seções do Tribunal haviam pronunciado, na véspera, trinta condenações à morte e, nos degraus da grande escadaria, tricoteiras agachadas esperavam pela saída das charretes. Mas Gamelin, descendo os degraus no fluxo de jurados e espectadores, nada via, nada ouvia além de seu ato de justiça e de humanidade e os louvores que prestava a si mesmo por ter reconhecido a inocência. No pátio, Élodie, toda de branco, entre lágrimas e sorrisos, jogou-se em seus braços e lá permaneceu, desfalecida. E, quando recobrou o uso da voz, disse-lhe:

– Évariste, sois belo, sois bom, sois generoso! Naquela sala, o som de vossa voz, máscula e doce, atravessava-me por inteiro com suas ondas magnéticas. Fiquei eletrizada. Contemplava-o em seu banco. Só via a vós. Mas vós, meu amigo, não adivinhastes minha presença? Nada alertou que eu estava lá? Eu estava na tribuna, na segunda fileira, à direita. Deus! Como é doce fazer o bem! Salvastes aquele infeliz. Sem vós, estaria acabado: ele pereceria. Vós o devolvestes à vida, ao amor dos seus. Neste instante, ele deve abençoar-vos. Évariste, como me sinto feliz e orgulhosa por amar-vos!

De braços dados, apertados um contra o outro, caminhavam pelas ruas, sentindo-se tão leves que pareciam voar.

Dirigiam-se para O Amor Pintor. Chegando ao Oratoire:
– Não passemos pela loja – disse Élodie.
Ela o fez entrar pela porta principal e subir com ela até seu apartamento. No corredor, tirou de seu retículo uma grande chave de ferro.
– Parece uma chave de cadeia – disse. – Évariste, sereis meu prisioneiro.
Atravessaram a sala de jantar e foram para o quarto da moça.
Évariste sentia em seus lábios o frescor ardente dos lábios de Élodie. Apertou-a em seus braços. Com a cabeça pendida, os olhos moribundos, os cabelos espalhados, a cintura arqueada, meio desmaiada, escapou-lhe e correu para empurrar a tranca...
A noite já estava adiantada quando a cidadã Blaise abriu a porta do apartamento para seu amante e disse-lhe baixinho, na penumbra:
– Adeus, meu amor! Esta é a hora em que meu pai volta para casa. Se ouvirdes barulho na escada, subi rápido para o andar de cima e descei apenas quando não houver mais perigo de serdes visto. Para que abram a porta da rua, batei três vezes na janela da zeladora. Adeus, minha vida! Adeus, minha alma!
Quando ele chegou à rua, viu a janela do quarto de Élodie se entreabrindo e uma mãozinha colhendo um cravo vermelho que caiu aos seus pés como uma gota de sangue.

XII

Uma noite em que o velho Brotteaux levava duas dúzias de marionetes para o cidadão Caillou, na Rue de la Loi, o comerciante de brinquedos, habitualmente doce e educado, acolheu-o de forma desagradável em meio a suas bonecas e seus polichinelos.

– Tomai cuidado, cidadão Brotteaux, tomai cuidado! Nem sempre é hora de rir; as piadas não são todas boas: um membro do Comitê de Segurança da sessão, que ontem visitou meu estabelecimento, viu vossas marionetes e achou-as contrarrevolucionárias.

– Devia estar brincando! – disse Brotteaux.

– Não, cidadão. Não é um homem de brincadeiras. Disse que nesses pequenos bonecos a representação nacional era perfidamente parodiada, que se reconheciam notadamente caricaturas de Couthon, de Saint-Just e de Robespierre e confiscou-as. É uma perda inesperada para mim, sem falar dos riscos aos quais estou exposto.

– Como assim! Esses Arlequins, esses Pierrôs, esses Scaramouches, esses Colins e Colettes que pintei tal como Boucher os pintava há cinquenta anos seriam imitações de Couthon e de Saint-Just[1]! Não há homem sensato que consiga imaginar tal coisa.

– É possível que tenhais agido sem malícia, embora sempre se deva desconfiar de um homem de espírito como vós – respondeu o cidadão Caillou. – Mas esse jogo é perigoso. Quereis um exemplo? Natoile, que possui um pequeno teatro nos Champs-Élysées, foi preso anteontem por falta de civismo, porque fazia Polichinelo representar a Convenção.

– Olhai outra vez para essas máscaras e esses rostos – disse Brotteaux, erguendo o pano que cobria seus pequenos enforcados. – Parecem algo mais que personagens de comédia e de pastorais? Como podeis ter deixado que dissessem que eu estava satirizando a Convenção Nacional, cidadão Caillou?

Brotteaux estava surpreso. Por mais crédito que desse à estupidez humana, nunca pensou que algum dia ela chegasse a suspeitar de seus Scaramouches e de suas Colinettes. Protestava a inocência de seus bonecos e a sua. Mas o cidadão Caillou não queria ouvir nada.

– Cidadão Brotteaux, levai vossos bonecos daqui. Estimo-vos muito, considero-vos um homem honrado, mas não quero ser criticado nem atormentado por vossa causa. Eu respeito a lei. Pretendo continuar sendo um bom cidadão e ser tratado como tal. Boa tarde, cidadão Brotteaux; levai daqui vossos bonecos.

O velho Brotteaux retomou o caminho de casa, carregando seus suspeitos no ombro, na ponta de uma vara, e escarnecido pelas crianças, que pensavam ser ele um vendedor de mata-ratos[2]. Seus pensamentos eram tristes. Por certo não vivia apenas de seus bonecos: fazia retratos a vinte soldos, debaixo dos portões das casas e dentro de um tonel do mercado, na companhia de cerzideiras, e muitos rapazes que partiam para o exército queriam deixar seus retratos para as jovens amantes. Mas essas pequenas obras davam-lhe muito trabalho, e seus retratos estavam longe de ser tão bons quanto seus bonecos. Servia às vezes de secretário para as senhoras do mercado, mas isso significava participar de complôs monarquistas e os riscos eram enormes. Lembrou-se de que havia na Rue Neuve-des-Petits-Champs, perto da antiga Place Vendôme, outro comerciante de brinquedos, chamado Joly, e resolveu ir até lá no dia seguinte oferecer-lhe o que o pusilânime Caillou recusava.

Uma chuva fina começou a cair. Brotteaux, que temia estragar seus bonecos, apressou o passo. Quando atravessou o Pont-Neuf, escuro e deserto, e virou a esquina da Place de Thionville, viu, sob a luz de um lampião, sentado em um marco, um velhote magro que parecia extenuado de cansaço e de fome, mas ainda guardava um aspecto venerável. Estava vestido com uma longa sobrecasaca rasgada, não tinha chapéu e aparentava mais de sessenta anos.

Aproximando-se desse infeliz, Brotteaux reconheceu o padre Longuemare, que salvara do enforcamento havia seis meses, enquanto ambos faziam fila defronte à padaria da Rue de Jérusalem. Comprometido com o religioso pelo primeiro favor que lhe fizera, Brotteaux aproximou-se dele, fez-se reconhecer como o publicano que estivera ao seu lado no meio do povo, em um dia de grande escassez, e perguntou-lhe se não poderia ajudá-lo.

– Pareceis cansado, padre. Tomai uma gota de cordial.

E Brotteaux tirou do bolso de sua sobrecasaca cor de pulga um pequeno frasco de aguardente, que estava lá com seu volume de Lucrécio.

– Bebei. Vou ajudá-lo a chegar à vossa casa.

O padre Longuemare afastou o frasco com a mão e esforçou-se para levantar. Mas voltou a cair sobre o marco.

– Senhor – disse com uma voz fraca porém segura –, há três meses eu morava em Picpus. Como me alertaram que eu seria preso em casa ontem, dali a cinco horas, não retornei à minha casa. Não tenho asilo, vago pelas ruas e estou um pouco cansado.

– Pois então, padre, dai-me a honra de compartilhar meu sótão – disse Brotteaux.

– Sabeis bem que sou suspeito – respondeu o barnabita.

– Também eu, e os meus bonecos, o que é pior – disse Brotteaux. – Vós os vedes expostos, sob este tênue pano, sob a chuva fina que nos aborrece. Pois ficai sabendo, padre, que depois de ter sido publicano, fabrico bonecos para subsistir.

O padre Longuemare tomou a mão que o antigo publicano lhe estendia, e aceitou a hospitalidade oferecida. Brotteaux, em seu sótão, serviu-lhe pão, queijo e o vinho que pusera na calha para refrescar, pois era sibarita.

Uma vez aplacada a fome, o padre Longuemare disse:

– Senhor, devo informar-vos sobre as circunstâncias que levaram à minha fuga e me lançaram expirando naquele marco onde me encontrastes. Expulso do meu convento, eu vivia com uma parca renda que a Assembleia me oferecera; dava aulas de latim e de matemática e escrevia folhetos sobre a perseguição da Igreja na França. Cheguei a compor uma obra de certa extensão para demonstrar que o juramento constitucional dos padres é contrário à disciplina eclesiástica. Os progressos da Revolução tiraram de mim todos os meus alunos e eu não podia receber minha pensão por falta do certificado de civismo exigido por lei. Fui à prefeitura solicitar esse certificado, com a convicção de merecê-lo. Membro de uma ordem instituída pelo próprio santo apóstolo Paulo, que fez valer o fato de ser cidadão romano, eu me orgulhava de agir, seguindo seu exemplo, como bom cidadão francês, respeitoso de todas as leis humanas que não são contrárias às leis divinas. Apresentei minha solicitação ao senhor Colin, salsicheiro e oficial municipal, responsável pela entrega desse tipo de carta. Ele interrogou-me sobre minha condição. Eu disse que era padre: perguntou-me se eu era casado e, quando respondi que não, ele me disse que o azar era meu. Enfim, depois de diversas perguntas, indagou se eu provara meu civismo nos dias 10 de agosto, 2 de setembro e 31 de maio[3]. "Só podemos entregar certificados àqueles que provaram seu civismo por seu comportamento nessas três oportunidades." Não pude lhe dar uma resposta que o satisfizesse. Todavia, ele anotou meu nome e meu endereço e prometeu fazer prontamente uma investigação sobre meu caso. Manteve a palavra e foi como conclusão dessa investigação que dois comissários do Comitê de Segurança Geral de Picpus, assistidos pela força armada, apresentaram-se em minha residência durante minha ausência, para me levar preso. Não sei de que crime sou acusado. Mas haveis de convir que é preciso ter pena do senhor Colin, cuja mente está conturbada a ponto de repreender um eclesiástico por não ter mostrado seu civismo em 10 de agosto, 2 de setembro e 31 de maio. Um homem capaz de tal pensamento é realmente digno de pena.

– Eu também não tenho certificado – disse Brotteaux. – Ambos somos suspeitos. Mas estais cansado. Deitai-vos, padre. Amanhã cuidaremos de vossa segurança.

Brotteaux ofereceu o colchão a seu hóspede e guardou para si a enxerga, que o religioso solicitou por humildade e com tamanha insistência que foi preciso ceder: sem isso, teria se deitado no chão.

Tendo terminado esses arranjos, Brotteaux soprou a vela por economia e por prudência.

– Senhor – disse o religioso –, reconheço tudo o que estais fazendo por mim; mas, infelizmente, o fato de eu vos ser agradecido não vos trará grandes consequências. Que Deus vos recompense! Seria para vós uma consequência infinita. Mas Deus não leva em conta o que não é feito para Sua glória e não passa do esforço de uma virtude puramente natural. É por isso que eu vos suplico, senhor, que façais por Ele o que estáveis inclinado a fazer por mim.

– Padre, não vos preocupeis e não há necessidade de nenhum reconhecimento – respondeu Brotteaux. – O que estou fazendo neste momento e cujo mérito exagerais, não o faço por amor a vossa pessoa: pois afinal, padre, embora sejais amável, conheço-vos demasiadamente pouco para amar-vos. Também não o faço por amor à humanidade: pois não sou tão simples quanto Don Juan, para crer, como ele, que a humanidade tem seus direitos; e esse preconceito, em um espírito tão livre quanto o dele, me aflige. Faço-o por esse egoísmo que inspira ao homem todos os atos de generosidade e devoção, fazendo com que ele se reconheça em todos os miseráveis, predispondo-o a lamentar seu próprio infortúnio no infortúnio de outrem e incitando-o a ajudar um mortal semelhante a ele por natureza e destino, a ponto de fazer com que acredite socorrer a si mesmo quando socorre o outro. Faço-o também por ócio: pois a vida é a tal ponto insípida que é preciso distrair-se dela a todo custo e a benemerência é um divertimento bastante insípido, na falta de outros mais saborosos; faço-o por orgulho e para ganhar vantagem sobre vós; faço-o, por fim, por espírito de sistema e para mostrar-vos do que é capaz um ateu.

– Não vos calunieis dessa forma, senhor – respondeu o padre Longuemare. – Recebi de Deus mais graças do que Ele vos deu até o momento; mas valho menos que vós e sou muito inferior em méritos naturais. Permiti-me, contudo, ter uma vantagem sobre vós. Como não me conheceis, não podeis me amar. Quanto a mim, senhor, sem conhecer-vos, amo-vos mais que a mim mesmo: Deus o ordena.

Tendo assim falado, o padre Longuemare ajoelhou-se no piso e, após ter recitado suas preces, estendeu-se sobre a enxerga e adormeceu pacificamente.

XIII

Évariste Gamelin participava do Tribunal pela segunda vez. Antes do início da audiência, conversava com seus colegas do júri sobre as notícias que haviam chegado naquela manhã. Algumas eram incertas e falsas; mas o que se podia concluir era terrível: os exércitos da coalizão, senhores de todas as estradas, marchando juntos, a Vendeia vitoriosa, Lyon insurreta, Toulon entregue aos ingleses que haviam desembarcado ali quatorze mil homens.

Eram para esses magistrados questões domésticas que interessavam ao mundo inteiro. Certos de perecer se a pátria perecesse, faziam da salvação pública uma questão pessoal. E o interesse da nação, confundido com o deles, ditava seus sentimentos, suas paixões, sua conduta.

Gamelin recebeu uma carta de Trubert, secretário do Comitê de Defesa, quando estava em seu banco; era a notícia de sua nomeação como comissário da pólvora e do salitre.

Escavarás todos os porões da seção para deles extrair as substâncias necessárias para a fabricação da pólvora. O inimigo estará talvez amanhã diante de Paris: é preciso que o solo da pátria nos forneça a pólvora que lançaremos sobre nossos agressores. Estou enviando anexada uma instrução da Convenção relativa ao tratamento do salitre.

Saudações e fraternidade.

Naquele instante foi introduzido o acusado. Tratava-se de um dos últimos generais vencidos que a Convenção entregava ao Tribunal, e o mais obscuro deles. Ao vê-lo, Gamelin estremeceu: pensou estar diante daquele militar que, em meio ao povo de Paris, vira, três semanas antes, ser julgado e enviado para a guilhotina. Era o mesmo homem, de ar obstinado, limitado: foi o mesmo processo. Ele respondia de uma forma sorrateira e brutal que estragava suas melhores respostas. Seus ardis, suas argúcias, as acusações que lançava contra seus subordinados, faziam esquecer que ele cumpria a respeitável tarefa de defender sua honra e sua vida. Nesse processo, tudo era incerto, contestado, a posição dos exércitos, o número de efetivos, as munições, as ordens dadas, as ordens recebidas, os movimentos das tropas: ninguém sabia de nada. Ninguém entendia nada daquelas operações confusas, absurdas, sem objetivo, que resultaram em um desastre, ninguém, nem o defensor e o próprio acusado mais do que o acusador, os juízes e os jurados e, estranho, ninguém confessava aos outros e a si mesmo que não estava entendendo nada. Os juízes se demoravam em planos de batalha, dissertavam sobre a tática e a estratégia; o acusado traía suas disposições naturais para a trapaça.

Discutia-se sem fim. E Gamelin, durante os debates, via nas duras estradas do Norte os carros de munições atolados e os canhões derrubados nas relheiras, e por todos os caminhos, o desfile desordenado das colunas vencidas, enquanto a cavalaria inimiga surgia de toda parte pelas vias abandonadas. E ouvia desse exército traído subir um clamor imenso que acusava o general. No encerramento dos debates, uma sombra enchia a sala e a figura indistinta de Marat pairava como um fantasma sobre a cabeça do presidente. O júri chamado a se pronunciar estava dividido. Gamelin, com uma voz surda que sufocava em sua garganta, mas com um tom resoluto, declarou que o acusado era culpado de traição contra a República e um murmúrio de aprovação que se ergueu na multidão, foi acariciar sua jovem virtude. A condenação foi lida à luz das tochas, cujo brilho lívido tremia sobre as têmporas cavadas do condenado, em que se via escorrer o suor. À saída, nos degraus onde se agitava uma multidão de comadres empenachadas com as cores da Revolução enquanto ouvia seu nome ser murmurado, que os frequentadores do Tribunal começavam a conhecer, Gamelin foi abordado por tricoteiras que, mostrando o punho, pediam a cabeça da austríaca.

No dia seguinte, Évariste teve de pronunciar-se sobre o destino de uma pobre mulher, a viúva Meyrion, carregadora de pão. Ela andava pelas ruas empurrando um carrinho e carregando, pendurada na cintura, uma tabuleta de madeira mole na qual fazia ranhuras com sua faca para representar a conta dos pães que haviam entregado. Seu ganho era de oito soldos por dia. O substituto do acusador público mostrou-se de uma violência estranha para com aquela infeliz que havia gritado, ao que parece, "Viva o rei!" diversas vezes, tido conversas contrarrevolucionárias nas casas onde entregava o pão de cada dia e se metido em uma conspiração que tinha como objetivo a fuga da esposa Capeto. Interrogada pelo juiz, reconheceu os fatos que lhe eram imputados; seja por simplicidade, seja por fanatismo, confessou sentimentos monarquistas com uma grande exaltação e perdeu-se.

O Tribunal Revolucionário fazia a igualdade triunfar ao mostrar-se tão severo com os carregadores e as criadas quanto com os aristocratas e os banqueiros. Gamelin não concebia que pudesse ser de outro modo em um regime popular. Teria julgado desprezível, insolente para com o povo, excluí-lo do suplício. Teria sido considerá-lo, por assim dizer, como que indigno do castigo. Reservada exclusivamente aos aristocratas, a guilhotina teria lhe parecido, um privilégio iníquo. Gamelin começava a desenvolver uma ideia religiosa e mística sobre o castigo, a atribuir-lhe uma virtude, méritos próprios. Pensava que a pena era devida aos criminosos e que, frustrá-la, seria um prejuízo para eles. Declarou a senhora Meyrion culpada e digna do castigo supremo, lamentando apenas que os fanáticos que a tinham desgarrado, mais culpados que ela, não estivessem presentes para compartilhar sua sorte.

Évariste ia quase todas as noites encontrar os jacobinos, que se reuniam na antiga capela dos dominicanos, vulgarmente denominados jacobinos, na Rue Honoré. Em um pátio no qual se erguia uma árvore da Liberdade, um choupo cujas folhas agitadas produziam um murmurejo perpétuo, a capela, de um estilo pobre e triste e coberta de telhas pesadas, apresentava sua empena nua, atravessada de um olho-de-boi e de uma porta cimbrada, encimada por uma bandeira com as cores nacionais e enfeitada com

o barrete da Liberdade. Os jacobinos, bem como os cordeliers*
e os feuillants**, tinham adotado a casa e o apelido dos monges
dispersos. Gamelin, outrora assíduo participante das sessões
dos cordeliers, não conseguia encontrar entre os jacobinos os
tamancos, as carmanholas, os gritos dos dantonistas. No clube de
Robespierre reinavam a prudência administrativa e a gravidade
burguesa. Desde que o Amigo do Povo deixara de existir, Évariste
seguia as lições de Maximilien, cujo pensamento dominava os
jacobinos e, a partir daí, por meio de mil sociedades afiliadas,
estendia-se por toda a França. Durante a leitura dos autos, seu
olhar passeava pelas paredes nuas e tristes que, após terem
abrigado os filhos espirituais do grande inquisidor da heresia,
viam reunidos os zelosos inquisidores dos crimes contra a pátria.

Naquele lugar encontrava-se sem pompa e exercia-se pela
palavra o maior dos poderes do Estado. Ele governava a cidade,
o império, ditava seus decretos à Convenção. Esses artesãos da
nova ordem das coisas, tão respeitosos da lei que permaneciam
monarquistas em 1791 e ainda queriam sê-lo no retorno de Varennes, por apego teimoso à Constituição, amigos da ordem estabelecida, mesmo após os massacres do Champ de Mars, e jamais
revolucionários contra a revolução, estranhos aos movimentos
populares, alimentavam em sua alma sombria e poderosa um
amor pela pátria que dera à luz quatorze exércitos e que erguera
a guilhotina. Évariste admirava neles a vigilância, o espírito suspicioso, o pensamento dogmático, o amor pelas regras, a arte de
dominar, uma sabedoria imperial.

O público presente naquela sala fazia ouvir apenas um frêmito
unânime e regular, como a folhagem da árvore da Liberdade que
se erguia na entrada.

Naquele dia, 11 de vendemiário, um homem jovem, com a
fronte fugidia, o olhar penetrante, o nariz em ponta, o queixo
agudo, o rosto marcado pela varíola, o ar frio, subiu lentamente à

---
* Frades franciscanos, assim chamados porque usavam atada na cintura uma corda fina (em francês, *cordelle*). O Clube dos Cordeliers foi liderado por Danton, Marat, Desmoulins e Hébert. (N. R.)
** Monges cistercienses. Era o clube dos moderados ou constituintes; foi liderado por La Fayette e Duport. (N. R.)

tribuna. Estava com a face ligeiramente empoada e usava um casaco azul que marcava a cintura. Tinha a postura afetada, a atitude calculada, que faziam alguns dizerem, debochando, que parecia um professor de dança e outros cumprimentarem-no, chamando-o de "Orfeu francês". Robespierre pronunciou com uma voz clara um discurso eloquente contra os inimigos da República. Golpeou com argumentos metafísicos e terríveis Brissot e seus cúmplices. Falou longamente, com abundância, com harmonia. Planando nas esferas celestes da filosofia, lançou raios nos conspiradores que rastejavam sobre o solo.

Évariste ouviu e entendeu. Até então, acusara a Gironde de preparar a restauração da monarquia ou o triunfo da facção de Orléans e de meditar a ruína da cidade heroica que libertara a França e que um dia libertaria o universo. Agora, ouvindo a voz do sábio, descobria verdades mais altas e mais puras; concebia uma metafísica revolucionária que elevava seu espírito acima das grosseiras contingências, protegido dos erros dos sentidos, na região das certezas absolutas. As coisas em si são mescladas e cheias de confusão; a complexidade dos fatos é tamanha que nos perdemos nela. Robespierre as simplificava para ele, apresentava-lhe o bem e o mal em fórmulas simples e claras. Federalismo, indivisibilidade: na unidade e na indivisibilidade estava a salvação; no federalismo, a danação. Gamelin experimentava a alegria profunda de um crente que conhece a palavra que salva e a palavra que condena. Doravante, o Tribunal Revolucionário, como outrora os tribunais eclesiásticos, conheceria o crime absoluto, o crime verbal. E, porque tinha o espírito religioso, Évariste recebia aquelas revelações com entusiasmo sombrio; seu coração se exaltava e se alegrava com a ideia de que, doravante, para discernir o crime e a inocência, ele possuía um símbolo. Ó tesouros da fé, que tudo substituem!

O sábio Maximilien também o iluminava sobre as pérfidas intenções daqueles que queriam igualar os bens e dividir as terras, suprimir a riqueza e a pobreza e estabelecer para todos a feliz mediocridade. Seduzido por suas máximas, inicialmente aprovara seus desígnios que achava serem conformes aos princípios de um verdadeiro republicano. Mas Robespierre, em seus discursos aos jacobinos, revelara suas tramas e descobrira que esses homens, cujas intenções pareciam puras, tendiam para a subversão da República, e só alarmavam os ricos para suscitar inimigos poderosos e implacáveis para a autoridade legítima. Com efeito, assim que a propriedade foi ameaçada, a população inteira, tanto mais ligada aos seus bens quanto menos os possuía, voltava-se bruscamente contra a República. Alarmar os interesses era conspirar. Sob a aparência de preparar a felicidade universal e o reino da justiça, aqueles que propunham como objeto digno do esforço dos cidadãos a igualdade e a comunidade dos bens eram traidores e celerados mais perigosos do que os federalistas.

Contudo, a maior revelação que lhe foi trazida pela sabedoria de Robespierre eram os crimes e as infâmias do ateísmo. Gamelin jamais negara a existência de Deus; era deísta e acreditava em uma providência que cuidava dos homens: mas, confessando a si mesmo que concebia apenas de forma muito vaga o Ser supremo e muito ligado à liberdade de consciência, admitia de bom grado que homens de bem pudessem, a exemplo de La Mettrie, de Boulanger, do barão de Holbach, de Lalande, de Helvétius, do cidadão Dupuis[1], negar a existência de Deus, com a condição de estabelecer uma moral natural e de encontrar em si mesmos as fontes da justiça e as regras de uma vida virtuosa. Chegara a sentir simpatia pelos ateus, quando os vira injuriados ou perseguidos. Maximilien abrira sua mente e descerrara seus olhos. Com sua eloquência virtuosa, esse grande homem revelara o verdadeiro caráter do ateísmo, sua natureza, suas intenções, seus efeitos; demonstrara que essa doutrina, formada nos salões e salas íntimas da aristocracia, era a mais pérfida invenção que os inimigos do povo imaginaram para desmoralizá-lo e escravizá-lo; que era criminoso arrancar do coração dos infelizes o pensamento consolador de uma providência remuneradora e entregá-los sem guia e sem freio às paixões que degradam o homem e fazem dele um escravo vil; e que, por fim, o epicurismo monárquico de um Helvétius levava à imoralidade, à crueldade, a todos os crimes. E desde que as lições de um grande cidadão o haviam instruído, execrava os ateus, principalmente quando tinham um coração aberto e alegre, como o velho Brotteaux.

Nos dias que se seguiram, Évariste teve de julgar, um após o outro, um aristocrata, culpado de ter destruído grãos para esfomear a população, três emigrados que voltaram para fomentar a guerra civil na França, duas moças do Palais-Égalité, quatorze conspiradores bretões, mulheres, velhos, adolescentes, senhores e criados. O crime estava provado, a lei era formal. Entre os culpados encontrava-se uma mulher de vinte anos, enfeitada com os esplendores da juventude sob a sombra de seu fim próximo, encantadora. Um laço azul segurava seus cabelos de ouro, seu lenço de linho fino mostrava um pescoço branco e flexível.

Évariste opinou constantemente pela morte, e todos os acusados, exceto um velho jardineiro, foram mandados para o cadafalso.

Na semana seguinte, Évariste e sua seção ceifaram quarenta e cinco homens e dezoito mulheres.

Os juízes do Tribunal Revolucionário não faziam mais distinção entre homens e mulheres, inspirados, nesse sentido, por um princípio tão antigo quanto a própria justiça. E, embora o presidente Montané, tocado pela coragem e pela beleza de Charlotte Corday, tivesse tentado salvá-la alterando o procedimento e, por isso, perdido seu cargo, as mulheres, na maioria das vezes, eram interrogadas sem favores, segundo a regra comum a todos os tribunais. Os jurados as temiam, desconfiavam de sua esperteza, de seu costume de fingir, de seus meios de sedução. Igualando os homens em coragem, elas convidavam o Tribunal a tratá-las como homens. A maioria dos que as julgavam, mediocremente sensuais ou sensuais em outros momentos, não se sentiam nem um pouco atraídos. Condenavam ou inocentavam essas mulheres segundo sua consciência, seus preconceitos, seu zelo, seu amor fraco ou violento pela República. Quase todas se mostravam cuidadosamente penteadas e arrumadas com todo o esmero que permitia seu infeliz estado. Mas havia poucas jovens, menos ainda jovens bonitas. A prisão e as preocupações as murchavam, a iluminação crua da sala traía seu cansaço, suas angústias, acusavam suas pálpebras descoloridas, sua tez manchada, seus lábios brancos e contraídos. A cadeira fatal recebeu, contudo, mais de uma vez uma mulher jovem, bela em sua palidez, enquanto uma sombra fúnebre, semelhante aos véus da volúpia, cobria seu olhar. Diante daquela visão, que certos jurados tenham se eternecido ou se irritado, que, no segredo de seus sentidos depravados, algum desses magistrados tenha analisado os mais íntimos segredos daquela criatura que imaginava ao mesmo tempo viva e morta e, ao remexer imagens voluptuosas e sangrentas, tenha sentido o prazer atroz de entregar aquele corpo desejado ao carrasco, talvez seja o que se deva calar, mas o que não se pode negar, quando se conhecem os homens. Évariste Gamelin, artista frio e erudito, só reconhecia beleza na Antiguidade e a beleza inspirava-lhe menos emoção que respeito. Seu gosto clássico tinha tais severidades que raramente encontrava mulher que lhe agradasse; era tão insensível aos encantos de um rosto bonito quanto à cor de um Fragonard e às formas de um Boucher. Só conhecera desejo no amor profundo.

Como a maior parte de seus colegas do Tribunal, achava as mulheres mais perigosas que os homens. Odiava as antigas princesas, aquelas que apareciam em seus sonhos repletos de horror, mastigando, com Elisabete e a austríaca, fardos de grãos para assassinar os patriotas; odiava até mesmo todas as belas amigas dos banqueiros, dos filósofos e dos letrados, culpadas por terem gozado os prazeres dos sentidos e do espírito e vivido em um tempo em que era doce viver. Odiava-as sem confessar seu ódio e, quando tinha de julgar uma delas, condenava-a por ressentimento, pensando condená-la com justiça para a salvação pública. E sua honestidade, seu pudor viril, sua sabedoria fria, sua devoção ao Estado, suas virtudes enfim, empurravam para o machado cabeças tocantes.

Mas o que vem a ser isso e o que significa esse estranho prodígio? Há pouco tempo, ainda era preciso procurar os culpados, esforçar-se para descobri-los em seus esconderijos e tirar-lhes a confissão por seu crime. Hoje, não se trata mais da caça com uma multidão de sabujos, da perseguição de uma presa tímida: as vítimas se oferecem por toda parte. Nobres, virgens, soldados, mulheres da vida lançam-se ao Tribunal, arrancam dos juízes uma condenação demasiado lenta, reclamam a morte como um direito que estão impacientes para gozar. Não basta a multidão com a qual o zelo dos delatores encheu as prisões e o acusador público e seus acólitos esgotam-se em fazer passar pelo Tribunal: é preciso ainda garantir o suplício daqueles que não querem esperar. E tantos outros, ainda mais resolutos e mais orgulhosos, enviando sua morte aos juízes e aos carrascos, golpeando a si mesmos com as próprias mãos! Ao furor de matar responde o furor de morrer. Eis que surge, na Conciergerie, um jovem militar, belo, vigoroso, amado; deixou na cadeia uma amante adorável que lhe disse: "Vive por mim!". Ele não quer viver nem por ela, nem pelo amor, nem pela glória. Acendeu o cachimbo com seu ato de convocação. E, republicano, pois respira liberdade por todos os poros, torna-se monarquista para morrer. O Tribunal esforça-se para inocentá-lo: o acusado é mais forte; juízes e jurados são forçados a ceder.

O espírito de Évariste, naturalmente inquieto e escrupuloso, enchia-se de suspeitas e de preocupações, ao ouvir as lições dos jacobinos e ao assistir ao espetáculo da vida. À noite, ao seguir pelas ruas mal iluminadas a caminho da casa de Élodie, acreditava, a cada respiradouro, perceber nos porões a prancha com os falsos assinados; no fundo da padaria ou da mercearia vazia, adivinhava estoques lotados de víveres açambarcados; através dos vidros reluzentes dos restaurantes, parecia-lhe ouvir as conversas dos agiotas que preparavam a ruína do país enquanto esvaziavam garrafas de vinho de Beaune ou de Chablis; nos becos infectos, entrevia mulheres da vida prestes a pisotear o distintivo nacional sob os aplausos da juventude elegante; via conspiradores e traidores por todo lugar. Pensava: "República! Contra tantos inimigos secretos ou declarados, tens apenas um recurso. Santa guilhotina, salva a pátria!...".

Élodie esperava por ele em seu pequeno quarto azul, acima do Amor Pintor. Para avisá-lo que podia entrar, colocava na beirada da janela seu regadorzinho verde, perto do pote de cravos. Agora ele a aterrava, aparecia-lhe como um monstro: tinha medo dele e o adorava. Durante a noite toda, perdidamente abraçados um ao outro, o amante sanguinário e a moça voluptuosa trocavam em silêncio beijos furiosos.

XIV

Acordado desde o nascer do sol, o padre Longuemare, depois de varrer o quarto, fora rezar a missa em uma capela da Rue de l'Enfer, servida por um padre não ajuramentado. Havia em Paris milhares de esconderijos semelhantes, onde o clero refratário reunia clandestinamente pequenos rebanhos de fiéis. A polícia das seções, embora vigilante e desconfiada, fechava os olhos para aqueles apriscos secretos, por medo do rebanho irritado e por um resto de veneração pelas coisas santas. O barnabita despediu-se de seu anfitrião, que teve muita dificuldade em convencê-lo a voltar para o jantar, e conseguiu, afinal, seu assentimento com a promessa de que a refeição não seria nem abundante nem delicada.

Brotteaux, ao ficar sozinho, acendeu um pequeno forno de terra; depois, enquanto preparava o jantar do religioso e do epicurista, relia Lucrécio e meditava sobre a condição dos homens.

Esse sábio não se surpreendia de que seres miseráveis, vãos joguetes das forças da natureza, se encontrassem na maioria das vezes em situações absurdas e penosas; mas tinha a fraqueza de acreditar que os revolucionários eram piores e mais estúpidos que os outros homens, no que caía na ideologia. De resto, não era pessimista e não pensava que a vida fosse totalmente má. Admirava a natureza em várias de suas partes, especialmente na mecânica celeste e no amor físico, e conformava-se com os trabalhos da vida, esperando o dia próximo em que não conheceria mais temores ou desejos.

Pintou algumas marionetes com cuidado e fez uma Zerlina que se parecia com a cidadã Thévenin. Aquela moça agradava-lhe e seu epicurismo louvava a ordem dos átomos que a compunham. Esses cuidados ocuparam-no até a volta do barnabita.

– Padre – disse, ao abrir-lhe a porta –, eu tinha vos dito que nossa refeição seria magra. Temos apenas castanhas. Pelo menos estão bem temperadas.

– Castanhas! – exclamou o padre Longuemare sorrindo –. Não existe melhor iguaria. Meu pai, caro senhor, era um nobre pobre da região de Limousin que possuía, por todo bem, um pombal em ruínas, um pomar selvagem e um punhado de castanheiras. Alimentava-se, com sua mulher e seus doze filhos, com grandes castanhas verdes, e éramos todos fortes e robustos. Eu era o mais novo e o mais turbulento: meu pai dizia, de brincadeira, que seria preciso me mandar para a América para ser flibusteiro... Ah, senhor! Como esta sopa de castanhas está perfumada! Lembra-me a mesa coroada de crianças em que sorria minha mãe.

Terminada a refeição, Brotteaux foi até Joly, comerciante de brinquedos da Rue Neuve-des-Petits-Champs, que comprou as marionetes recusadas por Caillou e encomendou não doze dúzias de uma vez, como ele, e sim vinte e quatro dúzias para começar.

Ao chegar à antiga Rue Royale, Brotteaux viu refulgir um triângulo de aço entre duas estruturas de madeira na Place de la Révolution: era a guilhotina. Uma multidão enorme e animada de curiosos aglomerava-se em torno do cadafalso, aguardando as carroças cheias. Mulheres, carregando o tabuleiro sobre o ventre, anunciavam os bolos de Nanterre. Vendedores de refrescos agitavam sua sineta; aos pés da estátua da Liberdade, um velhote mostrava gravuras de ótica em um pequeno teatro encimado por um balanço onde um macaco se balançava. Alguns cães, debaixo do cadafalso, lambiam o sangue do dia anterior. Brotteaux voltou para a Rue Honoré.

De volta ao seu sótão, onde o barnabita lia o breviário, limpou a mesa com cuidado e colocou sobre ela sua caixa de tintas, assim como as ferramentas e os materiais de sua profissão.

– Padre, se não julgardes essa ocupação indigna do caráter sagrado que o reveste, ajudai-me, por favor, a fabricar as marionetes. Um certo senhor Joly fez-me, hoje mesmo pela manhã, uma encomenda muito grande. Enquanto pinto estas figuras já formadas, muito me ajudareis se recortardes cabeças, braços, pernas e troncos segundo estes moldes. Não existem melhores: foram feitos segundo Watteau e Boucher.

– Creio de fato, senhor – respondeu Longuemare –, que Watteau e Boucher estavam destinados a criar tais bugigangas: teria valido mais, para sua glória, que tivessem se limitado a inocentes marionetes como estas. Ficarei feliz em ajudar-vos, mas creio não ter habilidade suficiente para tanto.

O padre Longuemare estava certo em desconfiar de sua habilidade: depois de várias tentativas frustradas foi preciso reconhecer que seu talento não era o de recortar contornos agradáveis com a ponta do canivete em uma cartolina fina. Mas quando, a seu pedido, Brotteaux lhe deu cordéis e um passador, revelou-se muito apto para dotar de movimento os pequenos seres que não soubera formar e instruí-los na dança. Tinha muita habilidade para experimentá-los depois, fazendo cada um executar uns passinhos de gavota, e, quando respondiam a seus cuidados, um sorriso passava em seus lábios severos.

Em uma oportunidade em que media a corda para um Scaramouche, ele disse:

– Senhor, esta pequena figura recorda-me uma história singular. Foi em 1746: eu terminava meu noviciado, sob a direção do padre Magitot, homem idoso, de saber profundo e costumes austeros. Nessa época, talvez vos lembreis, as marionetes, destinadas no início à diversão das crianças, exerciam nas mulheres e mesmo nos homens, jovens e velhos, uma extraordinária atração; causavam furor em Paris. As lojas dos vendedores da moda estavam cheias delas; eram vistas na casa de pessoas dos círculos elegantes, e não era raro ver no passeio e nas ruas um sério personagem fazer dançar sua marionete. A idade, o caráter, a profissão do padre Magitot não o pouparam do contágio. Quando via alguém ocupado em fazer saltar um homenzinho de cartolina, seus dedos experimentavam impaciências que logo se tornaram muito importunas. Um dia em que, para um assunto importante que interessava à Ordem inteira, fazia uma visita ao senhor Chauvel, advogado no Parlamento, ao ver uma marionete suspensa na lareira, sentiu uma terrível tentação de puxar suas cordinhas. Triunfou sobre ela ao preço de grandes esforços. Mas esse frívolo desejo passou a persegui-lo e não lhe deu mais descanso. Em seus estudos, em suas meditações, em suas preces, na igreja, no capítulo, no confessionário, na cátedra, estava obcecado. Após alguns dias consumidos em terríveis incômodos, expôs o caso extraordinário ao geral da Ordem que felizmente, naquele momento, se encontrava em Paris. Era um doutor eminente e um dos príncipes da igreja de Milão. Aconselhou ao padre Magitot que satisfizesse um desejo, inocente em seu princípio, inoportuno em suas consequências e cujo excesso ameaçava provocar graves desordens na alma devorada por ele. Seguindo o conselho, ou melhor, a ordem do geral, o padre Magitot voltou à casa do senhor Chauvel, que o recebeu em seu gabinete, como da primeira vez. Lá, ao ver a marionete pendurada na lareira, aproximou-se dela vivamente e pediu a seu anfitrião que lhe fizesse a gentileza de permitir que brincasse com a marionete. O advogado concordou de muito bom grado e confidenciou-lhe que por vezes fazia o Scaramouche dançar (esse era o nome do títere), enquanto preparava suas defesas e que, ainda na véspera, regulara, a partir dos movimentos do Scaramouche, sua peroração em defesa de uma mulher falsamente acusada de envenenar o marido. O padre Magitot segurou o cordel com a mão trêmula e viu o Scaramouche se agitar a seu comando como um possuído que se exorciza. Uma vez contentado seu capricho, libertou-se da obsessão.

– Seu relato não me surpreende, padre – disse Brotteaux. – Essas obsessões existem. Mas nem sempre são figuras de cartolina que as provocam.

O padre Longuemare, que era religioso, nunca falava de religião; Brotteaux falava sobre o assunto constantemente. E, como sentia simpatia pelo barnabita, gostava de embaraçá-lo e de perturbá-lo com suas objeções a diversos artigos da doutrina cristã.

Uma vez, enquanto fabricavam juntos Zerlinas e Scaramouches, Brotteaux disse:

– Quando considero os acontecimentos que nos conduziram ao ponto em que estamos, duvidando qual partido, na loucura universal, foi o mais demente, não estou longe de acreditar que foi o da Corte.

– Senhor – respondeu o religioso –, todos os homens se tornam insensatos, como Nabucodonosor, quando Deus os abandona;

mas nenhum homem, hoje em dia, mergulhou mais profundamente na ignorância e no erro que o abade Fauchet, nenhum homem foi tão funesto no reino quanto este. Era preciso que Deus estivesse ardentemente irritado com a França para enviar-lhe o abade Fauchet!

– Parece-me que vimos outros malfeitores além desse infeliz Fauchet.

– O abade Grégoire[1] mostrou também muita malícia.

– E Brissot e Danton e Marat e outros cem, o que dizeis deles, padre?

– Senhor, eles são leigos: os leigos não saberiam incorrer nas mesmas responsabilidades dos religiosos. Não fazem o mal em um nível tão elevado e seus crimes não são universais.

– E vosso Deus, padre, o que pensais da conduta Dele na presente revolução?

– Não entendo, senhor.

– Epicuro disse: Ou Deus quer impedir o mal e não pode, ou pode e não quer, ou não pode nem quer, ou quer e pode. Se quer e não pode, é impotente; se pode e não quer, é perverso; se não pode e não quer, é impotente e perverso; se quer e pode, porque não o faz, padre?

E Brotteaux lançou sobre seu interlocutor um olhar satisfeito.

– Senhor – respondeu o religioso –, não há nada mais miserável que as dificuldades que estais levantando. Quando examino os motivos da incredulidade, parece-me ver formigas opondo pedacinhos de grama como um dique contra a corrente que desce das montanhas. Concedei-me não discutir convosco: eu teria razões demais e espírito de menos. De resto, encontrareis vossa condenação no abade Guenée* e em mais outros vinte. Direi apenas que o que relatais sobre Epicuro é um desatino: pois julga Deus como se fosse um homem e tivesse sua moral. Sabei que desde Celso[2] até Bayle e Voltaire, os incrédulos iludiram os néscios com semelhantes paradoxos.

---

* Antoine Guénée (1717-1803) foi também professor de retórica e polemista; refutou os argumentos de Voltaire contra a Bíblia e suas Lettres de quelques juifs à Monsieur de Voltaire [Cartas de alguns judeus ao senhor de Voltaire], publicadas em 1769. (N. R.)

– Vede, padre, para onde vos carrega vossa fé – disse Brotteaux.
– Não satisfeito em encontrar toda a verdade em vossa teologia, ainda pretendeis não encontrar nenhuma nas obras de tantos gênios importantes, que pensaram de forma diferente.
– Estais completamente enganado – replicou Longuemare. – Creio, ao contrário, que nada poderia ser totalmente errado na mente de um homem. Os ateus ocupam o nível mais baixo na escala do conhecimento, mas mesmo nesse nível restam lampejos de razão e clarões de verdade, e, ainda quando as trevas o afogam, o homem ergue uma fronte na qual Deus colocou a inteligência: esse foi o destino de Lúcifer.
– Caro senhor, eu não serei tão generoso e confessarei que não encontro em nenhuma obra dos teólogos um único átomo de bom senso – disse Brotteaux.
Todavia, negava querer atacar a religião, que estimava necessária aos povos: teria desejado apenas que ela tivesse como ministros filósofos e não controversistas. Deplorava que os jacobinos quisessem substituí-la por uma religião mais jovem e mais maligna, pela religião da liberdade, da igualdade, da república, da pátria. Observara que é no vigor de sua juventude que as religiões são mais furiosas e mais cruéis, e que se acalmam ao envelhecer. Assim, desejava que se mantivesse o catolicismo, que devorara muitas vítimas no tempo de seu vigor, e que agora, curvado com o peso dos anos, com um apetite medíocre, contentava-se com quatro ou cinco assados de heréticos a cada cem anos.
– Aliás – acrescentou –, sempre me dei bem com os teófagos e os cristícolas. Eu tinha um capelão nas Ilettes: todo domingo, rezava-se a missa; todos os meus convidados a assistiam. Os filósofos eram os mais concentrados e as atrizes da Opéra, as mais fervorosas. Na época, eu era feliz e contava com inúmeros amigos.
– Que amigos – exclamou o padre Longuemare –, que amigos!... Ah! Acreditais que eles o amavam, todos esses filósofos e todas essas cortesãs, que degradaram sua alma de tal maneira que o próprio Deus teria dificuldade em reconhecer neles um dos templos que edificou para sua glória?

O padre Longuemare continuou morando por mais oito dias na casa do financista sem ser procurado. Seguia, tanto quanto era possível, a regra de sua comunidade e levantava-se de sua enxerga para recitar, ajoelhado no piso, os ofícios da noite. Embora ambos só tivessem miseráveis restos para comer, ele observava o jejum e a abstinência. Testemunha aflita e sorridente dessas austeridades, o filósofo perguntou-lhe um dia:

– O senhor acha mesmo que Deus sente algum prazer em vê-lo suportar assim o frio e a fome?

– O próprio Deus nos deu o exemplo do sofrimento – respondeu o monge.

No nono dia desde que o barnabita fora morar no sótão do filósofo, este saiu na alvorada para levar suas marionetes a Joly, comerciante de brinquedos, Rue Neuve-des-Petits-Champs. Voltava feliz por tê-los vendidos todos quando, na antiga Place du Carrousel, uma moça que vestia uma peliça de cetim azul bordada de arminho e corria mancando jogou-se em seus braços e segurou-o à maneira das suplicantes de todos os tempos.

Tremia; ouviam-se os batimentos precipitados de seu coração. Admirando a forma como ela se mostrava patética em sua vulgaridade, Brotteaux, velho amante do teatro, pensou que Mademoiselle Raucourt não a teria visto sem aproveitar aquele talento.

Falava com uma voz ofegante, cujo tom baixava por medo de ser ouvida pelos transeuntes:

– Levai-me, cidadão, escondei-me por piedade!... Eles estão no meu quarto, na Rue Fromenteau. Enquanto subiam, refugiei-me na casa de Flora, minha vizinha, e saltei pela janela para a rua, de maneira que torci o pé... Eles estão vindo; querem me prender e me matar... Na semana passada, mataram Virginie.

Brotteaux entendia claramente que ela se referia aos delegados do Comitê Revolucionário da seção ou aos comissários do Comitê de Segurança Geral. A Comuna tinha, então, um procurador virtuoso, o cidadão Chaumette, que perseguia as prostitutas como as mais funestas inimigas da República. Queria regenerar os costumes. A bem dizer da verdade, as moças do Palais-Égalité eram pouco patriotas. Tinham saudades do antigo Estado e nem sempre as disfarçavam. Muitas já haviam sido guilhotinadas como conspiradoras e seu destino trágico excitara muita emulação entre suas colegas.

O cidadão Brotteaux perguntou à suplicante qual era o crime que provocara uma ordem de prisão.

Ela jurou que não sabia, que não fizera nada de que se pudesse culpá-la.

– Então, minha filha – disse Brotteaux –, não és suspeita: não tens nada a temer. Vai dormir e deixa-me em paz.

Então ela confessou tudo:

– Arranquei meu distintivo e gritei: "Viva o rei!".

Ele entrou pelos cais desertos, com ela. Encolhida em seu braço, ela disse:

– Não é que eu goste do rei; podeis imaginar que eu nunca o conheci e talvez ele não fosse um homem muito diferente dos outros. Mas estes são maus. Mostram-se cruéis com as pobres moças. Eles me atormentam, me ferem e me insultam de todas as formas; querem impedir que eu exerça minha profissão. Não tenho outra. Bem podeis imaginar que se eu tivesse outra não estaria nesta... O que eles querem? Perseguem os pequenos, os fracos, o leiteiro, o carvoeiro, o aguadeiro, a lavadeira. Só ficarão satisfeitos quando tiverem posto todo o povo contra eles.

Ele olhou para ela: parecia uma criança. Não sentia mais medo. Quase sorria, leve e claudicante. Perguntou seu nome. Ela respondeu que se chamava Athénaïs e que tinha dezesseis anos.

Brotteaux ofereceu-se para levá-la para onde ela quisesse. Ela não conhecia ninguém em Paris; mas tinha uma tia, criada em Palaiseau, que a guardaria em sua casa.

Brotteaux tomou uma decisão:

– Vem, minha filha – disse.

E levou-a, apoiada em seu braço.

Voltando a seu sótão, encontrou o padre Longuemare lendo o breviário.

Mostrou-lhe Athénaïs, que segurava pela mão:

– Padre, eis uma moça da Rue Fromenteau que gritou: "Viva o rei!". A polícia revolucionária está no seu encalço. Ela não tem abrigo. O senhor permite que ela passe a noite aqui?

O padre Longuemare fechou o breviário:

– Se bem entendo, estais me perguntando se esta jovem, que está como eu, sob ordem de prisão, pode, para sua segurança temporária, passar a noite no mesmo quarto que eu.

– Sim, padre.
– Com que direito eu me oporia? E, para crer-me ofendido com sua presença, que certeza tenho eu de ser melhor que ela?

Instalou-se, para passar a noite, em uma velha poltrona destruída, assegurando que dormiria bem. Athénaïs deitou-se no colchão. Brotteaux estendeu-se sobre enxerga e apagou a vela.

As horas e as meias-horas soavam nos sinos das igrejas: ele não dormia e ouvia as respirações mescladas do religioso e da moça. A lua, imagem e testemunho de seus antigos amores, ergueu-se e enviou para a mansarda um raio de prata que iluminou a cabeleira loira, os cílios dourados, o nariz fino, a boca redonda e vermelha de Athénaïs, que dormia profundamente.

"Esta é uma terrível inimiga da República!", pensou.

Quando Athénaïs acordou, já era dia. O religioso saíra. Brotteaux, debaixo da lucarna, lendo Lucrécio, instruía-se a viver sem temores e sem desejos com as lições da musa latina; e, todavia, era devorado de pesar e de preocupações.

Ao abrir os olhos, Athénaïs viu com estupor as traves de um sótão acima de sua cabeça. Depois lembrou-se, sorriu para seu salvador e estendeu em sua direção, para acariciá-lo, suas lindas mãozinhas sujas.

Erguendo-se sobre seu leito, apontou para a poltrona destruída onde o religioso passara a noite.

– Ele foi embora?... Não foi me denunciar, não é?
– Não, minha filha. Não existe homem mais honesto do que aquele velho louco.

Athénaïs perguntou qual era a loucura do homenzinho; e, quando Brotteaux disse que era a religião, ela censurou-o gravemente por falar assim, declarou que os homens sem religião eram piores que animais e que ela rezava muito para Deus, esperando que Ele perdoasse seus pecados e a recebesse em sua santa misericórdia.

Depois, observando que Brotteaux segurava um livro, pensou que fosse um livro de missa e disse:

– Também estais lendo vossas preces! Deus vos recompensará pelo que fizestes por mim.

Quando Brotteaux lhe disse que aquele não era um livro de missa e que fora escrito antes que a ideia de fazer missas tivesse sido introduzida no mundo, ela pensou que fosse uma *Chave dos* *sonhos*³, e perguntou se não haveria nele a explicação de um sonho extraordinário que tivera. Não sabia ler e só tinha ouvido falar desses dois tipos de obra.

Brotteaux respondeu que esse livro explicava apenas o sonho da vida. A bela criança, achando a resposta difícil, desistiu de entender e mergulhou o nariz na terrina que substituía para Brotteaux as bacias de prata que ele outrora usava. Depois, arrumou os cabelos diante do espelho de barba de seu anfitrião, com um cuidado minucioso e grave. Com os braços brancos recurvados sobre a cabeça, pronunciava algumas palavras, em longos intervalos.

– Vós fostes rico.
– O que te faz pensar assim?
– Não sei. Mas fostes rico e sois um aristocrata, tenho certeza.

Tirou do bolso uma pequena imagem de prata da Virgem em uma capela redonda de marfim, um cubo de açúcar, uma tesoura, um isqueiro, dois ou três estojos e, depois de escolher o que lhe era necessário, pôs-se a remendar a saia, que tinha sido rasgada em diversos lugares.

– Para tua segurança, minha filha, coloca isto em tua touca! – disse Brotteaux, dando-lhe um distintivo tricolor.

– Eu o farei de bom grado, senhor – respondeu –; mas será por amor a vós e não por amor à nação.

Quando terminou de se vestir e de se arrumar o melhor que pôde, segurando a saia com as duas mãos, fez uma reverência como aprendera em sua aldeia e disse a Brotteaux:

– Senhor, sou vossa humilde criada.

Estava pronta a recompensar seu benfeitor de todas as maneiras, mas achava conveniente que ele não pedisse nada e que ela não oferecesse nada: parecia-lhe que era simpático dizer adeus daquela forma e como pedia o decoro.

Brotteaux colocou-lhe nas mãos alguns assinados para que tomasse um coche até Palaiseau. Era a metade de sua fortuna e, embora fosse conhecido por sua generosidade com as mulheres, ainda não havia feito com nenhuma uma partilha tão perfeita de seus bens.

Ela perguntou seu nome.
– Eu me chamo Maurice.

Abriu tristemente a porta de sua mansarda para ela:
– Adeus, Athénaïs.
Ela o abraçou.
– Senhor Maurice, quando pensardes em mim, chamai-me de Marthe: é meu nome de batismo, é como me chamavam em minha aldeia... Adeus e obrigada... Vossa humilde criada, senhor Maurice.

XV

Era preciso esvaziar as prisões lotadas; era preciso julgar, julgar sem descanso nem trégua. Sentados contra as muralhas cobertas de feixes e de barretes vermelho, como seus similares sobre flores-de-lis, os juízes mantinham a gravidade, a terrível tranquilidade de seus antecessores monarquistas. O acusador público e seus substitutos, esgotados de cansaço, queimados pela insônia e pela aguardente, sacudiam seu esgotamento apenas ao preço de um violento esforço; e a saúde ruim tornava-os trágicos. Os jurados, diversos pela origem e pelo caráter, uns instruídos, outros ignorantes, covardes ou generosos, suaves ou violentos, hipócritas ou sinceros, mas todos, em vista do perigo para a pátria e a República, sentiam ou fingiam sentir as mesmas angústias, arder com as mesmas chamas, todos atrozes de virtude ou de medo, formavam um único ser, uma única cabeça surda, irritada, uma única alma, uma besta mística que, pelo exercício natural de suas funções, produzia abundantemente a morte. Benevolentes ou cruéis por sensibilidade, repentinamente sacudidos por um brusco movimento de piedade, inocentavam com lágrimas um acusado que teriam, uma hora antes, condenado com sarcasmos. À medida que a tarefa avançava, seguiam com maior ímpeto os impulsos de seu coração.

Julgavam na febre e na sonolência que lhes dava o excesso de trabalho, sob a excitação externa e as ordens do soberano, sob as ameaças dos *sans-culottes* e das tricoteiras amontoadas nas tribunas e no recinto público, segundo testemunhos furiosos, a partir de requisitórios frenéticos, em um ar empestado que fazia os cérebros pesar, os ouvidos zumbir e as têmporas bater e cobria os olhos com um véu de sangue. Rumores vagos corriam pelo povo a respeito de jurados corrompidos pelo ouro dos acusados. Mas o júri inteiro respondia a esses rumores com protestos indignados e condenações impiedosas. Afinal, eram homens, nem piores nem melhores que os outros. A inocência, o mais das vezes, é uma felicidade e não uma virtude: qualquer pessoa que tivesse aceitado se colocar em seus lugares teria agido como eles e cumprido com alma medíocre essas tarefas assustadoras.

Maria Antonieta, tão esperada, finalmente se sentou, de vestido preto, na poltrona fatal, em meio a um concerto de ódio que somente a certeza do resultado do julgamento fez com que as formalidades fossem respeitadas. Às perguntas mortais, a acusada respondeu ora com o instinto da conservação, ora com sua costumeira altivez e, uma vez, graças à infâmia de um dos acusadores, com a majestade de uma mãe. O ultraje e a calúnia somente foram permitidos às testemunhas; a defesa gelou de pavor. O Tribunal, forçando-se a julgar dentro das regras, esperava que tudo aquilo terminasse para lançar a cabeça da austríaca na face da Europa.

Três dias depois da execução de Maria Antonieta, Gamelin foi chamado para junto do cidadão Fortuné Trubert, que agonizava a trinta passos do escritório militar onde esgotara sua vida, em uma cama de lona, na cela de algum barnabita expulso. Sua cabeça lívida afundava no travesseiro. Seus olhos, que já não enxergavam mais, viraram a pupila vítrea para o lado de Évariste; a mão ressecada segurou a mão do amigo e apertou-a com uma força inesperada. Sofrera três vômitos de sangue em dois dias. Tentou falar; sua voz, no início velada e fraca como um murmúrio, aumentou, engrossou:

– Wattignies! Wattignies!... Jourdan[1] forçou o inimigo em seu campo... libertou Maubeuge... Retomamos Marchiennes. *Ça ira... ça ira...*

E sorriu.

Não eram devaneios de doente; era uma visão clara da realidade que então iluminava o cérebro sobre o qual baixavam as trevas eternas. A invasão, agora, parecia interrompida: os generais, aterrorizados, percebiam que não tinham nada mais a fazer, senão vencer. O que os alistamentos voluntários não tinham trazido – um exército numeroso e disciplinado –, a requisição o daria. Mais um esforço e a República seria salva.

Depois de meia hora de prostração, o rosto de Fortuné Trubert, sulcado pela morte, reanimou-se, suas mãos se ergueram.

Apontou para seu amigo o único móvel que havia no quarto, uma pequena escrivaninha de nogueira.

E com sua voz ofegante e rara, que uma mente lúcida conduzia:
– Meu amigo, como Eudamidas, deixo-te minhas dívidas: trezentas e vinte libras, cujo destino encontrarás... neste caderno vermelho... Adeus, Gamelin. Não esmoreças. Cuida da defesa da República. *Ça ira*.

A sombra da noite descia na cela. Ouviu-se o moribundo emitir uma respiração incômoda e suas mãos arranharem o lençol.

À meia-noite, pronunciou palavras sem sentido:
– Mais enxofre... Mandai entregar os fuzis... A saúde? Vai bem... Desçam esses sinos...

Expirou às cinco horas da manhã.

Por ordem da seção, seu corpo foi exposto na nave da antiga igreja dos barnabitas, ao pé do altar da Pátria, deitado numa cama de lona, coberto com uma bandeira tricolor e a fronte cingida com uma coroa de carvalho.

Doze anciãos vestindo togas latinas, com uma folha de palmeira na mão, doze moças, arrastando longos véus e carregando flores, cercavam o leito fúnebre. Aos pés do morto, duas crianças seguravam cada qual uma tocha invertida. Évariste reconheceu em uma delas a filha de sua zeladora, Joséphine, que, por sua gravidade infantil e sua beleza encantadora, lembrou-lhe os gênios do Amor e da Morte que os romanos esculpiam em seus sarcófagos.

O cortejo caminhou até o cemitério de Saint-André-des-Arts ao som da Marselhesa e do *"Ça ira"*.

Ao depositar o beijo de adeus na fronte de Fortuné Trubert, Évariste chorou. Chorou por si mesmo, invejando aquele que descansava, agora que sua tarefa fora cumprida.

Ao voltar para casa, recebeu uma notificação de que fora nomeado membro do Conselho Geral da Comuna. Candidato havia quatro meses, havia sido eleito sem concorrentes, após vários escrutínios, por cerca de trinta sufrágios. Ninguém votava mais: as seções estavam desertas; ricos e pobres tentavam apenas evitar os encargos públicos. Os maiores acontecimentos não provocavam mais entusiasmo nem curiosidade; ninguém mais lia os jornais. Évariste duvidava se, dos setecentos mil habitantes da capital, somente três ou quatro mil ainda tinham a alma republicana.

Naquele dia, os vinte e um compareceram.

Inocentes ou culpados das infelicidades e dos crimes da República, vãos, imprudentes, ambiciosos e levianos, a um só tempo moderados e violentos, fracos no terror como na clemência, prontos a declarar a guerra, lentos para conduzi-la, arrastados para o Tribunal pelo exemplo que deram, não deixavam de ser a brilhante juventude da Revolução; haviam sido seu encanto e sua glória. Esse juiz, que vai interrogá-los com sábia parcialidade; esse pálido acusador, que ali, diante de pequena mesa, prepara sua morte e sua desonra; esses jurados, que dali a pouco vão querer abafar sua defesa; esse público das tribunas, que os cobre de invectivas e de vaias, juiz, jurados, povo, há pouco tempo aplaudiram sua eloquência, celebraram seus talentos, suas virtudes. Mas nem se lembram mais.

Évariste tinha, outrora, feito de Vergniaud[2] seu deus e de Brissot seu oráculo. Não lembrava mais disso, e se ainda permanecia em sua memória algum vestígio de sua antiga admiração, era para acreditar que esses monstros haviam seduzido os melhores cidadãos.

Ao voltar para casa após a audiência, Gamelin ouviu gritos lancinantes. Era a pequena Joséphine que apanhava da mãe por ter brincado na praça com moleques e sujado o belo vestido branco que lhe fizeram vestir para as pompas fúnebres do cidadão Trubert.

XVI

Após ter, durante três meses, todos os dias, sacrificado à pátria vítimas ilustres ou obscuras, Évariste tomou um processo para si; de um acusado fez seu acusado.

Desde que tinha assento no Tribunal, espiava avidamente, na multidão de suspeitos que passavam sob seus olhos, o sedutor de Élodie, sobre o qual criara, com sua imaginação laboriosa, uma ideia cujos traços eram muito precisos. Concebia-o jovem, belo, insolente e tinha certeza de que emigrara para a Inglaterra. Acreditou tê-lo descoberto na figura de um jovem emigrado chamado Maubel que, de volta à França e denunciado por seu anfitrião, fora preso em uma estalagem de Passy e cujo processo o *parquet** de Fouquier-Tinville instruía em meio a outros mil. Encontraram em sua posse cartas que a acusação considerava provas de um complô urdido por Maubel e pelos agentes de Pitt, mas que de fato eram apenas cartas escritas para o emigrado por banqueiros de Londres, em cujos bancos depositara seus fundos. Maubel, que era jovem e belo, parecia acima de tudo ocupado com galanterias. Encontraram em sua agenda rastros de relações com a Espanha,

---

* O espaço limitado pelos assentos dos juízes e pelo banco dos advogados; o local onde ficam os magistrados do ministério público fora das audiências; os magistrados do ministério público; o ministério público enquanto órgão judiciário (*Dicionário Houaiss*, 2001). Também era chamado assim o local onde ficavam os antigos oficiais de diligência durante a sessão dos juízes; o local onde os oficiais da realeza faziam suas sessões e, por extensão, esses oficiais. (N. T.)

então em guerra com a França; essas cartas, na verdade, eram de foro íntimo e, se o *parquet* não emitira uma ordem para desconsiderá-las, foi em virtude do princípio de que a justiça nunca deve ter pressa de soltar um prisioneiro.

Gamelin foi comunicado sobre o primeiro interrogatório sofrido por Maubel na câmara do conselho e ficou impressionado com o caráter desse jovem aristocrata, o qual acreditava semelhante ao que atribuía ao homem que se aproveitara da confiança de Élodie. Desde então, trancado por longas horas no gabinete do escrivão, estudou o dossiê com ardor. Suas suspeitas aumentaram estranhamente quando encontrou em um caderno de anotações já antigo do emigrado o endereço do Amor Pintor, próximo, é verdade, daquele do *Macaco verde*, do *Retrato da* antiga *Dauphine* e de várias outras lojas de estampas e de quadros. Mas, quando soube que haviam encontrado nesse mesmo caderno, algumas pétalas de cravo vermelho, cuidadosamente embrulhadas em papel de seda, lembrando que o cravo vermelho era a flor predileta de Élodie que a cultivava em sua janela, usava-a nos cabelos, presenteava-a – ele sabia – como prova de amor, Évariste não teve mais dúvida.

Então, tendo construído sua certeza, resolveu interrogar Élodie, ocultando dela, todavia, as circunstâncias que o fizeram descobrir o criminoso.

Enquanto subia a escada de sua casa, sentiu desde os andares inferiores um inebriante odor de fruta e encontrou Élodie em seu ateliê, ajudando a cidadã Gamelin a fazer geleia de marmelo. Enquanto a velha dona de casa, acendendo o fogão, refletia em sua mente nos meios de poupar carvão e açúcar mascavo sem prejudicar a qualidade da geleia, a cidadã Blaise, em sua cadeira de palha, cingida de um avental de tecido claro, o colo coberto de frutas douradas, descascava os marmelos e jogava-os cortados em quartos dentro de uma bacia de cobre. As franjas de sua touca estavam jogadas para trás, as mechas negras se torciam em sua testa úmida; emanava dela um encanto doméstico e uma graça familiar que inspiravam os doces pensamentos e a volúpia tranquila.

Ergueu seu belo olhar de ouro fundido para seu amante, sem se mexer, e disse:

— Vede, Évariste, estamos trabalhando para vós. Comereis durante todo o inverno uma deliciosa geleia de marmelos que fortalecerá vosso estômago e deixará vosso coração alegre.

Mas Gamelin, ao aproximar-se dela, pronunciou este nome ao seu ouvido:

— Jacques Maubel...

Nesse instante, o sapateiro Combalot mostrou seu nariz vermelho pela porta entreaberta. Trazia, com sapatos aos quais acrescentara saltos, a conta dos reparos.

Com medo de passar por um mau cidadão, usava o novo calendário. A cidadã Gamelin, que gostava de ter as contas muito claras, perdia-se entre os meses de frutidor e vendemiário[1].

Suspirou:

— Jesus! Eles querem mudar tudo, os dias, os meses, as estações, o sol e a lua! Senhor meu Deus, senhor Combalot, o que vem a ser esse par de galochas de 8 de vendemiário?

— Cidadã, dai uma olhada em vosso calendário para entender.

Ela o tirou da parede, deu uma olhada e, desviando os olhos imediatamente, disse assustada:

— Não parece cristão!

— Não só isso, cidadã — disse o sapateiro —, como temos apenas três domingos em vez de quatro. E não é só: vamos ter de mudar nossa forma de contar. Não haverá mais tostões nem denários, tudo será regrado pela água destilada.

Ao ouvir essas palavras, a cidadã Gamelin, com os lábios trêmulos, ergueu os olhos para o teto e suspirou:

— Eles estão exagerando!

E, enquanto se lamentava, igual às santas mulheres dos calvários rústicos, um tição, aceso na brasa durante sua ausência, enchia o ateliê com uma fumaça infecta que, unida ao odor inebriante dos marmelos, tornava o ar irrespirável. Élodie queixou-se dizendo que sua garganta coçava e pediu que abrissem a janela. Mas, assim que o cidadão sapateiro se despediu e a cidadã Gamelin voltou para o fogão, Évariste repetiu aquele nome ao ouvido da cidadã Blaise:

— Jacques Maubel.

Ela olhou para ele com alguma surpresa e, muito tranquilamente, sem parar de cortar um marmelo em quartos:

– O que tem?... Jacques Maubel?...
– É ele!
– Quem? Ele?
– Tu lhe deste um cravo vermelho.
Ela declarou não entender e pediu que ele se explicasse.
– Aquele aristocrata! Aquele emigrado! Aquele infame!...
Ela deu de ombros e negou com muita naturalidade jamais ter conhecido um Jacques Maubel.
E realmente ela nunca conhecera nenhum.
Negou alguma vez ter dado cravos vermelhos a outra pessoa a não ser Évariste; mas, a esse respeito, talvez não tivesse uma memória muito boa.
Gamelin conhecia mal as mulheres e ainda não penetrara profundamente o caráter de Élodie; contudo, acreditava que era muito capaz de fingir e de iludir um homem ainda mais hábil que ele.
– Por que negar? – disse. – Eu sei.
Ela afirmou novamente não ter conhecido nenhum Maubel. E, tendo acabado de descascar os marmelos, pediu-lhe água porque seus dedos estavam melados.
Gamelin trouxe uma bacia.
E, lavando as mãos, ela renovou suas negações.
Ele repetiu mais uma vez que sabia e, desta vez, ela guardou silêncio.
Ela não via para onde levava a pergunta de seu amante e estava a mil léguas de suspeitar que aquele Maubel, de quem nunca ouvira falar, fosse comparecer diante do Tribunal Revolucionário; não entendia nada das suspeitas com as quais ele a perseguia, mas sabia que não tinham fundamento. É por isso que, como não tinha nenhuma esperança de dissipá-las, também não tinha nenhuma vontade de fazê-lo. Cessou de negar ter conhecido um Maubel, preferindo deixar o ciumento perder-se em uma pista falsa quando, de uma hora para outra, o menor incidente poderia colocá-lo no caminho certo. Seu pequeno escriturário do passado, que se tornara um lindo dragão patriota, hoje estava separado de sua amante aristocrata. Quando encontrava Élodie na rua, via-a com um olhar que parecia dizer: "Vamos, querida! Sinto que vou perdoar-vos por vos ter traído e estou prestes a devolver-vos minha

estima". Assim, não fez mais nenhum esforço para curar o que chamava de loucuras de seu amigo; Gamelin manteve a convicção de que Jacques Maubel era o corruptor de Élodie.

Nos dias que se seguiram, o Tribunal ocupou-se sem descanso em acabar com o federalismo que, como uma hidra, ameaçara devorar a liberdade. Foram dias carregados; e os jurados, esgotados de cansaço, enviaram para a guilhotina o mais rápido possível a esposa Roland, inspiradora ou cúmplice dos crimes da facção de Brissot.

Entretanto, Gamelin passava toda manhã no juizado para apressar o caso Maubel. Peças importantes estavam em Bordeaux: conseguiu que um comissário fosse buscá-las pelo transporte postal. Por fim, chegaram.

O substituto do acusador público leu-as, fez uma careta e disse a Évariste:

– Essas peças não valem muita coisa! Não há nada nelas! Bobagens!... Se pelo menos tivéssemos certeza de que o antigo conde de Maubel emigrou!...

Enfim, Gamelin conseguiu. O jovem Maubel recebeu seu ato de acusação e foi traduzido diante do Tribunal Revolucionário no dia 19 de brumário.

Desde a abertura da audiência, o presidente mostrou o rosto sombrio e terrível que cuidava de adotar para conduzir os casos mal instruídos. O substituto do acusador acariciava o queixo com a pena e afetava a serenidade de uma consciência pura. O escrivão leu o ato de acusação: ninguém ainda ouvira nada tão vazio.

O presidente perguntou ao acusado se não tivera conhecimento das leis emitidas contra os emigrados.

– Conheci-as e observei-as – respondeu Maubel –, e deixei a França munido de passaportes em ordem.

Sobre os motivos de sua viagem para a Inglaterra e de sua volta à França, explicou-se de maneira satisfatória. Sua aparência era agradável, com um ar de franqueza e de orgulho que agradava. As mulheres das tribunas olhavam-no de forma favorável. A acusação alegava que ele fizera uma estadia na Espanha no instante em que essa nação já estava em guerra contra a França: ele afirmou que não havia deixado a cidade de Bayonne naquela época. Um único ponto permanecia obscuro. Entre os papéis que havia jogado em sua lareira, no momento de sua prisão, e dos quais só foram recuperados pequenos pedaços, liam-se palavras em espanhol e o nome de "Nieves".

Jacques Maubel recusou-se a dar as explicações solicitadas sobre esse assunto. E, quando o presidente lhe disse que o interesse do acusado era explicar-se, ele respondeu que nem sempre se devia seguir o próprio interesse.

Gamelin pensava em culpar Maubel apenas de um crime: três vezes insistiu com o presidente para que perguntasse ao acusado se ele poderia dar alguma explicação sobre o cravo cujas pétalas ressecadas guardava tão preciosamente em sua carteira.

Maubel respondeu que não acreditava ser forçado a responder a uma pergunta que não interessava à justiça, posto que ninguém tinha encontrado o bilhete escondido naquela flor.

O júri retirou-se para a sala das deliberações, favorável a esse jovem cuja questão, obscura, parecia, acima de tudo, esconder mistérios amorosos. Dessa vez, até mesmo os bons, os puros, teriam inocentado o réu de boa vontade. Um deles, que se comprometera com a Revolução, disse:

– Estamos avaliando seu nascimento? Eu também tive a infelicidade de nascer na aristocracia.

– Sim, mas saíste dela – retorquiu Gamelin – e ele permaneceu.

E falou com tamanha veemência contra aquele conspirador, aquele emissário de Pitt, aquele cúmplice de Cobourg que andara para além dos montes e para além dos mares para suscitar inimigos da liberdade; pediu com tamanho ardor a condenação do traidor que despertou o humor ainda inquieto, a velha severidade dos jurados patriotas.

Um deles, cinicamente, lhe disse:

– Alguns favores não devem ser recusados entre colegas.

O veredito de morte foi dado pelo voto da maioria.

O condenado ouviu sua sentença com uma tranquilidade sorridente. Seu olhar, que passeava calmamente pela sala, expressou, ao se deparar com o rosto de Gamelin, um indizível desprezo.

Ninguém aplaudiu a sentença.

Jacques Maubel, levado de volta à Conciergerie[3], escreveu uma carta enquanto aguardava a execução que deveria ocorrer naquela mesma noite, à luz das tochas:

Querida irmã, o Tribunal está me enviando ao cadafalso, dando-me a única alegria que eu poderia sentir desde a morte de minha adorada Nieves. Tomaram-me o único bem que dela me restava, uma flor de romãzeira, que chamaram, não sei por que, de cravo.

Eu amava as artes: em Paris, nos tempos felizes, reuni quadros e gravuras que se encontram hoje em lugar seguro e que lhe serão entregues assim que for possível. Rogo-te, querida irmã, que os guardes como recordação minha

Cortou uma mecha de seu cabelo, colocou-a na carta, que dobrou, e escreveu o sobrescrito:

Para a cidadã Clémence Dezeimeries, nascida Maubel.

La Réole.

Deu todo o dinheiro que possuía ao carcereiro, rogando-lhe que enviasse aquela carta; pediu uma garrafa de vinho e bebeu-a com pequenos goles esperando a carroça...

Depois do jantar, Gamelin correu até o Amor Pintor e entrou de um salto no quarto azul onde Élodie o esperava todas as noites.

– Estás vingada – disse. – Jacques Maubel não existe mais. A carroça que o levava para a morte passou debaixo de tuas janelas, cercada de tochas.

Ela entendeu:

– Miserável! Foste tu que o mataste e ele não era meu amante. Eu não o conhecia... Jamais o vi... Que tipo de homem era? Era jovem, amável... inocente. E tu o mataste, miserável! Miserável!

Caiu desmaiada. Mas, nas sombras daquela morte leve, sentia-se inundada ao mesmo tempo de horror e de volúpia. Reanimou-se um pouco; suas pálpebras pesadas descobriam o branco de seus olhos, seu colo inflava, suas mãos palpitantes procuravam o amante. Ela o apertou em seus braços a ponto de sufocá-lo, enfiou as unhas em sua carne e deu-lhe, com seus lábios rasgados, o mais silencioso, o mais pesado, o mais demorado, o mais doloroso e o mais delicioso dos beijos.

Amava-o com toda a sua carne e, quanto mais ele lhe parecia terrível, cruel, atroz, quanto mais ela o via coberto com o sangue de suas vítimas, mais tinha fome e sede dele.

XVII

No dia 24 de frimário, às dez horas da manhã, sob um céu vivo e róseo que derretia os gelos da noite, os cidadãos Guénot e Delourmel, delegados do Comitê de Segurança Geral, foram até os barnabitas e pediram para serem conduzidos ao Comitê de Vigilância da seção, na sala capitular, onde se encontrava então o cidadão Beauvisage, que enfiava lenha na lareira. Mas eles não o perceberam no primeiro momento, por causa de sua estatura breve e condensada.

Com a voz desafinada dos corcundas, o cidadão Beauvisage pediu que os delegados se sentassem e colocou-se a seu dispor.

Guénot perguntou-lhe se conhecia um antigo senhor des Ilettes, que morava perto do Pont-Neuf.

– Trata-se de um indivíduo que devo prender – acrescentou.

E exibiu a ordem do Comitê de Segurança Geral.

Beauvisage, tendo procurado por algum tempo em sua memória, respondeu que não conhecia nenhum indivíduo chamado des Ilettes, que o suspeito assim designado poderia não morar naquela seção, que certas partes do Museu, da Unidade, de Marat-et-Marseille também se encontravam nas proximidades do Pont-Neuf; que, se morasse na seção, deveria ser com um nome diferente daquele que a ordem do Comitê trazia; que, no entanto, não tardariam em encontrá-lo.

– Não percamos tempo! – disse Guénot. Foi denunciado à nossa vigilância por uma carta de uma de suas cúmplices, que foi interceptada e entregue ao Comitê, já há quinze dias, e somente ontem o cidadão Lacroix tomou conhecimento dela. Estamos sobrecarregados; as denúncias chegam de todos os lados, em tal abundância que não se sabe a quem ouvir.

– As denúncias – replicou orgulhosamente Beauvisage – também chegam aos montes ao Comitê de Vigilância desta seção. Alguns trazem suas revelações por civismo; outros, movidos por um bilhete de cem soldos. Muitos filhos denunciam seus pais, cuja herança cobiçam.

– Essa carta – retomou Guénot – provém de uma aristocrata Rochemaure, mulher de costumes fáceis, em cuja residência se jogava *biribi*, e está sobrescrita em nome de um certo cidadão Rauline; mas, na verdade, está endereçada a um emigrado a serviço de Pitt. Trouxe-a comigo para comunicar-lhe o que concerne ao indivíduo des Ilettes.

Tirou a carta do bolso.

– Começa com longas indicações sobre os membros da Convenção que se poderia, nos dizeres dessa mulher, ganhar oferecendo-lhes um volume de dinheiro ou a promessa de um alto cargo em um novo governo, mais estável do que este. Em seguida, lê-se este trecho:

> *Estou saindo da casa do senhor des Ilettes, que mora perto do Pont-Neuf, em um sótão onde é preciso ser gato ou diabo para encontrá-lo; está reduzido a fabricar polichinelos para viver. Tem alguma sabedoria: é por isso que vos transmito a essência de nossa conversa. Ele não acredita que o atual estado de coisas dure por muito tempo. Não prevê seu fim com a vitória da coalizão; e os acontecimentos parecem lhe dar razão; pois sabeis que há algum tempo as notícias da guerra são ruins. Antes, ele acreditaria na revolta dos mais pobres e das mulheres do povo, ainda profundamente ligadas à sua religião. Estima que o terror geral provocado pelo Tribunal revolucionário logo reunirá toda a França contra os jacobinos. "Este Tribunal – disse ele com graça –, que julga a rainha da França e uma vendedora de pães, assemelha-se àquele William Shakespeare, tão admirado pelos ingleses etc." Não acha impossível que Robespierre se case com a senhora Royale e se faça proclamar protetor do reino.*
>
> *Eu agradeceria, senhor, que me enviásseis as quantias que me são devidas, ou seja, mil libras esterlinas, pela via que costuma usar, mas evitai escrever ao senhor Morhardt: ele acaba de ser preso etc. etc.*

– O senhor des Ilettes fabrica polichinelos – disse Beauvisage. Eis um indício precioso... embora haja muitas pequenas indústrias desse tipo na seção.

– Isso me lembra – disse Delourmel – que prometi levar uma boneca para minha filha Nathalie, a mais nova, que está com febre escarlatina. As manchas apareceram ontem. Essa febre não é muito grave, mas exige cuidados. E Nathalie, muito adiantada para sua idade, com uma inteligência muito desenvolvida, tem uma saúde delicada.

– Eu tenho só um menino – disse Guénot. Ele brinca de rodar aro com arcos de tonel e fabrica pequenos balões soprando em sacos.

– Muitas vezes é com objetos que não são brinquedos que as crianças brincam melhor – observou Beauvisage. Meu sobrinho Émile, que é um menininho de sete anos, muito inteligente, brinca o dia inteiro com cubinhos de madeira, com os quais faz construções... Os senhores estão servidos?

E Beauvisage ofereceu seu estojo de tabaco aberto para os dois delegados.

– Agora precisamos apanhar nosso malandro – disse Delourmel, que usava bigodes longos e revirava os grandes olhos. – Esta manhã me apetece comer miúdos de aristocrata, regados com um copo de vinho branco.

Beauvisage sugeriu que os delegados fossem encontrar seu colega Dupont pai, em sua loja da Place Dauphine, pois ele certamente conhecia o indivíduo des Ilettes.

Caminhavam no ar fresco, acompanhados de quatro granadeiros da seção.

– Já viram no teatro *O último julgamento dos reis?*, – perguntou Delourmel a seus companheiros –; a peça merece ser vista. O autor mostra todos os reis da Europa refugiados em uma ilha deserta, ao pé de um vulcão que os engole. É uma obra patriótica.

Delourmel viu, na esquina da Rue du Harlay, um carrinho, brilhante como uma capela, empurrado por uma velha que usava, por cima de sua touca, um chapéu de tecido encerado.

– O que esta velha está vendendo? – perguntou.

A própria velha respondeu:

– Vede, senhores, fazei vossa escolha. Tenho escapulários e rosários, cruzes, imagens de santo Antônio, santos sudários, lenços de santa Verônica, *Ecce homo*, *Agnus Dei*, trombetas e anéis de santo Humberto e todos os objetos de devoção.

– É um arsenal do fanatismo! – exclamou Delourmel.

E procedeu a um interrogatório sumário da vendedora ambulante, que respondia a todas as perguntas:

– Meu filho, há quarenta anos eu vendo objetos de devoção.

Um delegado do Comitê de Segurança Geral, ao ver um soldado* passar, pediu-lhe que levasse a velha senhora espantada à Conciergerie.

O cidadão Beauvisage observou a Delourmel que seria tarefa do Comitê de Vigilância prender a vendedora e encaminhá-la à seção; que, aliás, ninguém mais sabia qual deveria ser a conduta diante do antigo culto, para agir segundo o ponto de vista do governo, e se era preciso tudo permitir ou tudo proibir.

Ao aproximar-se da loja do marceneiro, os delegados e o comissário ouviram clamores irritados, mesclados aos ruídos da serra e aos roncos da plaina. Uma discussão se elevara entre o marceneiro Dupont pai e seu vizinho, o zelador Remacle, por causa da cidadã Remacle, que uma invencível atração levava sem cessar ao fundo da marcenaria de onde voltava para a portaria coberta de aparas de madeira e pó de serra. O zelador ofendido chutou Mouton, o cão do marceneiro, no mesmo instante em que sua própria filha, a pequena Joséphine, abraçava carinhosamente o animal. Joséphine, indignada, soltou uma série de impropérios contra o pai; o marceneiro gritou com uma voz irritada:

– Miserável! Eu te proíbo de bater no meu cachorro.

– E eu te proíbo de... – replicou o zelador, erguendo a vassoura.

Não terminou: a garlopa do marceneiro tinha roçado sua cabeça.

Assim que avistou o cidadão Beauvisage acompanhado dos delegados, correu até ele e disse:

– Cidadão comissário, és testemunha que este celerado acaba de tentar me assassinar.

---

* No original, *habit bleu*: os soldados eram chamados de "casacos azuis", numa referência à cor do uniforme usado por eles. (N. T.)

O cidadão Beauvisage, usando o barrete vermelho, insígnia de suas funções, estendeu seus longos braços em uma atitude pacificadora e, dirigindo-se ao zelador e ao marceneiro, disse:

– Cem soldos para aquele de vós que nos indicar onde se encontra um suspeito, procurado pelo Comitê de Segurança Geral, o antigo senhor des Ilettes, fabricante de polichinelos.

Ambos, o zelador e o marceneiro, designaram juntos a morada de Brotteaux, brigando agora apenas pelo assinado de cem soldos prometido para o delator.

Delourmel, Guénot e Beauvisage, seguidos dos quatro granadeiros, do porteiro Remacle, do marceneiro Dupont e de uma dúzia de moleques do bairro, seguiram pela escada sacudida por seus passos, depois subiram pela escada de mão.

Brotteaux, em seu sótão, recortava fantoches enquanto o padre Longuemare, à sua frente, reunia com fios seus membros esparsos e sorria vendo assim nascer sob seus dedos o ritmo e a harmonia.

Ao ouvir o ruído das coronhas no patamar, todos os membros do religioso estremeceram, não porque tivesse menos coragem que Brotteaux, que permanecia impassível, mas porque o respeito humano não o havia habituado a compor uma postura. Brotteaux, diante das perguntas do cidadão Delourmel, entendeu de onde vinha o golpe e percebeu tarde demais que não se pode confiar nas mulheres. Convidado a acompanhar o cidadão comissário, pegou seu volume de Lucrécio e suas três camisas.

– Este cidadão – disse, mostrando o padre Longuemare – é um ajudante que peguei para fabricar meus fantoches. Ele mora aqui.

Mas o religioso, não podendo apresentar um certificado de civismo, foi posto em estado de prisão com Brotteaux.

Quando o cortejo passou na frente da zeladoria, a cidadã Remacle, apoiada em sua vassoura, olhou para o locatário com o ar da virtude que vê o crime entre as mãos da lei. A pequena Joséphine, desdenhosa e bela, segurou Mouton pela coleira, pois este queria acariciar o amigo que lhe dera açúcar. Uma multidão de curiosos enchia a Place de Thionville.

Brotteaux, ao pé da escada, encontrou uma jovem camponesa que se preparava para subir os degraus. Ela carregava um cesto cheio de ovos e segurava na mão um bolo de massa folhada envolto em uma toalha. Era Athénaïs, que vinha de Palaiseau oferecer a seu salvador uma prova de reconhecimento. Quando percebeu que magistrados e quatro granadeiros levavam o "senhor Maurice", ficou pasma, perguntou se era verdade, aproximou-se do comissário e lhe disse baixinho:

– Não o estais levando? Não é possível... Mas vós o conheceis! Ele é bom como Jesus.

O cidadão Delourmel repeliu-a e fez sinal para os granadeiros avançarem. Então Athénaïs proferiu as piores injúrias, as invectivas mais obscenas sobre os magistrados e os granadeiros, que julgavam sentir esvaziarem-se sobre suas cabeças todas as bacias do Palais-Royal e da Rue Fromenteau. Depois, com uma voz que encheu a Place de Thionville inteira e arrepiou a multidão de curiosos, ela gritou:

– Viva o rei! Viva o rei!

XVIII

A cidadã Gamelin gostava do velho Brotteaux e considerava-o ao mesmo tempo o homem mais amável e mais considerável que jamais conhecera. Ela não lhe disse adeus quando o prenderam porque temia enfrentar as autoridades e porque, em sua humilde condição, considerava a covardia um dever. Mas recebeu um golpe do qual nunca mais se recuperou.

Não conseguia comer e deplorava que tivesse perdido a fome quando finalmente tinha algo com que saciá-la. Ainda admirava seu filho, mas não ousava mais pensar nas tarefas assustadoras que ele desempenhava e ficava feliz por não passar de uma mulher ignorante para não ter de julgá-lo.

A pobre mãe havia encontrado um velho rosário no fundo de uma mala; não sabia bem como usá-lo, mas ocupava com ele os dedos trêmulos. Depois de ter vivido até a velhice sem praticar a religião, tornava-se devota: rezava a Deus, o dia inteiro, em frente à lareira, pela salvação de seu filho e do bom senhor Brotteaux. Frequentemente, Élodie ia visitá-la: elas não ousavam encarar-se e, uma ao lado da outra, falavam ao acaso de coisas sem interesse.

Um dia do mês de pluvioso, quando a neve que caía em grandes flocos escurecia o céu e abafava todos os ruídos da cidade, a cidadã Gamelin, que estava só em sua casa, ouviu baterem à porta. Estremeceu: havia vários meses o menor ruído a fazia tremer. Abriu a porta. Um jovem de dezoito ou vinte anos entrou, com o chapéu na cabeça. Vestia uma ampla sobrecasaca verde-garrafa,

cujas três golas cobriam o peito e a cintura. Usava botas de canhões à moda inglesa. Seus cabelos castanhos caíam em cachos sobre os ombros. Adiantou-se até o meio do ateliê, como para receber toda a luz que os vidros conseguiam enviar através da neve, e permaneceu imóvel e silencioso por alguns instantes.
Enfim, enquanto a cidadã Gamelin olhava para ele, pasma:
– Não reconheces tua filha?...
A velha senhora uniu as mãos:
– Julie!... És tu... Meu Deus, será possível?
– Claro que sim, sou eu! Abraça-me, mamãe.
A cidadã viúva Gamelin apertou a filha entre os braços e pôs uma lágrima na gola da sobrecasaca. Depois, retomou com um tom de preocupação:
– Tu, em Paris!...
– Ah! Mamãe, não vim para cá sozinha!... Não serei reconhecida usando estas vestes.
Com efeito, a ampla sobrecasaca dissimulava suas formas e ela não parecia diferente de muitos homens jovens que, como ela, usavam cabelos compridos, divididos em duas massas. Os traços de seu rosto, finos e encantadores, mas queimados de sol, emaciados pelo cansaço, endurecidos pelas preocupações, tinham uma expressão audaciosa e máscula. Ela era magra, tinha pernas longas e retas, seus gestos eram naturais; somente sua voz clara poderia traí-la.
Sua mãe perguntou-lhe se estava com fome. Ela respondeu que comeria com prazer e, quando lhe serviram pão, vinho e presunto, pôs-se a comer, com um cotovelo sobre a mesa, bela e gulosa como Ceres na cabana da velha Baubo.
Depois, com o copo ainda nos lábios:
– Mamãe, sabes quando meu irmão volta? Vim para falar com ele.
A boa mãe olhou embaraçada para a filha e nada respondeu.
– Preciso vê-lo. Meu marido foi preso esta manhã e levado para o Luxembourg.
Ela dava o nome de "marido" a Fortuné de Chassagne, antigo nobre e oficial do regimento de Bouillé. Ele a amara quando ela era modista na Rue des Lombards, raptara-a e a levara para a Inglaterra, para onde emigrara após o 10 de agosto. Era seu

amante, mas ela achava mais decente chamá-lo de esposo, na frente da mãe. E acreditava que a miséria os tinha de fato casado e que a infelicidade era um sacramento.

Mais de uma vez eles haviam passado juntos a noite em um banco, nos parques de Londres, e catado pedaços de pão sob as mesas das tavernas, em Piccadilly.

Sua mãe não respondia e a fitava com um olhar abatido.

– Não estás me ouvindo, mamãe? O tempo urge, preciso encontrar Évariste imediatamente: só ele pode salvar Fortuné.

– Julie – respondeu a mãe –, é melhor que não fales com teu irmão.

– Como? O que estás dizendo, minha mãe?

– Digo que é melhor que não fales a teu irmão sobre o senhor de Chassagne.

– Mamãe, mas é necessário!

– Minha filha, Évariste não perdoa o senhor de Chassagne por ter-te raptado. Sabes com que raiva ele falava dele, que nomes lhe dava.

– Sim, ele o chamava de corruptor – disse Julie com um risinho agudo, erguendo os ombros.

– Minha filha, ele se sentia mortalmente ofendido. Évariste resolveu nunca mais falar sobre o senhor de Chassagne. E faz dois anos que não diz uma palavra sequer sobre ele nem sobre ti. Mas seus sentimentos não mudaram; tu o conheces; ele não vos perdoa.

– Mas, mamãe, já que Fortuné se casou comigo... em Londres...

A pobre mãe ergueu os olhos e os braços:

– Basta que Fortuné seja um aristocrata, um emigrado, para que Évariste o trate como inimigo.

– Afinal, responde-me, mamãe: achas que, se eu lhe pedir que tome, junto do acusador público e do Comitê de Segurança Geral, as providências necessárias para salvar Fortuné, ele não consentirá?... Mas, mamãe, ele seria um monstro se se recusasse!

– Minha filha, teu irmão é um homem honesto e um bom filho. Mas não lhe peça, ó, não lhe peça para se preocupar com o senhor de Chassagne... Escuta-me, Julie. Ele não me conta o que pensa e, sem dúvida, eu não seria capaz de entendê-lo... mas ele é juiz; tem princípios; age segundo sua consciência. Não lhe peças nada, Julie.

– Percebo que o conheces agora. Sabes que ele é frio, insensível, que ele é mau, que só tem ambição, vaidade. E sempre o preferistes a mim. Quando vivíamos os três juntos, o apontavas como modelo. Seus passos comedidos e sua palavra grave impunham tua admiração: encontravas nele todas as virtudes. Quanto a mim, sempre me desaprovavas, atribuías a mim todos os vícios porque eu era franca e subia em árvores. Tu nunca me toleraste. Só amavas a ele. Eu odeio teu Évariste: é um hipócrita.

– Cala-te, Julie: fui uma boa mãe para ti como para ele. Fiz com que aprendesses uma profissão. Não dependeu de mim que continuasses sendo uma moça honesta e que te casasses segundo tua condição. Amei-te com muito carinho e ainda te amo. Perdoo-te e amo-te. Mas não fales mal de Évariste. É um bom filho. Sempre cuidou de mim. Quando me deixaste, minha filha, quando abandonaste tua profissão, tua loja, para ir viver com o senhor de Chassagne, o que teria sido de mim sem ele? Teria morrido de miséria e de fome.

– Não fales assim, mamãe: bem sabes que Fortuné e eu te teríamos cercado de cuidados, se não tivesses te desviado de nós, estimulada por Évariste. Deixa-me em paz! Ele é incapaz de uma boa ação; é para me tornar odiosa a teus olhos que ele fingiu tomar conta de ti. Ele, amar?... Será que ele é capaz de amar alguém? Não tem coração nem espírito. Não tem nenhum talento. Para pintar, é preciso ter uma natureza mais amena que a dele.

Ela passeou o olhar sobre as telas do ateliê, que encontrou tal como as deixara.

– Esta é sua alma! Ele a colocou em suas telas, fria e sombria. Seu Orestes, seu Orestes, de olhar tolo, boca má e que lembra um empalado, é igual a ele... Afinal, mamãe, não entendes nada? Não posso deixar Fortuné na cadeia. Conheces os jacobinos, os patriotas, todo o séquito de Évariste. Eles o matarão. Mamãe, minha querida mamãe, minha mãezinha, não quero que o matem. Eu o amo! Eu o amo! Ele foi tão bom para mim e fomos tão infelizes juntos! Olha esta sobrecasaca: é uma roupa dele. Eu não tinha mais roupa. Um amigo de Fortuné emprestou-me um casaco e eu fui garçom de um bar em Dover, enquanto ele trabalhava em um cabeleireiro. Sabíamos que voltar para a França era arriscar nossa vida; mas nos perguntaram se queríamos vir a Paris, para realizar uma importante missão... Consentimos; teríamos aceitado uma missão para o inferno. Pagaram nossa viagem e nos deram uma carta de câmbio para um banqueiro de Paris. Encontramos os escritórios fechados: o banqueiro está preso e será guilhotinado. Não tínhamos um tostão furado. Todas as pessoas a quem estávamos ligados e a quem poderíamos recorrer fugiram ou estão presas. Não tínhamos uma única porta onde bater. Dormíamos em um estábulo da Rue de la Femme-sans-Tête[1]. Um engraxate caridoso, que dormia na palha conosco, emprestou a meu amante uma de suas caixas, uma escova e uma lata de graxa quase vazia. Fortuné, durante quinze dias, ganhou sua vida e a minha encerando sapatos na Place de Grève. Mas segunda-feira um membro da Comuna pôs o pé sobre sua caixa e mando-o encerar suas botas. Era um antigo açougueiro em quem outrora Fortuné dera um pontapé no traseiro por ter vendido carne a peso enganoso. Quando Fortuné levantou a cabeça para pedir seus dois soldos, o patife o reconheceu, chamou-o de aristocrata e ameaçou mandá-lo prender. A multidão se aglomerou; era composta de gente valorosa e de alguns celerados que gritavam: "Morte ao emigrado!" e chamavam os gendarmes. Nesse momento, eu estava levando sopa para Fortuné. Vi quando o levaram até a seção e quando o trancaram na igreja de Saint-Jean. Quis abraçá-lo: me empurraram. Passei a noite como um cão em um degrau da igreja... Levaram-no esta manhã...

Julie não conseguiu terminar; as lágrimas a sufocavam.

Jogou o chapéu no chão e ajoelhou-se aos pés de sua mãe:

– Levaram-no esta manhã para a cadeia do Luxembourg. Mamãe, mamãe, ajuda-me a salvá-lo; tem piedade de tua filha!

Aos prantos, abriu a sobrecasaca e, para melhor mostrar-se como amante e filha, descobriu o peito; e, tomando as mãos de sua mãe, apertou-as sobre seus seios palpitantes.

– Minha filha querida, minha Julie, minha Julie! – suspirou a viúva Gamelin.

E colou seu rosto úmido de lágrimas na face da jovem.

Por alguns instantes, ficaram em silêncio. A pobre mãe buscava em seu espírito os meios para ajudar sua filha e Julie observava seu olhar com os olhos afogados em lágrimas.

"Talvez", pensava a mãe de Évariste, "talvez, se eu falar com ele, ele se convencerá. Ele é bom, é carinhoso. Se a política não o tivesse endurecido, se ele não tivesse sofrido a influência dos jacobinos, ele não teria dessas severidades que me apavoram porque não as entendo."

Ela tomou em suas duas mãos a cabeça de Julie:

– Escuta, minha filha. Falarei com Évariste. Vou prepará-lo para ver-te, para ouvir-te. Ver-te poderia irritá-lo e eu temeria o primeiro movimento... E depois, eu o conheço: esta roupa o chocará; ele é severo sobre tudo o que está relacionado aos costumes, às convenções. Eu mesma fiquei um pouco surpresa ao ver minha Julie vestida como um menino.

– Ah, mamãe, a emigração e as terríveis desordens do reino tornaram esses disfarces muito comuns. São adotados para podermos exercer uma profissão, para não sermos reconhecidos, para estar de acordo com um passaporte ou um certificado emprestados. Vi em Londres o pequeno Girey vestido de mulher e parecia uma moça muito bonita; e hás de convir, mamãe, que esse disfarce é mais escabroso que o meu.

– Minha pobre criança, não precisas te justificar aos meus olhos, nem sobre isso nem sobre outra coisa. Sou tua mãe: serás sempre inocente para mim. Falarei com Évariste, direi...

Ela se deteve. Sentia quem era seu filho; sentia-o, mas não queria acreditar, não queria saber.

– Ele é bom. Fará por mim... por ti o que eu pedir.

E as duas mulheres, infinitamente cansadas, se calaram. Julie adormeceu com a cabeça sobre os joelhos nos quais descansara quando criança. Entretanto, com o rosário nas mãos, a mãe dolorosa chorava sobre os males que sentia vir silenciosamente, na calma daquele dia de neve em que tudo se calava, os passos, as rodas, o céu.

De repente, com a sutileza de ouvido que a preocupação aguçava, ouviu seu filho subir a escada.

– Évariste!... – disse. – Esconde-te.

E empurrou a filha para seu quarto.

– Como estais hoje, minha boa mãe?

Évariste pendurou o chapéu no cabide, trocou seu casaco azul por uma roupa de trabalho e sentou-se em frente do cavalete.

Havia alguns dias ele esboçava a carvão uma Vitória colocando uma coroa na fronte de um soldado morto pela pátria. Teria tratado o tema com entusiasmo, mas o Tribunal devorava seus dias, tomava toda a sua alma, e sua mão desacostumada com o desenho parecia pesada e preguiçosa.

Cantarolou o *Ça ira*.

– Estás cantando, meu filho – disse a cidadã Gamelin –; teu coração está alegre.

– Devemos nos alegrar, minha mãe: tenho boas notícias. A Vendeia foi esmagada, os austríacos derrotados; o exército do Reno forçou as linhas de Lautern e de Wissemburgo. Está próximo o dia em que a República triunfante mostrará sua clemência. Por que é preciso que a audácia dos conspiradores aumente à medida que a República cresce em força e os traidores trabalhem para golpear a pátria na sombra, se ela destrói os inimigos que a atacam abertamente?

A cidadã Gamelin, tricotando uma meia, observava seu filho por cima dos óculos.

– Berzelius, seu velho modelo, veio cobrar as dez libras que lhe devias: entreguei-as a ele. A pequena Joséphine teve dor de barriga porque comeu geleia demais, dada pelo marceneiro. Fiz um chá para ela... Desmahis veio vê-lo; lamentou não o ter encontrado. Queria gravar um tema composto por ti. Acha que tens muito talento. O bom rapaz olhou teus esboços e os admirou.

– Quando a paz for restabelecida e a conspiração abafada –, disse o pintor –, vou retomar meu Orestes. Não costumo elogiar a mim mesmo, mas tenho aí uma cabeça digna de David.

Traçou com uma linha majestosa o braço de sua Vitória.

– Ela está estendendo louros – disse. – Mas seria mais belo se seus próprios braços fossem louros.

– Évariste!

– Mamãe?...

– Recebi notícias... adivinha de quem...

– Não sei.

– De Julie... de tua irmã... Ela não está feliz.

– Seria um escândalo se estivesse.

– Não fales assim, meu filho; ela é tua irmã. Julie não é má; tem bons sentimentos, que a desgraça alimentou. Ela o ama. Posso garantir-te, Évariste, que ela aspira a uma vida laboriosa, exemplar, e só pensa em se aproximar dos seus. Nada impede que voltes a vê-la. Ela se casou com Fortuné Chassagne.

– Ela escreveu?

– Não.

– Como tivestes notícias dela, minha mãe?

– Não se trata de uma carta, meu filho; ela...

Ele se levantou e a interrompeu com uma voz terrível:

– Calai-vos, minha mãe! Não me digais que ambos voltaram para a França... Já que devem perecer, que não seja por mim. Por eles, por vós, por mim, fazei com que eu desconheça que eles se encontram em Paris... Não me forceis a sabê-lo; senão...

– O que queres dizer, meu filho? Irias querer, ousarias...?

– Minha mãe, escutai-me: se eu soubesse que minha irmã Julie se encontra neste quarto... (e apontou para a porta fechada), eu iria imediatamente denunciá-la ao Comitê de Vigilância desta seção.

A pobre mãe, branca como seu lenço, deixou cair o tricô de suas mãos trêmulas e suspirou, com uma voz mais fraca do que o mais fraco murmúrio: "Eu não queria acreditar, mas vejo-o claramente: ele é um monstro...".

Tão pálido quanto ela, com espuma nos lábios, Évariste fugiu e correu buscar junto de Élodie o esquecimento, o sono, a deliciosa antevisão do nada.

XIX

Enquanto o padre Longuemare e a jovem Athénaïs eram interrogados na seção, Brotteaux foi levado para o Luxembourg por dois gendarmes, onde o zelador recusou-se a recebê-lo, alegando falta de lugar. O velho financista foi em seguida levado à Conciergerie e introduzido ao escritório do escrivão, cômodo bastante pequeno, dividido em dois por um tabique envidraçado. Enquanto o oficial inscrevia seu nome nos registros de prisão, Brotteaux viu pelas vidraças dois homens que, cada qual em um colchão em mau estado, conservavam a imobilidade da morte e, com os olhos fixos, pareciam nada ver. Pratos, garrafas, restos de pão e de carne cobriam o chão à sua volta. Eram condenados à morte esperando a carroça.

O antigo senhor des Ilettes foi levado a um calabouço onde, à luz de um lampião, entreviu duas figuras estendidas, uma selvagem, mutilada, hedionda, a outra graciosa e doce. Esses dois prisioneiros ofereceram-lhe um pouco de sua palha podre e cheia de bichos, para que ele não se deitasse na terra suja de excrementos. Brotteaux deixou-se cair sobre um banco, na sombra fedorenta, e permaneceu com a cabeça apoiada contra a parede, mudo, imóvel. Sua dor era tamanha que ele teria quebrado a cabeça na parede, se tivesse força para fazê-lo. Não conseguia respirar. Seus olhos se turvaram; um longo ruído, tranquilo como o silêncio, invadiu seus ouvidos, ele sentiu todo o seu ser banhar em um vazio delicioso. Durante um segundo incomparável, tudo foi harmonia, claridade serena, perfume, doçura. Depois ele deixou de existir.

Quanto voltou a si, o primeiro pensamento que tomou sua mente foi lamentar seu desmaio e, filósofo até o estupor do desespero, pensou que precisara descer a um calabouço subterrâneo, esperando a guilhotina, para experimentar a sensação de volúpia mais viva que seus sentidos jamais haviam experimentado. Tentava perder novamente os sentidos, mas sem conseguir e, ao contrário, pouco a pouco sentia o ar infecto da cela escura levar aos seus pulmões, com o calor da vida, a consciência de sua intolerável miséria.

Entretanto, seus dois companheiros consideravam seu silêncio como uma injúria suprema. Brotteaux, que era sociável, tentou satisfazer sua curiosidade; mas, quando souberam que ele era o que se chamava de "um político", um desses cujo crime leviano era de palavra ou pensamento, eles não sentiram por ele estima ou simpatia. Os fatos pelos quais esses dois prisioneiros eram culpados tinham mais solidez: o mais velho era um assassino, o outro fabricara assinados falsos. Ambos se conformavam com seu estado e encontravam até alguma satisfação. Brotteaux pôs-se a pensar de repente que, acima de sua cabeça, tudo era movimento, barulho, luz e vida, e que as lindas vendedoras do Palais sorriam atrás de suas bancas de perfumaria, de mercearia, para o transeunte feliz e livre, e essa ideia aumentou seu desespero.

A noite veio, despercebida, na sombra e no silêncio do calabouço, mas pesada, contudo, e lúgubre. Com uma perna estendida sobre o banco e as costas apoiadas na muralha, Brotteaux adormeceu. E viu-se sentado aos pés de uma faia espessa, onde pássaros cantavam; o sol poente cobria o rio com chamas líquidas e a borda das nuvens estava tingida de púrpura. A noite passou. Uma febre ardente devorava-o e ele bebia avidamente, direto da bilha, uma água que aumentava seu mal.

No dia seguinte, o carcereiro, que levava a sopa, prometeu a Brotteaux que o colocaria em um lugar melhor, mediante ajuda financeira, assim que houvesse lugar, o que não demoraria. Com efeito, dois dias depois, convidou o velho coletor de impostos a sair de sua cela. A cada degrau que subia, Brotteaux sentia voltarem a ele a força e a vida e, quando, no ladrilho vermelho de um quarto, viu erguer-se uma cama de lona coberta com um velho cobertor de lã, chorou de alegria. A cama dourada onde pombas se bicavam, que ele outrora mandara fazer para a mais linda das dançarinas da Opéra, não lhe pareceu tão agradável nem lhe prometeu tantas delícias.

A cama de lona estava em um cômodo grande, relativamente limpo, que continha outras dezessete, separadas por tábuas altas. O grupo que morava lá, composto por ex-nobres, comerciantes, banqueiros, artesãos, não desagradou ao velho publicano, que se sentia à vontade com toda sorte de pessoa. Observou que aqueles homens, privados como ele de todo prazer e correndo o risco de perecer pelas mãos do carrasco, mostravam alegria e um profundo gosto pela brincadeira. Pouco disposto a admirar os homens, ele atribuía o bom humor de seus companheiros à leviandade de seu espírito, que os impedia de considerar atentamente sua situação. E essa ideia se confirmava ao observar que os mais inteligentes dentre eles eram profundamente tristes. Percebeu logo que, em sua maioria, buscavam no vinho e na aguardente uma alegria que extraía de sua fonte um caráter violento e por vezes um pouco louco. Nem todos tinham coragem: mas todos a mostravam. Brotteaux não se surpreendia com isso: sabia que os homens confessam facilmente a crueldade, a raiva, a própria avareza, mas nunca a covardia, porque essa confissão os colocaria entre os selvagens e, mesmo em uma sociedade educada, em perigo mortal. É por isso, pensava, que todos os povos são povos de heróis e todos os exércitos são compostos por bravos.

Mais que o vinho e a aguardente, o barulho das armas e das chaves, o rangido das fechaduras, o chamado das sentinelas, a turbulência dos cidadãos à porta do Tribunal embriagavam os prisioneiros, inspiravam-lhes melancolia, delírio ou furor. Alguns cortavam o pescoço com uma lâmina ou se jogavam pela janela.

Brotteaux estava alojado havia três dias na pistola* quando soube, pelo porta-chaves, que o padre Longuemare fora jogado

---

* Em francês, *pistole* era uma antiga moeda cunhada na Espanha e na Itália com valor equivalente ao luís ou a dez libras. Tornou-se, por extensão, o regime de favor em uma prisão (que originalmente se obtinha por meio do pagamento de uma pistola por mês), bem como o próprio lugar onde se tirava proveito desse favor. O regime de favor, em português, pode ser traduzido como "pistolão". (N. T.)

na palha podre, aos vermes, com ladrões e assassinos. Fez com que fosse recebido naquela pistola, no quarto onde morava e onde uma cama ficara vazia. Tendo se comprometido a pagar pelo religioso, o velho publicano, que não tinha lá um grande tesouro consigo, esforçava-se para fazer retratos a um escudo cada. Conseguiu, por meio de um carcereiro, pequenas molduras pretas para colocar trabalhos miúdos feitos com cabelos que executava com certa destreza. E essas obras foram muito procuradas em um grupo de homens que pensavam em deixar lembranças.

O padre Longuemare mantinha elevados seu coração e sua mente. Esperando ser traduzido diante do Tribunal Revolucionário, preparava sua defesa. Não separando sua causa daquela da Igreja, prometia a si mesmo expor a seus juízes as desordens e os escândalos provocados à Esposa de Jesus Cristo pela constituição civil do clero; começava a desenhar a filha mais velha da Igreja em uma guerra sacrílega contra o papa; o clero francês despojado, violentado, odiosamente submetido a leigos; os padres regulares, verdadeira milícia de Cristo, espoliados e dispersos. Citava São Gregório, o Grande, e Santo Irineu; produzia numerosos artigos de direito canônico e parágrafos inteiros das Decretais.

Durante o dia inteiro, ele rabiscava sobre os joelhos, ao pé da cama, embebendo tocos de penas usadas até o cabo, na tinta, na fuligem, na borra de café, cobrindo com uma escrita ilegível papéis de velas, embalagens, jornais, capas de livros, cartas velhas, faturas velhas, cartas de baralho, e pensando em usar a camisa depois de tê-la passado no amido. Amontoava folha sobre folha e, mostrando os rabiscos indecifráveis, dizia:

– Quando eu comparecer diante dos juízes, eu os inundarei de luz.

E, um dia, lançando um olhar satisfeito sobre sua defesa incessantemente aumentada e pensando naqueles magistrados que ansiava por confundir, exclamou:

– Eu não queria estar no lugar deles!

Os prisioneiros que o destino reunira nessa prisão eram monarquistas ou federalistas; havia até mesmo um jacobino; divergiam entre si quanto ao modo de conduzir os negócios do Estado, mas nenhum deles guardava o menor resquício de crenças cristãs. Os feuillants, os constitucionalistas, os girondinos acreditavam, como Brotteaux, que o bom Deus era muito ruim para eles e excelente para o povo. Os jacobinos instauravam, no lugar de Jeová, um deus jacobino, para fazer descer das alturas sobre o mundo o jacobismo; mas, como nenhum deles podia conceber que alguém fosse absurdo o suficiente para crer em uma religião revelada, ao ver que o padre Longuemare não carecia de razão, eles o tomavam por um velhaco. Sem dúvida com a finalidade de se preparar para o martírio, ele confessava sua fé a cada encontro e, quanto mais sinceridade mostrava, mais parecia um impostor.

Em vão Brotteaux garantia a boa fé do religioso; o próprio Brotteaux passava a acreditar apenas em parte no que ele dizia. Suas ideias eram por demais singulares para não parecerem forçadas, e não contentavam ninguém integralmente. Ele falava de Jean-Jacques como de um celerado completo. Por outro lado, colocava Voltaire entre os homens divinos, sem todavia o igualar ao amável Helvétius, a Diderot, ao barão de Holbach. Em sua opinião, o maior gênio do século era Boulanger. Ele estimava muito também o astrônomo Lalande e Dupuis, autor de uma *Memória sobre a origem das constelações*[1]. Os homens espirituosos do aposento faziam mil brincadeiras com o barnabita, que ele nunca percebia: sua candura desmontava todas as armadilhas.

Para afastar as preocupações que os corroíam e escapar dos tormentos do ócio, os prisioneiros jogavam damas, baralho e gamão. Não era permitido nenhum instrumento musical. Depois do jantar, cantavam, recitavam versos. *A donzela*, de Voltaire, colocava um pouco de alegria no coração desses infelizes, que não cansavam de escutar os melhores trechos. Mas, como não conseguiam se distrair do pensamento horrendo plantado no meio de seu coração, tentavam às vezes fazer dele uma diversão e, no quarto de dezoito leitos, antes de adormecer, encenavam o Tribunal Revolucionário. Os papéis eram distribuídos segundo os gostos e as aptidões. Uns representavam os juízes e o acusador; outros, os acusados e as testemunhas; outros ainda o carrasco e seus valetes. Os processos terminavam invariavelmente com a execução dos condenados, que eram estendidos em um dos leitos, com o pescoço sobre uma tábua. A cena era em seguida transportada aos infernos. Os mais ágeis do grupo, enrolados em lençóis, desempenhavam o papel de espectros. E um jovem advogado de Bordeaux, chamado Dubosc, pequeno, escuro, cego de um olho, corcunda, cambaio, o diabo manco em pessoa, ia, cheio de chifres, puxar o padre Longuemare pelos pés, para fora de sua cama, anunciando-lhe que estava condenado às chamas eternas e danado sem remissão, por ter feito do Criador do universo um ser invejoso, tolo e malévolo, um inimigo da alegria e do amor.

– Ah, ah, ah! – gritava horrivelmente o diabo – Ensinaste, velho bonzo, que Deus gosta de ver suas criaturas sofrerem na penitência e absterem-se de seus mais caros dons. Impostor, hipócrita, delator, senta-te sobre pregos e come cascas de ovos pela eternidade!

O padre Longuemare contentava-se em responder que, com esse discurso, logo se via o filósofo por trás do diabo e que o menor demônio do inferno teria falado menos tolices, pois tinha alguma noção de teologia e era certamente menos ignorante que um enciclopedista.

Mas, quando o advogado girondino o chamava de capuchinho, ele ficava vermelho de raiva e dizia que um homem incapaz de distinguir um barnabita de um franciscano não saberia ver uma mosca no leite.

O Tribunal Revolucionário esvaziava as prisões, que os comitês enchiam sem descanso: em três meses, o quarto dos dezoito renovou-se pela metade. O padre Longuemare perdeu seu diabrete. O advogado Dubosc, traduzido diante do Tribunal, foi condenado à morte como federalista e por ter conspirado contra a unidade da República. Ao sair de lá, voltou a passar, como todos os outros condenados, por um corredor que atravessava a prisão e dava no quarto que animara durante três meses com sua alegria. Ao se despedir de seus companheiros, manteve o tom leve e o ar alegre que lhe eram costumeiros.

– Perdoai-me, senhor – disse ao padre Longuemare –, por ter-vos puxado pelos pés em vossa cama. Não voltarei mais.

E, virando-se para o velho Brotteaux:

– Adeus, vou antecedê-lo no nada. Entrego de boa vontade à natureza os elementos que me compõem, desejando que ela faça deles, no futuro, um melhor uso, pois é preciso reconhecer que ela não foi muito feliz.

E ele desceu para a lâmina, deixando Brotteaux aflito e o padre Longuemare trêmulo e verde como uma folha, mais morto que vivo, ao ver o ímpio rindo à beira do abismo.

Quando o mês de germinal trouxe de volta os dias claros, Brotteaux, que era voluptuoso, desceu várias vezes por dia ao pátio que dava para a ala das mulheres, perto da fonte onde as cativas iam lavar as roupas pela manhã. Um gradil separava as duas alas; mas as grades não eram distantes o bastante para impedir que as mãos se juntassem e as bocas se unissem. Sob a noite indulgente, pululavam casais. Então Brotteaux, discretamente, refugiava-se na escada e, sentado em um degrau, tirava do bolso de sua sobrecasaca cor de pulga o pequeno volume de Lucrécio e lia, à luz de um lampião, algumas máximas severamente consoladoras: "*Sic ubi non erimus...* Quando tivermos deixado de viver, nada poderá nos emocionar, nem mesmo o céu, a terra e o mar confundindo seus restos...". Mas, enquanto regozijava-se com sua elevada sabedoria, Brotteaux invejava no barnabita aquela loucura que lhe escondia o universo.

O terror crescia mês a mês. Toda noite, os carcereiros bêbados, acompanhados por seus cães de guarda, iam de cela em cela, levando atas de acusação, berrando nomes que estropiavam, acordando os presos e, para vinte vítimas chamadas, apavoravam duzentas. Nesses corredores, cheios de sombras sangrentas, passavam todos os dias, sem uma queixa, vinte, trinta, cinquenta condenados, velhos, mulheres, adolescentes, e tão diversos em sua condição, seu caráter, seus sentimentos que era de se perguntar se não haviam sido escolhidos ao acaso.

E jogava-se baralho, bebia-se vinho da Borgonha, elaboravam-se projetos, marcavam-se encontros, à noite, no gradil. O grupo, quase que inteiramente renovado, era agora composto em grande parte por "exagerados" e por "raivosos". Todavia, o quarto de dezoito leitos ainda se mantinha como a morada da elegância e do bom tom: fora dois presos que haviam sido trazidos para ali, recentemente transferidos do Luxembourg para a Conciergerie, e que eram suspeitos de serem "carneiros", ou seja, espiões, os cidadãos Navette e Bellier, só havia gente honesta, que testemunhava uma confiança recíproca. Ali se celebravam, taça em punho, as vitórias da República. Encontravam-se ali vários poetas, como se veem em toda reunião de homens ociosos. Os mais habilidosos compunham odes sobre os triunfos do exército do Reno e recitavam-nas com grandiloquência. Eram ruidosamente aplaudidos. Apenas Brotteaux louvava sem entusiasmo os vencedores e seus chantres.

– É estranha essa mania, desde Homero, de os poetas celebrarem os militares – disse um dia. – A guerra não é uma arte e somente o acaso decide o destino das batalhas. De dois generais frente a frente, ambos estúpidos, é condição *sine qua non* que um deles saia vitorioso. Esperai pelo dia em que um desses portadores de espada que divinizais vos engula a todos como a grua da fábula engole as rãs. Nesse momento, ele realmente será um deus! Pois os deuses se conhecem pelo apetite.

Brotteaux nunca se impressionara com a glória das armas. Não se alegrava nem um pouco com os triunfos da República, que já previa. Não gostava de modo algum do novo regime que a vitória fortalecia. Estava descontente. Por muito menos se estaria.

Uma manhã, anunciou-se que os comissários do Comitê de Segurança Geral fariam buscas entre os presos, que seriam confiscados os assinados, objetos de ouro e de prata, facas, tesouras, que tais buscas foram feitas no Luxembourg e que tinham sido retirados cartas, papéis, livros.

Todos então se esforçaram por encontrar algum esconderijo onde colocar o que tinham de mais precioso. O padre Longuemare levou, a braçadas, sua defesa até uma calha. Brotteaux enfiou seu volume de Lucrécio nas cinzas da lareira.

Quando os comissários, usando fitas tricolores no pescoço, chegaram para executar o confisco, só encontraram o que se havia julgado conveniente deixar com eles. Depois de sua saída, o padre Longuemare correu até a calha e recolheu de sua defesa o que a água e o vento haviam deixado. Brotteaux retirou da lareira seu Lucrécio enegrecido de fuligem.

"Gozemos a hora presente", pensou, "pois prevejo por alguns sinais que doravante o tempo nos é estreitamente medido."

Em uma doce noite de prairial, enquanto, acima do pátio, a lua mostrava no céu pálido seus dois cornos de prata, o velho coletor de impostos que, segundo seu costume, lia seu Lucrécio sentado no degrau da escada de pedra, ouviu uma voz chamá-lo, uma voz de mulher, uma voz deliciosa que ele não reconhecia.

Desceu para o pátio e viu atrás do gradil uma forma que não reconhecia mais do que a voz, e que lhe lembrava, por seus contornos indistintos e encantadores, todas as mulheres que ele amara. O céu banhava-a de azul e de prata. Brotteaux de repente reconheceu a linda atriz da Rue Feydeau, Rose Thévenin.
– Tu aqui, minha filha! A alegria que sinto ao ver-te me é cruel. Desde quando e por que estás aqui?
– Desde ontem.
E acrescentou em voz muito baixa:
– Fui denunciada como monarquista. Acusam-me de ter conspirado para libertar a rainha. Como eu sabia que estáveis aqui, logo tentei encontrar-vos. Ouvi-me, meu amigo... aceitais que eu vos chame assim? ... Conheço pessoas de posição; tenho, conforme sei, conhecidos até no Comitê de Salvação Pública. Farei meus amigos agirem: eles me libertarão e eu, de minha parte, vos libertarei.
Mas Brotteaux, com uma voz que se tornou insistente:
– Por tudo o que tens de mais caro, minha filha, não faças nada! Não escrevas, não solicites; não peças nada a ninguém, rogo-te, faze com que te esqueçam.
Como ela parecia não entender o que ele lhe dizia, tornou-se ainda mais suplicante:
– Guarda silêncio, Rose, faz com que te esqueçam: essa é a salvação. Tudo o que teus amigos tentarem só fará apressar o teu fim. Ganha tempo. Falta pouco, muito pouco, espero, para te salvares... Acima de tudo, não tentes emocionar os juízes, os jurados, um Gamelin. Não são homens, são coisas: nada pode ser explicado a coisas. Faz com que te esqueçam. Se seguires meu conselho, minha amiga, morrerei feliz por ter salvado tua vida.
Ela respondeu:
– Eu vos obedecerei... Não faleis em morte.
Ele encolheu os ombros:
– Minha vida acabou, minha filha. Vive e sê feliz.
Ela tomou-lhe as mãos e colocou-as sobre seu seio:
– Escutai-me, meu amigo... Eu só vos vi uma vez e, contudo, não me sois indiferente. E se o que vou dizer-vos pode reatar-vos à vida, acreditai: serei para vós... tudo o que quiserdes que eu seja.
E deram-se um beijo na boca através das grades.

XX

Évariste Gamelin, durante uma longa audiência do Tribunal, em seu banco, no ar quente, fechava os olhos e pensava:
"Os maus, ao forçar Marat a se esconder nos buracos, fizeram dele uma ave noturna, o pássaro de Minerva, cujos olhos percebiam os conspiradores nas trevas onde se dissimulavam. Agora, é um olhar azul, frio, tranquilo que penetra os inimigos do Estado e denuncia os traidores com uma sutileza desconhecida até mesmo do Amigo do Povo, adormecido para sempre no jardim dos Cordeliers. O novo salvador, tão zeloso e mais perspicaz que o primeiro, vê o que ninguém vira e seu dedo erguido espalha o terror. Ele distingue as nuanças delicadas, imperceptíveis, que separam o mal do bem, o vício da virtude, que sem ele seriam confundidas, para prejuízo da pátria e da liberdade; traça diante de si a linha tênue, inflexível, fora da qual existe apenas, à esquerda e à direita, erro, crime e maldade. O Incorruptível ensina como se serve ao estrangeiro por exagero e por fraqueza, perseguindo os cultos em nome da razão e resistindo em nome da religião às leis da República. Assim como os celerados que imolaram Le Peltier e Marat, aqueles que lhes outorgaram honras divinas para comprometer sua memória servem ao estrangeiro. Agente do estrangeiro é todo aquele que rejeita as ideias de ordem, sabedoria, oportunidade; é também aquele que ultraja os costumes, ofende a virtude e, no desarranjo de seu coração, renega a Deus. Os padres fanáticos merecem a morte; mas há uma maneira contrarrevolucionária de combater o fanatismo;

existem abjurações criminosas. Moderados, perdemos a República; violentos, também a perdemos.

"Ó, quão temíveis são os deveres do juiz, ditados pelo mais sábio dos homens! Não se devem mais atacar apenas os aristocratas, os federalistas, os celerados da facção de Orléans, os inimigos declarados da pátria. O conspirador, o agente do estrangeiro é um Proteu: ele adota todas as formas. Reveste-se da aparência de um patriota, de um revolucionário, de um inimigo dos reis; afeta a audácia de um coração que bate apenas pela liberdade; infla a voz e faz tremer os inimigos da República: é Danton; sua violência mal consegue esconder sua moderação odiosa, e sua corrupção, enfim, aparece. O conspirador, o agente do estrangeiro é esse gago eloquente que colocou em seu chapéu o primeiro distintivo revolucionário, é esse panfletário que, em seu civismo irônico e cruel, chamava a si mesmo de 'procurador do lampião'[1], é Camille Desmoulins[2]: ele se revelou ao defender os generais traidores e ao requerer medidas criminais de uma clemência intempestiva. É Philippeaux, é Hérault, é o desprezível Lacroix. O conspirador, o agente do estrangeiro é o padre Duchesne que avilta a liberdade com sua baixa demagogia e cujas imundas calúnias tornaram interessante a própria Antonieta. É Chaumette, que foi, contudo, considerado dócil, popular, moderado, gentil e virtuoso na administração da Comuna, mas ele era ateu! Os conspiradores, os agentes do estrangeiro são todos esses *sans-culottes* de barrete vermelho, de carmanhola, de tamancos, que loucamente superaram o patriotismo dos jacobinos. O conspirador, o agente do estrangeiro é Anacharsis Cloots[3], o orador do gênero humano, condenado à morte por todas as monarquias do mundo; mas era preciso desconfiar de tudo o que vinha dele: era prussiano.

"Agora, violentos e moderados, todos esses homens maus, todos esses traidores, Danton, Desmoulins, Hébert, Chaumette[4], pereceram pelo machado. A República está salva; um concerto de louvores ergue-se de todos os comitês e de todas as assembleias populares na direção de Maximilien e da Montanha. Os bons cidadãos exclamam: 'Dignos representantes de um povo livre, foi em vão que os filhos dos Titãs ergueram sua cabeça altiva: Montanha benfazeja, Sinai protetor, de teu seio ardente saiu o relâmpago salutar...'

"Nesse concerto, o Tribunal também merece louvores. Como é doce ser virtuoso e como o reconhecimento público é caro ao coração do juiz íntegro!

"Entretanto, para um coração patriota, quantos motivos de espanto e quantos de preocupação! Como! Não bastavam Mirabeau, La Fayette, Bailly, Pétion, Brissot para trair a causa popular? Ainda era preciso ter aqueles que denunciaram esses traidores! Como! Todos os homens que fizeram a Revolução só a fizeram para perdê-la! Esses grandes autores dos grandes dias preparavam com Pitt e Cobourg a monarquia de Orléans ou a tutela de Luís XVII! Como! Danton era Monk! Como! Chaumette e os partidários de Hébert, mais pérfidos que os federalistas que acuaram com a faca, tinham conjurado a ruína do império! Mas, entre aqueles que lançam à morte os pérfidos Danton e os pérfidos Chaumette, será que os olhos azuis de Robespierre não descobrirão amanhã outros ainda mais pérfidos? Onde irá parar o execrável encadeamento dos traidores traídos e a perspicácia do Incorruptível?..."

XXI

Enquanto isso, Julie Gamelin, vestindo sua ampla sobrecasaca verde-garrafa, ia todos os dias ao Jardin du Luxembourg e lá, sentada em um banco, no final de uma alameda, esperava o momento em que seu amante apareceria em uma das lucarnas do palácio. Faziam-se sinais e trocavam pensamentos em uma linguagem muda que haviam imaginado. Ela sabia, dessa forma, que o prisioneiro ocupava um quarto bom o bastante, gozava de companhia agradável, precisava de um cobertor e de uma botija e amava profundamente sua amante.

Ela não era a única a espiar um rosto amado naquele palácio transformado em cadeia. Perto dela, uma jovem mãe mantinha seu olhar preso a uma janela fechada e, logo que a via abrir-se, erguia seu filhinho nos braços, acima da cabeça. Uma velha senhora, usando um véu de renda, ficava longas horas imóvel em uma cadeira dobrável, esperando em vão entrever por um instante o filho que, para não se enternecer, jogava malha no pátio da prisão até que se fechasse o jardim.

Durante essas longas estações sob o céu cinza ou azul, um homem de meia-idade, bastante gordo, muito limpo, mantinha-se em um banco vizinho, brincando com seu estojo de tabaco e seus berloques e desdobrando um jornal que nunca lia. Usava, à velha moda burguesa, um tricórnio com galão de ouro, um casaco zinzolino e um colete azul, bordado de prata. Parecia um homem honesto; era músico, a julgar pela flauta, cuja ponta saía de seu bolso. Em nenhum momento tirava os olhos do falso rapaz, não

193

parava de sorrir-lhe e, ao vê-lo levantar-se, levantava-se também e o seguia de longe. Julie, em sua miséria e em sua solidão, sentia-se tocada pela simpatia discreta que lhe demonstrava aquele bom homem.

Um dia, como ela saísse do jardim, com a chuva começando a cair, o bom homem aproximou-se dela e, abrindo seu amplo guarda-chuva vermelho, pediu-lhe permissão para abrigá-la. Ela respondeu docemente, com sua voz clara, que consentia. Mas, ao som dessa voz e advertido, talvez, por um sutil odor de mulher, afastou-se prontamente, deixando exposta à tempestade a jovem, que entendeu o gesto e, apesar de suas preocupações, não pôde deixar de sorrir.

Julie morava em uma mansarda na Rue du Cherche-Midi e fazia-se passar por um vendedor de tecidos à procura de emprego: a cidadã viúva Gamelin, convencida afinal de que sua filha não corria, em lugar nenhum, mais perigo do que perto dela, distanciara-a da Place de Thionville e da seção do Pont-Neuf, e mantinha-a com víveres e roupas tanto quanto podia. Julie cozinhava um pouco, ia ao Luxembourg ver seu querido amante e voltava ao seu pardieiro; a monotonia desse procedimento embalava sua tristeza e, como era jovem e forte, dormia a noite inteira um sono profundo. Com uma personalidade ousada, acostumada a aventuras e talvez estimulada pelas vestes que usava, ia de vez em quando, à noite, a uma taberna da Rue du Four, chamada A Cruz Vermelha, que era frequentada por toda sorte de gente e por mulheres de vida fácil. Lia as gazetas e jogava gamão com algum simplório de botica ou algum militar, que lhe fumava o cachimbo pelo nariz. Ali, bebia-se, jogava-se, fazia-se amor e as rixas eram frequentes. Uma noite, um beberrão, ao ouvir o ruído de uma cavalgada sobre os paralelepípedos do cruzamento, ergueu a cortina e, reconhecendo o comandante chefe da guarda nacional, o cidadão Hanriot[1], que estava passando a galope com seu estado-maior, murmurou entre os dentes:

– Eis a mula de Robespierre!

Ao ouvir a frase, Julie estourou em gargalhadas.

Mas um patriota de bigodes retorquiu asperamente:

– Aquele que fala assim é um f.... de um aristocrata que eu gostaria de ver espirrar no cesto de Samson[2]. Ficai sabendo que o general Hanriot é um bom patriota e saberá defender, se for preciso, Paris e a Convenção. É isso o que os monarquistas não lhe perdoam.

E o patriota de bigodes, encarando Julie, que não parava de rir:
– Tu, frangote, cuida para que eu não mande meu pé no teu traseiro, para ensinar-te a respeitar os patriotas.

Entretanto, vozes erguiam-se:
– Hanriot é um bêbado e um imbecil!
– Hanriot é um bom jacobino! Viva Hanriot!

Dois partidos se formaram. Os grupos se enfrentaram, os punhos bateram em chapéus deformados, as mesas viraram, os copos voaram em estilhaços, os candeeiros apagaram, as mulheres lançaram gritos agudos. Perseguida por vários patriotas, Julie armou-se com uma banqueta, foi derrubada, arranhou e mordeu seus agressores. Da sobrecasaca aberta e da gola rasgada saía seu peito arfante. Uma patrulha acorreu devido ao barulho e a jovem aristocrata escapou entre as pernas dos gendarmes.

Todos os dias, as carroças estavam cheias de condenados.

– Não posso, no entanto, deixar meu amante morrer! – dizia Julie a sua mãe.

Resolveu fazer petições, tomar iniciativas, ir aos comitês, aos escritórios, à casa dos representantes, dos magistrados, onde fosse preciso. Não tinha nenhum vestido. Sua mãe pediu emprestados à cidadã Blaise um vestido listado, um lenço, uma touca de rendas e Julie, vestida de mulher e como patriota, foi até o juiz Renaudin, em uma casa úmida e escura da Rue Mazarine.

Subiu tremendo a escada de madeira e de ladrilhos e foi recebida pelo juiz em seu miserável gabinete, mobiliado com uma mesa de pinho e duas cadeiras de palha. O papel de parede pendia em farrapos. Renaudin, de cabelos pretos e grudentos, olhar sombrio, beiços abertos e queixo saliente, fez-lhe sinal para falar e ouviu-a em silêncio.

Ela disse que era irmã do cidadão Chassagne, prisioneiro do Luxembourg, expôs o mais habilmente que pôde as circunstâncias nas quais fora preso, apresentou-o como inocente e infeliz, mostrou-se insistente.

Ele permaneceu insensível e duro.

Suplicante, a seus pés, ela chorou.

Assim que viu as lágrimas, seu rosto mudou: seus olhos, de um preto avermelhado, inflamaram-se e suas enormes mandíbulas azuis mexeram-se como para trazer de volta a saliva para a garganta seca.

– Cidadã, faremos o que for necessário. Não vos preocupeis.

E, abrindo a porta, empurrou a solicitante para um pequeno salão cor-de-rosa, onde havia painéis pintados, grupos de *biscuit*, um relógio de parede e candelabros dourados, poltronas *bergère*, um canapé de tapeçaria decorado com uma pastoral de Boucher. Julie estava disposta a tudo para salvar seu amante.

Renaudin foi brutal e rápido. Quando ela se levantou, ajustando o belo vestido da cidadã Élodie, encontrou o olhar cruel e zombeteiro desse homem; sentiu imediatamente que fizera um sacrifício inútil.

– Prometestes a liberdade de meu irmão – disse.

Ele escarneceu:

– Eu disse, cidadã, que faríamos o necessário, ou seja, que aplicaríamos a lei, nada mais, nada menos. Eu disse para não te preocupares, e por que te preocuparias? O Tribunal Revolucionário é sempre justo.

Ela pensou em lançar-se sobre ele, mordê-lo, arrancar-lhe os olhos. Mas, sentindo que acabaria perdendo Fortuné Chassagne, fugiu e correu para tirar, em sua mansarda, o vestido sujo de Élodie. E lá, sozinha, urrou de raiva e de dor a noite toda.

No dia seguinte, voltando ao Luxembourg, encontrou o jardim ocupado por guardas que afastavam as mulheres e as crianças. Sentinelas, posicionados nas alamedas impediam que os transeuntes se comunicassem com os presos. A jovem mãe que vinha, todos os dias, carregando seu filho nos braços, disse a Julie que falavam de conspiração nas prisões e que censuravam o fato de as mulheres se reunirem no jardim para comover o povo em favor dos aristocratas e dos traidores.

XXII

Uma montanha elevou-se subitamente no Jardin des Tuileries. O céu está sem nuvens. Maximilien caminha diante de seus colegas vestindo casaco azul, calça amarela, tendo na mão um buquê de espigas de trigo, centáureas e papoulas. Sobe a montanha e anuncia o deus de Jean-Jacques à República enternecida. Ó, pureza! Ó, doçura! Ó, fé! Ó, simplicidade antiga! Ó, lágrimas de piedade! Ó, orvalho fecundo! Ó, clemência! Ó, fraternidade humana!

Em vão o ateísmo ainda ergue sua face hedionda: Maximilien pega uma tocha; as chamas devoram o monstro e a Sabedoria aparece, mostrando o céu com uma mão e com a outra segurando uma coroa de estrelas.

Sobre o estrado erguido junto do Palais des Tuileries, Évariste, no meio da multidão comovida, verte doces lágrimas e rende graças a Deus. Ele vê se abrir uma era de felicidade.

Suspira:

– Enfim, seremos felizes, puros, inocentes, se os celerados o permitirem.

Infelizmente, os celerados não o permitiram. Mais suplícios ainda são necessários; ainda é preciso verter novos rios de sangue impuro. Três dias depois da festa da nova aliança e da reconciliação entre o céu e a terra, a Convenção promulga a Lei de Prairial que suprime, com uma espécie de terrível bonomia, todas as formas tradicionais da lei, tudo o que foi concebido desde o tempo dos romanos justos, para a salvação da inocência suspeita.

Não mais instruções, interrogatórios, testemunhas, defensores: o amor à pátria supre a tudo. O acusado que carrega, encerrado dentro de si, seu crime ou sua inocência passa mudo diante do jurado patriota. E é durante esse tempo que é preciso discernir sua causa, às vezes difícil, muitas vezes carregada e obscura. Como julgar agora? Como reconhecer, em um instante, o homem honesto e o celerado, o patriota e o inimigo da pátria?...

Após um momento confuso, Gamelin entendeu seus novos deveres e adaptou-se às suas novas funções. Ele reconhecia na abreviação do processo as verdadeiras características daquela justiça salutar e terrível, cujos ministros não eram gatos forrados[1], pesando segundo sua vontade os prós e os contras em suas balanças góticas, mas, *sans-culottes* julgando por iluminação patriótica e enxergando tudo em um clarão. Se as garantias, as precauções tivessem perdido tudo, os movimentos de um coração justo a tudo salvariam. Era preciso seguir os impulsos da natureza, essa boa mãe, que nunca se engana; era preciso julgar com o coração, e Gamelin invocava o espírito de Jean-Jacques:

– Homem virtuoso, inspira-me com o amor dos homens, o ardor para regenerá-los!

A maioria de seus colegas tinha os mesmos sentimentos. Eram acima de tudo homens simples; e, quando as formas foram simplificadas, sentiram-se à vontade. A justiça abreviada satisfazia-os. Nada mais os atrapalhava em sua marcha acelerada. Informavam-se apenas acerca da opinião dos acusados, não concebendo que fosse possível, sem maldade, pensar de forma diferente da sua. Como acreditavam possuir a verdade, a sabedoria, o bem soberano, atribuíam a seus adversários o erro e o mal. Sentiam-se fortes: viam Deus.

Aqueles jurados do Tribunal Revolucionário viam Deus. O Ser Supremo, reconhecido por Maximilien, inundava-os com suas chamas. Eles amavam, eles acreditavam.

A poltrona do acusado fora substituída por um amplo estrado que podia comportar cinquenta indivíduos: procedia-se apenas a fornadas. O acusador público reunia em uma mesma causa e inculpava como cúmplices pessoas que muitas vezes, no Tribunal, viam-se pela primeira vez. O Tribunal julgou com as terríveis facilidades da Lei de Prairial aquelas pretensas conspirações das prisões que, sucedendo às proscrições dos dantonistas e da Comuna, ligavam-se a elas pelos artifícios de um pensamento sutil. Para que de fato se reconhecessem as duas características essenciais de um complô fomentado com o ouro do estrangeiro contra a República, a moderação intempestiva e o exagero calculado, para que ainda se vissem aí o crime dantonista e o crime herbertista, tinham reunido duas cabeças opostas, duas cabeças de mulheres, a viúva de Camille, a amável Lucile, e a viúva do herbertista, Momoro, deusa por um dia e alegre comadre. Ambas haviam sido trancadas por simetria na mesma prisão, onde choraram juntas no mesmo banco de pedra; ambas haviam, por simetria, subido ao cadafalso. Símbolo por demais engenhoso, obra-prima de equilíbrio imaginado sem dúvida por uma alma de procurador e que se creditava a Maximilien. Relatavam a esse representante do povo todos os acontecimentos felizes ou infelizes que ocorriam na República: as leis, os costumes, o curso das estações, as colheitas, as doenças. Injustiça merecida, pois esse homem, pequeno, bem asseado, franzino, com rosto de gato, tinha poder sobre o povo...

O Tribunal decidia, naquele dia, sobre uma parte da grande conspiração das prisões, cerca de trinta conspiradores do Luxembourg, cativos muito submissos, mas monarquistas ou federalistas muito notáveis. A acusação repousava inteiramente sobre o testemunho de um único delator. Os jurados não sabiam uma palavra sobre o caso; desconheciam até o nome dos conspiradores. Gamelin, ao dar uma olhada no banco dos réus, reconheceu entre eles Fortuné Chassagne. O amante de Julie, emagrecido devido a um longo período na prisão, pálido, com os traços endurecidos pela luz crua que banhava a sala, mantinha ainda certa graça e algum orgulho. Seu olhar encontrou o de Gamelin e encheu-se de desprezo.

Gamelin, possuído por um furor tranquilo, levantou-se, pediu a palavra e, com os olhos fixos no busto de Brutus, o velho, que dominava o Tribunal, disse:

– Cidadão presidente, embora possam existir, entre mim e um dos acusados, laços que, se fossem declarados, seriam laços de aliança, declaro que não vou me abster. Os dois Brutus não se abstiveram quando, para a salvação da República ou pela causa da Liberdade, tiveram de condenar um filho, golpear um pai adotivo.

Voltou a sentar-se.

– Esse é um belo de um celerado – murmurou Chassagne entre os dentes.

O público permanecia frio, ora porque estivesse finalmente cansado das personalidades sublimes, ora porque Gamelin triunfara muito facilmente sobre sentimentos naturais.

– Cidadão Gamelin – disse o presidente –, nos termos da lei, toda abstenção deve ser formulada por escrito, vinte e quatro horas antes do início das sessões. Além disso, não tens motivos para te absteres: um jurado patriota está acima das paixões.

Cada acusado foi interrogado durante três ou quatro minutos. O requisitório decidiu-se pela pena de morte para todos. Os jurados votaram-na com uma palavra, um sinal de cabeça e por aclamação. Quando foi a vez de Gamelin opinar, declarou:

– Todos os acusados são culpados e a lei é formal.

Enquanto descia as escadas do Palais, um jovem, vestindo uma ampla sobrecasaca verde-garrafa e que parecia ter dezessete ou dezoito anos, deteve-o bruscamente ao passar. Usava um chapéu redondo, jogado para trás e cuja aba formava uma auréola negra em torno de seu belo rosto pálido. Erguido em frente ao jurado, gritou, tremendo de raiva e de desespero:

– Celerado! Monstro! Assassino! Bate em mim, covarde! Sou uma mulher! Manda prender-me, manda guilhotinar-me, Caim! Sou tua irmã.

E Julie cuspiu em seu rosto.

A multidão de tricoteiras e de *sans-culottes* arrefecia então em sua vigilância revolucionária; seu ardor cívico tinha amornado. Houve em volta de Gamelin e de seu agressor apenas movimentos incertos e confusos. Julie abriu caminho na multidão e desapareceu no crepúsculo.

XXIII

Évariste Gamelin estava cansado e não conseguia repousar; vinte vezes durante a noite, acordou sobressaltado de um sono cheio de pesadelos. Era somente no quarto azul, entre os braços de Élodie, que conseguia dormir algumas horas. Falava e gritava dormindo e a acordava; mas ela não podia entender as palavras que ele dizia.

Uma manhã, após uma noite em que vira as Eumênides, ele acordou destroçado de pavor e frágil como uma criança. A alvorada atravessava as cortinas do quarto com suas flechas lívidas. Os cabelos de Évariste, emaranhados em sua testa, cobriam seus olhos com um véu preto: Élodie, na cabeceira da cama, afastava suavemente as mechas rebeldes. Olhava-o, dessa vez, com um carinho de irmã e, com seu lenço, enxugava o suor gelado na fronte do infeliz. Então ele se lembrou daquela bela cena do *Orestes,* de Eurípedes, sobre a qual havia esboçado um quadro que, se tivesse podido terminá-lo, teria sido sua obra-prima: a cena em que a infeliz Electra enxuga a espuma que suja a boca de seu irmão. E acreditava também ouvir Élodie dizer com uma voz doce: "Ouve, meu querido irmão, enquanto as Fúrias deixam que continues dono de tua razão...".

E ele pensava: "E, contudo, não sou parricida. Ao contrário, foi por piedade filial que verti o sangue impuro dos inimigos de minha pátria".

XXIV

Não acabavam as conspirações das prisões. Quarenta e nove acusados enchiam a arquibancada. Maurice Brotteaux ocupava o mais alto degrau à direita, o lugar de honra. Vestia sua sobrecasaca cor de pulga que escovara cuidadosamente no dia anterior, e cerzira o canto do bolso que, com o tempo, o pequeno volume de Lucrécio desgastara. A seu lado, a cidadã Rochemaure, pintada, maquiada, brilhante, horrível. Haviam colocado o padre Longuemare entre ela e a prostituta Athénaïs, que voltara a encontrar, nas Madelonnettes, o frescor da adolescência.

Os gendarmes amontoavam nas arquibancadas pessoas que não conheciam e que, talvez, não se conhecessem entre si, todos cúmplices, entretanto, parlamentares, trabalhadores, antigos nobres, burgueses e burguesas. A cidadã Rochemaure notou Gamelin no banco dos jurados. Embora ele não tivesse respondido a suas cartas insistentes, a suas repetidas mensagens, ela teve esperanças nele, enviou-lhe um olhar suplicante e esforçou-se em ser para ele bela e tocante. Mas o olhar frio do jovem magistrado tirou-lhe toda ilusão.

O escrivão leu o ato de acusação que, embora breve sobre cada um dos acusados, era longo devido a seu número. Expunha em grandes linhas o complô urdido nas prisões para afogar a República no sangue dos representantes da nação e do povo de Paris e, detalhando a participação de cada um, dizia:

– Um dos mais perniciosos autores dessa abominável conjuração é o denominado Brotteaux, antigamente senhor des Ilettes, receptor das finanças na época do tirano. Esse indivíduo, que era notável, ainda no tempo da tirania, por sua conduta dissoluta, é uma prova certeira de que a libertinagem e os maus costumes são os maiores inimigos da liberdade e da felicidade dos povos: com efeito, depois de ter dilapidado as finanças públicas e esgotado em luxúria uma notável parte da substância do povo, esse indivíduo se associou à sua antiga concubina, a mulher Rochemaure, para se corresponder com os emigrados e informar traiçoeiramente a facção estrangeira sobre o estado de nossas finanças, os movimentos de nossas tropas, as flutuações da opinião pública.

"Brotteaux que, nesse período de sua desprezível existência, vivia em concubinato com uma prostituta que recolhera na lama da Rue Fromenteau, a denominada Athénaïs, converteu-a facilmente a seus desígnios e utilizou-a para fomentar a contrarrevolução com gritos impudentes e exortações indecentes.

"Algumas citações desse homem nefasto vos indicarão claramente suas ideias abjetas e seu objetivo pernicioso. Falando sobre o Tibunal patriótico, hoje chamado para castigá-lo, dizia de forma insolente: 'O Tribunal Revolucionário assemelha-se a uma peça de William Shakespeare, que mescla às cenas mais sangrentas as palhaçadas mais triviais'. Incessantemente preconizava o ateísmo como o meio mais certo de aviltar o povo e lançá-lo à imoralidade. Na prisão da Conciergerie, onde estava detido, deplorava igualando-as às piores calamidades as vitórias de nossos valentes exércitos, e se esforçava para lançar a suspeita sobre os generais mais patriotas, emprestando-lhes desígnios liberticidas. Dizia em uma linguagem atroz, que a pena hesita em reproduzir: 'Esperai porque, um dia, um desses que portam espadas, aos quais deveis vossa salvação, vos engolirá a todos como a grua da fábula engoliu as rãs'."

E o ato da acusação prosseguia da seguinte forma:

"A denominada Rochemaure, antiga nobre, concubina de Brotteaux, não é menos culpada que ele. Não só ela se correspondia com o estrangeiro e recebia um estipêndio do próprio Pitt, como, associada a homens corruptos, como Julien (de Toulouse) e Chabot, em relações com o antigo barão de Batz, inventava, de comum acordo com o celerado, toda espécie de maquinações para fazer baixar o preço das ações da Companhia das Índias, comprá-las a preço vil e depois aumentar seu preço por meio de maquinações opostas às primeiras, frustrando, assim, a fortuna privada e a fortuna pública. Encarcerada na Bourbe e nas Madelonnettes, nunca deixou de conspirar em sua prisão, de agiotar e de se entregar a tentativas de corrupção de juízes e jurados.

"Louis Longuemare, antigo nobre, antigo capuchinho, vinha experimentando há muito tempo a infâmia e o crime antes de realizar os atos de traição sobre os quais deverá responder aqui. Vivendo em vergonhosa promiscuidade com a denominada Gorcut, chamada Athénaïs, sob o próprio teto de Brotteaux, é cúmplice dessa moça e do antigo nobre. Durante seu cativeiro na Conciergerie, não deixou um único dia de escrever libelos atentando contra a liberdade e a paz pública.

"É justo dizer, sobre Marthe Gorcut, chamada Athénaïs, que as moças prostituídas são a maior praga dos costumes públicos que elas insultam e o opróbrio da sociedade que elas aviltam. Mas para que estender-se em crimes repugnantes, que a acusada confessa sem pudor?..."

A acusação, em seguida, passava em revista os cinquenta e quatro outros réus, que nem Brotteaux, nem o padre Longuemare, nem a cidadã Rochemaure conheciam, a não ser por terem visto vários deles na prisão, e que estavam envolvidos com os primeiros naquela "conjuração execrável, cujos anais dos povos não fornecem exemplos".

A acusação concluía com a pena de morte para todos os inculpados.

Brotteaux foi interrogado em primeiro lugar.

– Tu conspiraste?

– Não, não conspirei. É tudo falso no ato de acusação que acabo de ouvir.

– Vê: continuas conspirando, neste instante, contra o Tribunal.

E o presidente passou para a denominada Rochemaure, que respondeu com protestos desesperados, lágrimas e argúcias.

O padre Longuemare entregava-se inteiramente à vontade de Deus. Não tinha nem mesmo trazido sua defesa escrita.

A todas as perguntas que lhe foram feitas, respondeu com um espírito de renúncia. Todavia, quando o presidente o chamou de capuchinho, o velho homem nele se reanimou:

– Não sou capuchinho, sou padre e religioso da ordem dos barnabitas.
– É a mesma coisa – replicou o presidente com um sorriso.
O padre Longuemare olhou-o indignado:
– Não se pode conceber erro mais estranho que confundir com um capuchinho um religioso da ordem dos barnabitas, cuja constituição remonta ao próprio apóstolo São Paulo.
Estouraram gargalhadas e vaias no público.
E o padre Longuemare, tomando as zombarias por sinais de negação, proclamava que morreria membro da ordem de São Barnabé, cujo hábito vestia em seu coração.
– Reconheces – perguntou o presidente – ter conspirado com a jovem Gorcut, chamada Athénaïs, que lhe prestava seus desprezíveis favores?
Diante dessa pergunta, o padre Longuemare ergueu aos céus um olhar doloroso e respondeu com um silêncio que expressava a surpresa de uma alma ingênua e a gravidade de um religioso que teme pronunciar palavras vãs.
– Moça Gorcut – perguntou o presidente à jovem Athénaïs –, reconhece ter conspirado com Brotteaux?
Ela respondeu calmamente:
– O senhor Brotteaux, até onde eu sei, só faz o bem. Igual a esse homem seriam necessários muitos e como ele não há muitos. Aqueles que dizem o contrário estão enganados. É só o que tenho a dizer.
O presidente perguntou-lhe se ela reconhecia ter vivido em concubinato com Brotteaux. Foi preciso explicar-lhe o termo, que ela não conhecia. Mas, assim que entendeu do que se tratava, respondeu que teria bastado que ele o quisesse, mas ele não pediu.
Riram nas tribunas e o presidente ameaçou colocar a jovem Gorcut para fora dos debates se respondesse novamente com tamanho cinismo.
Então ela o chamou de delator, cara de quaresma, corno, e vomitou sobre ele, sobre os juízes e os jurados toneladas de impropérios, até que os gendarmes a retirassem de seu banco e a levassem para fora da sala.
Em seguida, o presidente interrogou brevemente os outros acusados, na ordem em que estavam posicionados na arquibancada. Um certo Navette respondeu que não poderia ter conspirado

em uma prisão onde permanecera apenas por quatro dias. O presidente observou que a resposta devia ser considerada e que rogava aos cidadãos jurados que a levassem em conta. Um certo Bellier respondeu da mesma forma e o presidente endereçou a seu favor a mesma observação ao júri. Interpretou-se essa benevolência do juiz como o efeito de uma equidade louvável ou como um salário devido à delação.

O substituto do acusador público tomou a palavra. Só conseguiu ampliar o ato de acusação e fez as seguintes perguntas:

– Consta nos autos que Maurice Brotteaux, Louise Rochemaure, Louis Longuemare, Marthe Gorcut, dita Athénaïs, Eusèbe Rocher, Pierre Guyton-Fabulet, Marceline Descourtis etc. formaram uma conjuração cujos meios são: o assassinato, a fome, a fabricação de falsos assinados e de falsa moeda, a depravação da moral e do espírito público, a sublevação nas prisões; o objetivo: a guerra civil, a dissolução da representação nacional, o restabelecimento da monarquia?

Os jurados se retiraram para a câmara das deliberações. Pronunciaram-se em unanimidade pela afirmativa no tocante a todos os acusados, com exceção dos denominados Navette e Bellier, que o presidente e, depois dele, o acusador público tinham colocado fora do caso, de certa forma. Gamelin motivou seu veredito nos seguintes termos:

– A culpabilidade dos acusados salta aos olhos: seu castigo é importante para a salvação da Nação e eles mesmos devem desejar seu suplício como o único meio de expiar seus crimes.

O presidente pronunciou a sentença na ausência dos interessados. Nessas grandes jornadas, contrariamente ao que a lei exigia, não se chamavam os acusados de volta para lhes dizer sua sentença, sem dúvida porque se temia o desespero de um número tão grande de pessoas. Temor vão, tamanha e tão generalizada era a submissão das vítimas! O escrivão desceu para ler o veredito, que foi ouvido nesse silêncio e nessa tranquilidade que fazem com que os condenados de prairial sejam comparados a árvores prontas para o corte.

A cidadã Rochemaure declarou estar grávida. Um cirurgião, que também era jurado, foi designado para examiná-la. Foi levada desmaiada para sua cela.

– Ah! – suspirou o padre Longuemare –. Esses juízes são realmente dignos de piedade: o estado de sua alma é verdadeiramente deplorável. Misturam tudo e confundem um barnabita com um franciscano.

A execução devia ocorrer, no mesmo dia, na "muralha do Trono--Invertido"[1]. Os condenados, após terem feito sua higiene pessoal, de cabelos cortados, a camisa aberta, esperaram pelo carrasco, encerrados como um rebanho na salinha separada do escrivão por um tabique envidraçado.

Quando o executor e seus valetes chegaram, Brotteaux, que lia tranquilamente seu volume de Lucrécio, marcou a página começada, fechou o livro, enfiou-o no bolso de sua sobrecasaca e disse ao barnabita:

– Reverendo padre, o que me irrita é que não vou convencer-vos. Ambos vamos dormir nosso último sono e eu não poderei puxá-lo pela manga e acordá-lo para dizer: "Vede, não tendes mais sentimento ou conhecimento; sois inanimado. O que segue à vida é como aquilo que a antecede".

Quis sorrir, mas uma dor atroz tomou seu coração e suas entranhas e ele quase desmaiou.

Todavia, retomou:

– Padre, deixo-vos ver minha fraqueza. Amo a vida e não a deixo sem tristeza.

– Senhor – respondeu o monge com doçura –, perceba que sois mais corajoso que eu e que, no entanto, a morte vos incomoda mais que a mim. O que isso significa, a não ser que eu vejo a luz que vós ainda não vedes?

– Poderia ser também – disse Brotteaux – que lamento a vida, porque a desfrutei mais que vós, que a tornou o mais semelhante possível com a morte.

– Senhor – disse o padre Longuemare empalidecendo –, esta hora é grave. Que Deus me assista! É certo que morreremos sem ajuda. Devo ter recebido outrora os sacramentos sem entusiasmo e com um coração ingrato para que o Céu os recuse a mim hoje, quando preciso tanto deles.

As carroças estavam esperando. Os condenados foram amontoados, com as mãos atadas. A cidadã Rochemaure, cuja gravidez não fora reconhecida pelo cirurgião, foi puxada para cima de uma das carroças. Voltou a encontrar um pouco de sua energia para observar a multidão de espectadores, esperando, contra toda esperança, encontrar nela salvadores. Seus olhos imploravam. A afluência era menor que em outros tempos e os ímpetos dos espíritos menos violentos. Algumas mulheres somente gritavam: "À morte!" ou injuriavam aqueles que iam morrer. Os homens davam de ombros, viravam a cabeça e se calavam, seja por prudência, seja por respeito às leis.

Houve um estarrecimento na multidão, quando Athénaïs passou pela porta. Parecia uma criança.

Inclinou-se diante do religioso:

– Senhor padre – disse –, dai-me a absolvição.

O padre Longuemare murmurou gravemente as palavras sacramentais e disse:

– Minha filha, caíste em meio a grandes desordens, mas quem me dera apresentar-me ao Senhor com um coração tão puro como o teu!

Ela subiu, leve, na carroça. E lá, com o busto ereto, a cabeça infantil orgulhosamente erguida, gritou:

– Viva o rei!

Fez um pequeno sinal para Brotteaux para mostrar-lhe que havia lugar a seu lado. Brotteaux ajudou o barnabita a subir e foi colocar-se entre o religioso e a moça inocente.

– Senhor – disse o padre Longuemare ao filósofo epicurista –, peço-vos um favor: rezai por mim a esse Deus no qual não quereis ainda acreditar. Não tenho certeza se estais mais perto dele do que eu mesmo: um instante pode decidi-lo. Para que vos torneis o filho privilegiado do Senhor, basta um segundo. Senhor, rezai por mim.

Enquanto as rodas giravam com um rangido sobre o pavimento do extenso bairro, o religioso recitava com o coração e os lábios as preces dos agonizantes.

Brotteaux rememorava os versos do poeta da natureza: *Sic ubi non erimus...* Embora completamente amarrado e sacudido na infame carroça, ele mantinha uma atitude tranquila e certa preocupação com seu conforto. A seu lado, Athénaïs, orgulhosa de morrer como a rainha da França, lançava sobre a multidão um olhar altivo, e o velho coletor de impostos, contemplando como conhecedor o colo branco da jovem mulher, lamentava a luz do dia.

XXV

Enquanto as carroças avançavam, cercadas de gendarmes, na direção do Trono-Invertido, conduzindo para a morte Brotteaux e seus cúmplices, Évariste estava sentado, pensativo, em um banco do Jardin des Tuileries. Esperava por Élodie. O sol, descendo no horizonte, crivava com suas flechas inflamadas os castanheiros espessos. Junto das grades do jardim, a Fama, montada em seu cavalo alado, embocava seu eterno trompete. Os jornaleiros anunciavam a grande vitória de Fleurus[1].

"Sim", pensava Gamelin, "a vitória nos pertence. Pagamos o preço."

Ele via os maus generais arrastando suas sombras condenadas na poeira sangrenta da Place de la Révolution, onde morreram. E sorriu orgulhoso, pensando que, sem as severidades das quais participara, os cavalos austríacos estariam, hoje, mordendo a casca das árvores.

Exclamava para si mesmo:

"Ó terror salutar, ó santo terror! No ano passado, nesta mesma época, tínhamos como defensores vencidos heroicos em farrapos; o solo da pátria estava invadido, dois terços dos departamentos insuretos. Hoje, nossos exércitos bem equipados, bem instruídos, comandados por generais habilidosos, tomam a ofensiva, prontos para levar a liberdade ao mundo. A paz reina em todo o território da República... Ó terror salutar! Ó santo terror! Amável guilhotina! No ano passado, nesta mesma época, a República estava dilacerada em facções; a hidra do federalismo ameaçava devorá-la. Agora, a unidade jacobina estende sobre o império sua força e sua sabedoria..."

Entretanto, estava sombrio. Uma ruga profunda marcava sua testa; sua boca estava amarga. Pensava: "Dizíamos: *vencer ou morrer*. Estávamos enganados, era preciso dizer *vencer e morrer*".

Olhava à sua volta. As crianças faziam castelos de areia. As cidadãs, sentadas em suas cadeiras de madeira ao pé das árvores, bordavam ou costuravam. Os transeuntes vestindo casaca e calça de uma estranha elegância, pensando em seus negócios ou em seus prazeres, voltavam para casa. E Gamelin sentia-se só entre eles: não era seu compatriota nem seu contemporâneo. O que acontecera? Como, no entusiasmo dos belos anos, sucederam a indiferença, o cansaço e, talvez, o desgosto? Visivelmente, essas pessoas não queriam mais ouvir falar do Tribunal Revolucionário e se desviavam da guilhotina. Como esta se tornara incômoda demais na Place de la Révolution, fora enviada para o final do Faubourg Antoine. Até mesmo lá, quando as carroças passavam, as pessoas murmuravam. Dizia-se que algumas vozes haviam gritado: "Chega!".

Chega, quando ainda havia traidores, conspiradores! Chega, quando era preciso renovar os comitês, depurar a Convenção! Chega, quando celerados desonravam a representação nacional! Chega, quando se meditava até no Tribunal Revolucionário o fim do Justo! Pois era coisa terrível de se pensar e demasiado verdadeira! O próprio Fouquier urdia suas tramas e foi para acabar com Maximilien que imolara pomposamente cinquenta e sete vítimas arrastadas para a morte vestindo a camisa vermelha dos parricidas. A que tipo de piedade criminosa a França estava cedendo? Era preciso, pois, salvá-la contra sua vontade e, quando pedisse clemência, fechar os ouvidos e desferir o golpe. Infelizmente, o destino estava traçado: a pátria amaldiçoava seus salvadores. Que nos amaldiçoe e que seja salva!

"É muito pouco imolar vítimas obscuras, aristocratas, financistas, publicistas, poetas, um Lavoisier, um Roucher, um André Chénier. Deve-se golpear esses celerados todo-poderosos que, com as mãos cheias de ouro e escorrendo sangue, preparam a ruína da Montanha, homens como Fouché, Tallien, Rovère, Carrier, Bourdon[2]. É necessário libertar o Estado de todos os seus inimigos. Se Hébert tivesse vencido, a Convenção teria sido derrubada, a República rolaria para o abismo; se Desmoulins e Danton tivessem triunfado, a Convenção, desprovida de virtudes, entregaria a República aos aristocratas, aos agiotas e aos generais. Se homens como Tallien e Fouché, monstros saturados de sangue e rapinas, triunfarem, a França se afogará no crime e na infâmia... Tu dormes, Robespierre, enquanto criminosos ébrios de furor e de medo meditam tua morte e os funerais da Liberdade. Couthon, Saint-Just, por que demorais para denunciar os complôs?

"Como! O antigo Estado, o monstro real garantia seu império prendendo todo ano quatrocentos mil homens, enforcando quinze mil e supliciando três mil, e a República ainda hesitaria em sacrificar centenas de cabeças para sua segurança e seu poder? Afoguemo-nos em sangue e salvemos a pátria..."

Enquanto pensava assim, Élodie acorreu até ele pálida e desfeita:

– Évariste, o que tens a me dizer? Por que não foste ao Amor Pintor, no quarto azul? Por que me fizeste vir até aqui?

– Para dizer-te um eterno adeus.

Ela murmurou que ele estava louco, que ela não conseguia entender...

Ele a interrompeu com um pequeno gesto da mão:

– Élodie, não posso mais aceitar teu amor.

– Cala-te, Évariste, cala-te!

Ela pediu que fossem para mais longe: ali, eram observados, eram ouvidos.

Ele andou cerca de vinte passos e prosseguiu, muito calmo:

– Sacrifiquei minha vida e minha honra à minha pátria. Morrerei infame e terei apenas para legar-te, infeliz, uma memória execrada... Nós nos amarmos? Será que alguém ainda consegue me amar?... Será que eu ainda consigo amar?

Ela disse que ele estava louco, que o amava, que o amaria sempre. Foi ardente, sincera, mas sentia como ele, sentia melhor do que ele que ele estava certo. E lutava contra a evidência.

Ele continuou:

– Não me recrimino de nada. Faria novamente o que fiz. Tornei-me anátema pela pátria. Sou maldito. Pus-me fora da humanidade: nunca voltarei a ela. Não! A grande tarefa ainda não terminou. Ah! A clemência, o perdão!... Os traidores perdoam? Os conspiradores são clementes? Os celerados parricidas crescem incessantemente em número; saem de debaixo da terra, acorrem de todas as nossas fronteiras: homens jovens, que teriam perecido melhor em nossos exércitos, velhos, crianças, mulheres, com as máscaras da inocência, da pureza, da graça. E quando os imolamos, encontramos outros mais... Entendes por que devo renunciar ao amor, a toda alegria, a toda doçura da vida, à própria vida?

Calou-se. Feita para gozar de alegrias simples, Élodie apavorava-se, havia mais de um dia, por mesclar, sob os beijos de um amante trágico, imagens sangrentas às impressões voluptuosas: nada respondeu. Évariste bebeu como um cálice amargo o silêncio da jovem.

– Estás percebendo, Élodie: nós nos precipitamos; nossa obra nos devora. Nossos dias, nossas horas valem por anos. Logo terei vivido um século. Vê esta fronte! Parece a de um amante? Amar!...

– Évariste, tu me pertences, fico contigo; não vou devolver-te tua liberdade.

Ela se expressava num tom de sacrifício. Ele o sentiu; ela também.

– Élodie, um dia poderás testemunhar que vivi fiel ao meu dever, que meu coração foi honesto e minha alma pura, que não tive outra paixão além do bem público, que nasci sensível e carinhoso? Dirás: "Ele cumpriu seu dever?". Não! Não dirás. E não pedirei que o digas. Que minha memória pereça! Minha glória está em meu coração; a vergonha me cerca. Se me amaste, guarda um silêncio eterno sobre meu nome.

Uma criança de oito ou nove anos, que brincava com um arco*, jogou-se nesse momento nas pernas de Gamelin.

Este a ergueu bruscamente em seus braços:

– Criança, crescerás livre, feliz e deverás isso ao infame Gamelin.

---

* Brinquedo antigo, que compreendia um círculo de madeira leve que as crianças faziam rolar no solo, empurrado com a ajuda de um bastão. Até meados dos anos 1970, as crianças ainda brincavam de arco, porém elas substituíram os de madeira pelos anéis de metal que servem de suporte para os pneus de automóveis ou de bicicleta. (N. T.)

Sou atroz para que sejas feliz. Sou cruel para que sejas bom. Sou impiedoso para que amanhã todos os franceses se abracem vertendo lágrimas de felicidade.

Apertou-o contra o peito:

– Menininho, quando fores homem, deverás tua felicidade e tua inocência a mim; e, se algum dia ouvires pronunciar meu nome, tu o execrarás.

E colocou o menino de volta no chão, que foi correndo jogar-se apavorado nas saias da mãe, que corria para socorrê-lo.

Essa jovem mãe, que era bonita e tinha uma graça aristocrática, com seu vestido de fino linho branco, levou seu filhinho com um ar altivo.

Gamelin virou para Élodie um olhar feroz:

– Beijei aquele menino; talvez mande guilhotinar a mãe.

E distanciou-se, a passos largos, sob as árvores.

Élodie permaneceu imóvel por um instante, com o olhar fixo e baixo. Depois, de repente, lançou-se sobre os passos de seu amante e, furiosa, com os cabelos em desalinho tal como uma mênade, agarrou-o como que para dilacerá-lo e gritou com uma voz sufocada de sangue e lágrimas:

– Pois bem! Eu também, meu amado, manda-me para a guilhotina; eu também, manda cortar minha cabeça!

E, com a imagem da faca sobre sua nuca, toda a sua carne fundia de horror e de volúpia.

XXVI

Enquanto o sol de termidor deitava-se em púrpura sangrenta, Évariste vagava, sombrio e preocupado, pelos jardins de Marbeuf, que haviam se tornado propriedade nacional e eram frequentados por parisienses ociosos. Ali se tomavam refrescos e sorvetes; havia cavalos de madeira e barracas de tiro para os jovens patriotas. Debaixo de uma árvore, um pequeno saboiano em farrapos, usando uma boina preta, fazia uma marmota dançar ao som amargo de sua sanfona. Um homem, ainda jovem, esbelto, de casaca azul, com os cabelos empoados, acompanhado de um grande cão, parou para ouvir aquela música agreste. Évariste reconheceu Robespierre. Achou-o pálido, emagrecido, com o rosto endurecido e atravessado por rugas dolorosas. E pensou: "Que fadigas e quantos sofrimentos deixaram sua marca em sua fronte? No que estará pensando agora? Será que o som da sanfona montanhesa o distrai da preocupação de seus assuntos? Será que pensa ter um pacto com a morte e que a hora de cumpri-lo se aproxima? Será que medita em retornar como vencedor para aquele Comitê de Salvação Pública, do qual se retirou, cansado de ser posto em xeque por uma maioria sediciosa, ao lado de Couthon e Saint-Just? Por trás desse rosto impenetrável, que esperanças se agitam ou que temores?".

Entretanto, Maximilien sorriu para o menino, fez-lhe algumas perguntas com uma voz doce, com benevolência, sobre o vale, a choupana, os pais que o pobre pequeno deixara, jogou-lhe uma moedinha de prata e retomou seu passeio. Depois de ter dado alguns passos, voltou-se para chamar o cão que, farejando um rato, mostrava os dentes para a marmota eriçada.

– Brount! Brount!

Depois, penetrou nas alamedas sombrias.

Gamelin, por respeito, não se aproximou do caminhante solitário; mas, contemplando a forma esguia que se apagava na noite, dirigiu-lhe uma oração mental: "Vi tua tristeza, Maximilien; compreendi teu pensamento. Tua melancolia, teu cansaço e até essa expressão de pavor impressa em teu olhar, tudo em ti diz: 'Que o terror acabe e que comece a fraternidade! Franceses, sede unidos, sede virtuosos, sede bons. Amai-vos uns aos outros...'. Pois bem, servirei teus desígnios, para que possas, em tua sabedoria e bondade, pôr fim às discórdias civis, apagar os ódios fratricidas, fazer do carrasco um jardineiro que não cortará nada além das cabeças dos repolhos e das alfaces; prepararei com meus colegas do Tribunal os caminhos da clemência, exterminando os conspiradores e os traidores. Redobraremos a vigilância e a severidade. Nenhum culpado escapará. E quando a cabeça do último dos inimigos da República tiver caído sob a lâmina, poderás ser indulgente sem crime e fazer a inocência e a virtude reinarem na França, ó pai da pátria!".

O Incorruptível já estava longe. Dois homens de chapéu redondo e calça de nanquim, dos quais um, de aspecto rude, comprido e magro, tinha uma venda sobre o olho e lembrava Tallien, cruzaram com ele na esquina de uma alameda, lançaram-lhe um olhar enviesado e, fingindo não o reconhecer, passaram. Quando chegaram a uma distância grande o bastante para que não pudessem mais ser ouvidos, murmuraram em voz baixa:

– Ei-lo então, o rei, o papa, o deus. Pois ele é Deus. E Catherine Théot é sua profetisa[1].

– Ditador, traidor, tirano! Ainda existem Brutus.

– Treme, celerado! Do Capitólio à rocha Tarpeia não vai mais que um passo.

O cão Brount aproximou-se deles. Calaram-se e apressaram o passo.

XXVII

Tu dormes, Robespierre! A hora passa, o tempo precioso corre... Por fim, no dia 8 de termidor, na Convenção, o Incorruptível se levanta e vai falar. Sol de 31 de maio, estarás te levantando uma segunda vez? Gamelin aguarda, espera. Finalmente, Robespierre arrancará dos bancos que desonram os legisladores mais culpados que os federalistas, mais perigosos que Danton... Não! Ainda não. "Não consigo", diz ele, "me decidir a rasgar inteiramente o véu que recobre esse profundo mistério de iniquidade." E os raios espalhados, sem atingir nenhum dos conjurados, assusta a todos. Podiam-se contar sessenta deles que, há quinze dias, não ousavam deitar em suas camas. Marat nomeava os traidores; apontava-os. O Incorruptível hesita e, assim, passa a ser o acusado...

À noite, nos Jacobinos, a sala está sufocante, assim como os corredores, o pátio.

Todos estão lá, os amigos ruidosos e os inimigos calados. Robespierre faz o mesmo discurso que a Convenção ouviu em um silêncio horrível e que os jacobinos cobrem de aplausos emocionados.

– Esse é meu testamento de morte – diz o homem. – Ver-me-eis beber a cicuta com calma.

– Eu a beberei contigo – responde David.

– Todos nós! Todos nós! – gritam os jacobinos, que se separam sem nada resolver.

Évariste, enquanto se preparava a morte do Justo, dormiu o sono dos discípulos no jardim das Oliveiras. No dia seguinte, foi até o Tribunal, onde duas seções tinham assento. Aquela da qual ele fazia parte julgava vinte e um cúmplices da conspiração de Lazare. E, enquanto isso, as notícias chegavam: "A Convenção, depois de uma sessão de seis horas, declarou Maximilien Robespierre, Couthon, Saint-Just culpados ao lado de Augustin Robespierre e Lebas[1], que pediram para compartilhar o destino dos acusados. Os cinco proscritos desceram até a barra".

Toma-se conhecimento de que o presidente da seção que funciona na sala vizinha, o cidadão Dumas, fora preso no exercício de suas funções, mas que a audiência continua. Ouve-se rufarem os tambores e soar o rebate.

Évariste, em seu banco, recebe uma ordem vinda da Comuna para ir à Prefeitura e tomar assento no conselho geral. Ao som dos sinos e dos tambores, dá o veredito com seus colegas e corre para casa abraçar a mãe e buscar sua echarpe. A Place de Thionville está deserta. A seção não ousa se pronunciar nem a favor nem contra a Convenção. As pessoas passam rente aos muros, esgueiram-se pelas alamedas, voltam para casa. Ao toque do rebate e dos tambores respondem os ruídos das persianas e das fechaduras que se fecham. O cidadão Dupont pai está escondido em sua loja; o zelador Remacle tranca-se em sua zeladoria. A pequena Joséphine segura Mouton em seus braços, amedrontada. A cidadã viúva Gamelin lamenta-se sobre a carestia de víveres, fonte de todo o mal. Ao pé da escada, Évariste encontra Élodie sem fôlego, com as mechas negras coladas em seu pescoço suado.

– Procurei-te no Tribunal. Tinhas acabado de sair. Aonde estás indo?

– À Prefeitura.

– Não vás. Estarás perdido: Hanriot está preso... as seções não funcionarão. A seção de Piques, a de Robespierre, fica tranquilo. Eu sei de tudo: meu pai é parte disso. Se fores à Prefeitura, estarás inutilmente perdido.

– Queres que eu seja um covarde?

– Ao contrário, a coragem está em ser fiel à Convenção e em obedecer à lei.

– A lei está morta quando os celerados triunfam.

– Évariste, escuta tua Élodie, escuta tua irmã: vem sentar-te perto dela, para que ela acalme tua alma irritada.

Ele a olhou: nunca lhe parecera tão desejável; nunca essa voz soara tão voluptuosa e tão persuasiva a seus ouvidos.

– Dois passos, apenas dois passos, meu amigo!

Ela o arrastou para o terrapleno onde jazia o pedestal da estátua derrubada. Bancos o cercavam, cheios de homens e mulheres a passeio. Uma vendedora de miudezas oferecia suas rendas; o vendedor de chá, levando sua fonte[*] nas costas, agitava sua sineta; meninas jogavam peteca. Na beira do rio, pescadores mantinham-se imóveis, com a linha na mão. O tempo anunciava tempestade, o céu estava escuro. Gamelin, inclinado sobre o parapeito, mergulhava o olhar na ilha pontuda como uma proa, ouvia gemer o vento no topo das árvores e sentia entrar em sua alma um desejo infinito de paz e de solidão.

E, como um eco delicioso de seu pensamento, a voz de Élodie suspirou:

– Lembras quando, ao ver os campos, desejavas ser juiz de paz em uma pequena aldeia? Seria a felicidade.

Mas, em meio ao murmúrio do vento nas árvores e à voz da mulher, ele ouvia o rebate, os tambores, o barulho longínquo dos cavalos e dos canhões sobre o pavimento.

A dois passos dele, um jovem que conversava com uma cidadã elegante disse:

– Sabes da notícia?... A Opéra instalou-se na Rue de la Loi.

Entretanto, todos sabiam: murmurava-se o nome de Robespierre, mas tremendo, pois ainda era temido. E as mulheres, ao rumor de sua queda, dissimulavam um sorriso.

Évariste Gamelin tomou a mão de Élodie e imediatamente a rejeitou de forma brusca:

---

[*] Ancestral do atual filtro e do lavatório, *fontaine*, em francês, é também um recipiente com tampa e uma pequena torneira, outrora acompanhado de uma bacia ou cuba, feito de porcelana, cerâmica, pedra ou mesmo cobre, para uso doméstico. Os atuais filtros de cerâmica e porcelana usados para água remontam a essas fontes, embora seus parentes mais antigos, depois das fontes monumentais no centro das praças, sejam as chamadas fontes murais (têm esse nome por serem presas a muros ou paredes) e os bebedouros públicos não murais, ainda comuns na Europa e em cidades históricas brasileiras. Duas variações posteriores e também anteriores ao filtro (e ao lavatório) são o jarro de água acompanhado de uma bacia, usado até as primeiras décadas do século XX, e a moringa d'água. (N. T.)

– Adeus! Associei-te a meu horrível destino, aviltei tua vida para sempre. Adeus. Espero que consigas esquecer-me!
– Sobretudo – disse ela – não voltes para casa esta noite: vem ao Amor Pintor. Não toques a campainha; joga uma pedra em minhas persianas. Eu mesma irei abrir a porta, posso esconder-te no sótão.
– Voltarás a me ver triunfante ou não me verás mais. Adeus!

Ao chegar próximo à Prefeitura, ouviu subir em direção ao céu de chumbo o rumor dos grandes dias. Na Place de Grève, um tumulto de armas, um flamejar de echarpes[*] e de uniformes, os canhões de Hanriot em posição de tiro. Ele galgou a escadaria de honra e, ao entrar na sala do conselho, assinou a folha de presença. O conselho geral da Comuna, com a unanimidade dos 491 membros presentes, declarou-se a favor dos proscritos.

O prefeito mandou trazer a tábua dos Direitos do Homem, leu o artigo onde se diz: "Quando o governo viola os direitos do povo, a insurreição é para o povo o mais santo e o mais indispensável dos deveres", e o primeiro magistrado de Paris declarou que, ao golpe de estado da Convenção, a Comuna opunha a insurreição popular.

Os membros do conselho geral juraram morrer em seus postos. Dois oficiais municipais foram encarregados de ir à Place de Grève e convidar o povo a unir-se aos seus magistrados para salvar a pátria e a liberdade.

As pessoas se procuram, trocam notícias, emitem opiniões. Entre os magistrados, há poucos artesãos. A Comuna reunida no local é aquela feita pela depuração jacobina: juízes e jurados do Tribunal revolucionário, artistas como Beauvallet e Gamelin, gente que vive de renda e professores, burgueses opulentos, grandes comerciantes, cabeças empoadas, barrigas enfeitadas; poucos tamancos, calças, carmanholas, barretes vermelhos. Esses burgueses são numerosos, resolutos. Mas, quando se pensa, é mais ou menos tudo que há em Paris de verdadeiros republicanos. De pé, na prefeitura, como sobre o rochedo da liberdade, um oceano de indiferença os cerca.

---

[*] Ornamento que servia de insígnia, usado geralmente do ombro direito ao quadril esquerdo, e que compunha a indumentária dos *sans-culottes*. (N. T.)

No entanto, chegavam notícias favoráveis. Todas as prisões onde os proscritos haviam sido trancados abriram as portas e devolveram suas presas. Augustin Robespierre, vindo da Force*, foi o primeiro a entrar na Prefeitura e foi aclamado. Às oito horas, soube-se que Maximilien, após ter resistido muito, dirigiu-se à Comuna. Ele era esperado, ele virá, ele vem: uma aclamação formidável sacudiu as abóbadas do velho palácio municipal. Entrou, carregado por vinte braços. Esse homem magro, bem asseado, de casaca azul e calça amarela, é ele. Toma assento, fala.

À sua chegada, o conselho ordenou que a fachada da Casa Comum fosse imediatamente iluminada. A República reside nela. Ele fala, fala com voz fraca, com elegância. Fala puramente, abundantemente. Os que estão presentes, que apostaram sua vida em sua cabeça, perceberam, apavorados, que se trata de um homem de palavra, um homem de comitês, de tribuna, incapaz de uma decisão rápida e de um ato revolucionário.

Conduzem-no para a sala das deliberações. Agora todos esses ilustres proscritos estavam lá: Lebas, Saint-Just, Couthon. Robespierre fala. É meia-noite e meia: ele ainda fala. Entretanto, Gamelin, na sala do conselho, com a testa colada a uma janela, observa com um olhar ansioso; vê a fumaça dos lampiões na noite sombria. Os canhões de Hanriot estão em posição de tiro em frente à Prefeitura. Na praça inteiramente escura, agita-se uma multidão incerta, inquieta. À meia-noite e meia, surgem tochas na esquina da Rue de la Vannerie, cercando um delegado da Convenção que, revestido de suas insígnias, abre um papel e lê, sob uma luz vermelha bruxuleante, o decreto da Convenção, a declaração de fora da lei dos membros da Comuna insurreta, dos membros do conselho geral que a assistem e dos cidadãos que respondessem a seu chamado.

A declaração de fora da lei, a morte sem julgamento! Só essa ideia já faz empalidecer os mais determinados. Gamelin sente sua fronte gelar. Olha a multidão deixar a Place de Grève a passos largos.

E, quando vira a cabeça, seus olhos veem a sala, onde os conselheiros antes se sufocavam, praticamente vazia.

---

* Antiga prisão de Paris, localizada no bairro do Marais. (N. R.)

Mas fugiram em vão: tinham assinado.

São duas horas. O Incorruptível delibera na sala vizinha com a Comuna e seus representantes proscritos.

Gamelin mergulha o olhar desesperado na praça escura. Vê, sob a claridade dos lampiões, os candelabros de madeira chocando-se no alpendre da mercearia, com um barulho de quilhas; as luminárias balançam e vacilam: um vento forte se erguera. Um instante depois, cai a tempestade: a praça esvazia-se por inteiro; aqueles que não foram expulsos pelo terrível decreto são dispersados por algumas gotas de água. Os canhões de Hanriot são abandonados. E quando se veem, sob o clarão dos relâmpagos, surgir as tropas da Convenção ao mesmo tempo pela Rue Antoine e pelo cais, as cercanias da Maison Commune estão desertas.

Por fim, Maximilien decidiu-se a evocar o decreto da Convenção na seção de Piques.

O conselho geral manda trazer sabres, pistolas, fuzis. Mas um barulho de armas, de passos e de vidros quebrados enche a casa. As tropas da Convenção passam como uma avalanche pela sala de deliberações e se precipitam na sala do conselho. Um tiro ressoa: Gamelin vê Robespierre cair com a mandíbula esmigalhada. Ele mesmo pega sua faca, a faca de seis soldos que, em um dia de fome, cortara pão para uma mãe sem recursos e que, na fazenda de Orangis, numa bela noite, Élodie guardara sobre os joelhos, como penhor; ele a abre, quer cravá-la em seu coração: a lâmina encontra uma costela e se dobra sobre a virola, que cedera, e ele corta dois de seus dedos. Gamelin cai ensanguentado. Está sem movimentos, mas sente um frio cruel e, no tumulto de uma luta terrível, pisoteado, ouve nitidamente a voz do jovem dragão Henry que exclama:

– O tirano não existe mais; seus satélites estão rompidos. A Revolução retomará seu curso majestoso e terrível.

Gamelin perde os sentidos.

Às sete horas da manhã, um cirurgião enviado pela Convenção o atendeu. A Convenção estava cheia de cuidados com os cúmplices de Robespierre: não queria que nenhum deles escapasse da guilhotina. O artista pintor, ex-jurado, ex-membro do conselho geral da Comuna, foi levado à Conciergerie em uma padiola.

XXVIII

No dia 10, enquanto Évariste, deitado no catre de uma cela, depois de um sono febril, despertava em sobressalto, indizivelmente apavorado, Paris, em sua graça e imensidão, sorria para o sol; a esperança renascia no coração dos prisioneiros; os comerciantes abriam alegremente suas lojas, os burgueses sentiam-se mais ricos, os moços mais felizes, as mulheres mais belas, com a queda de Robespierre. Apenas um punhado de jacobinos, alguns padres constitucionais e algumas velhas senhoras tremiam ao ver o império passar para os maus e para os corruptos. Uma delegação do Tribunal revolucionário, composta pelo acusador público e dois juízes, ia à Convenção felicitá-la por ter detido os complôs. A assembleia decidiu que o cadafalso seria novamente erguido na Place de la Révolution. Desejava-se que os ricos, os elegantes, as mulheres bonitas pudessem assistir sem incômodo ao suplício de Robespierre, que aconteceria naquele mesmo dia. O ditador e seus cúmplices eram foras da lei: bastava que sua identidade fosse reconhecida por dois oficiais municipais para que o Tribunal os entregasse imediatamente ao executor[*]. Mas surgia uma dificuldade: as constatações não poderiam ser feitas segundo as normas, pois a Comuna estava por inteiro fora da

---

[*] Ser posto fora da lei significava que o indivíduo seria privado dos benefícios da proteção da lei e, portanto, seria passível de execução sem julgamento. (N. T.)

lei. A assembleia autorizou o Tribunal a constatar a identidade por testemunhas comuns.

Os triúnviros foram arrastados à morte, com seus principais cúmplices, em meio a gritos de alegria e de furor, de imprecações, risos, danças.

No dia seguinte, Évariste, que recuperara algumas forças e quase conseguia se manter sobre as pernas, foi tirado de sua cela, levado ao Tribunal e colocado no estrado que tantas vezes vira carregado de acusados, onde se tinham sentado cada qual por sua vez tantas vítimas ilustres ou obscuras. O estrado agora gemia sob o peso de setenta indivíduos, a maioria membros da Comuna e alguns jurados como Gamelin, declarados, como ele, fora da lei. Reviu seu banco, o espaldar sobre o qual tinha o costume de se apoiar, o lugar de onde aterrorizara os infelizes, o lugar de onde fora preciso suportar os olhares de Jacques Maubel, de Fortuné Chassagne, de Maurice Brotteaux, os olhos suplicantes da cidadã Rochemaure, que conseguira nomeá-lo jurado e que ele havia recompensado com um veredito de morte. Voltou a ver, dominando o estrado sobre o qual os juízes sentavam em três poltronas de mogno, forradas de veludo vermelho de Utrecht, os bustos de Chalier[1] e de Marat e aquele de Brutus, que um dia ele tomara por testemunha. Nada mudara, nem os machados, os feixes, as barretes vermelhos do papel de parede, nem os ultrajes lançados pelas tricoteiras das tribunas àqueles que iam morrer, nem a alma de Fouquier-Tinville, obstinado, laborioso, mexendo com zelo em seus papéis homicidas e enviando, como magistrado competente, seus antigos amigos para o cadafalso.

Os cidadãos Remacle, zelador e entalhador, e Dupont pai, marceneiro, Place de Thionville, membro do Comitê de Vigilância da seção do Pont-Neuf, reconheceram Gamelin (Évariste), artista pintor, ex-jurado do Tribunal revolucionário, ex-membro do conselho geral da Comuna. Prestavam testemunho por um assinado de cem soldos, pagos pela seção; mas, porque tinham relações de vizinhança e de amizade com o proscrito, sentiam algum incômodo em encontrar seu olhar. De resto, fazia calor: tinham sede e estavam com pressa de sair para beber um copo de vinho.

Gamelin esforçou-se para subir na carroça; perdera muito sangue e seu ferimento fazia-o sofrer cruelmente. O cocheiro chicoteou o rocim e o cortejo pôs-se em marcha em meio às vaias.

Mulheres que reconheciam Gamelin gritavam:

– Vai, bebedor de sangue! Assassino a dezoito francos por dia!...
Agora ele não ri mais: olhai como o covarde está pálido!

Eram as mesmas mulheres que outrora insultavam os conspiradores e os aristocratas, os exagerados e os indulgentes enviados por Gamelin e seus colegas para a guilhotina.

A carroça virou no Quai des Morfondus, ganhou lentamente o Pont-Neuf e a Rue de la Monnaie: dirigia-se para a Place de la Révolution, para o cadafalso de Robespierre. O cavalo mancava; a todo momento, o cocheiro roçava suas orelhas com o chicote. A multidão dos espectadores, alegre, animada, atrasava a marcha da escolta. O público felicitava os gendarmes, que seguravam os cavalos. Na esquina da Rue Honoré, os insultos redobraram. Jovens, sentados às mesas na sobreloja dos salões dos restaurantes da moda, posicionaram-se nas janelas, com o guardanapo na mão, e gritaram:

– Canibais, antropófagos, vampiros!

Quando a carroça parou em um monte de lixo que não havia sido retirado naqueles dois dias agitados, a juventude dourada explodiu de alegria:

– A carroça atolou!... Para a lama, jacobinos!

Gamelin devaneava e julgou compreender.

– "Morro de forma justa – pensou. – É justo que recebamos esses ultrajes lançados à República e dos quais deveríamos tê-la defendido. Fomos fracos; tornamo-nos culpados de indulgência. Traímos a República. Merecemos nosso destino. O próprio Robespierre, o puro, o santo, pecou por brandura, por mansuetude; seus erros foram apagados por seu martírio. Como ele, eu traí a República; ela está perecendo: é justo que eu morra com ela. Poupei sangue: que meu sangue corra! Que eu pereça! Mereci este destino..."

Enquanto pensava assim, viu o letreiro do Amor Pintor e rios de amargura e de doçura escorreram em tumulto em seu coração.

A loja estava fechada, as gelosias das três janelas da sobreloja inteiramente baixadas. Quando a carroça passou diante da janela da esquerda, a janela do quarto azul, uma mão de mulher, que usava um anel de prata no dedo anular, afastou a beirada da gelosia e lançou para Gamelin um cravo vermelho que suas mãos atadas não puderam pegar, mas que ele adorou como o símbolo e a imagem daqueles lábios vermelhos e perfumados em que sua boca se refrescara. Seus olhos se encheram de lágrimas e foi repleto do encanto desse adeus que ele viu se erguer, na Place de la Révolution, a lâmina ensanguentada.

XXIX

O Sena carregava os gelos de nivoso. Os lagos das Tuileries, os riachos, as fontes estavam gelados. O vento do Norte erguia nas ruas ondas de geada. Os cavalos expiravam pelas ventas um vapor branco; os citadinos olhavam o termômetro na porta das ópticas quando passavam. Um empregado enxugava os vidros embaçados do Amor Pintor e os curiosos davam uma olhada nas estampas da moda: Robespierre espremendo um coração dentro de uma taça, como um limão, para beber seu sangue, e grandes peças alegóricas, tais como a *Tigrocracia de Robespierre*: eram somente hidras, serpentes, monstros horríveis soltos sobre a França pelo tirano. E ainda se viam: a *Horrível conspiração de Robespierre*, a *Prisão de Robespierre*, a *Morte de Robespierre*.

Naquele dia, após a refeição do meio-dia, Philippe Desmahis entrou no Amor Pintor, com uma pasta debaixo do braço, e levou para o cidadão Jean Blaise uma tábua que acabava de gravar em pontilhado, o *Suicídio de Robespierre*. O estilete picaresco do gravador fizera Robespierre o mais hediondo possível. O povo francês ainda não estava farto de todos os monumentos que consagravam o opróbrio e o horror daquele homem acusado de todos os crimes da Revolução. Contudo, o comerciante de estampas, que conhecia o público, avisou Desmahis que doravante pediria que gravasse temas militares.

– Vamos precisar de vitórias e de conquistas, de sabres, de penachos, de generais. Caminhamos para a glória. Sinto-o dentro de mim; meu coração bate ao ouvir o relato das proezas de nossos valentes exércitos. E quando experimento um sentimento, é raro que todos não o sintam ao mesmo tempo. O que precisamos, são guerreiros e mulheres, Marte e Vênus.

– Cidadão Blaise, ainda tenho comigo dois ou três desenhos de Gamelin, que me pedistes para gravar. Tendes alguma pressa?

– Nenhuma.

– A propósito de Gamelin: ontem, passando pelo Boulevard du Temple, vi, em um adelo que fica em frente à casa de Beaumarchais, todas as telas daquele infeliz. Estava lá seu *Orestes e Electra*. A cabeça de Orestes, que se parece com Gamelin, é realmente bela, eu lhe asseguro... A cabeça e o braço são soberbos... O adeleiro me disse que não via problemas em vender aquelas telas a artistas que pintarão por cima... Pobre Gamelin! Talvez um dia tivesse um talento de primeira grandeza, se não tivesse feito política.

– Tinha a alma de um criminoso – retorquiu o cidadão Blaise. – Desmascarei-o, aqui mesmo, enquanto seus instintos sanguinários ainda estavam contidos. Nunca me perdoou... Ah! Era um canalha.

– Pobre rapaz! Era sincero. Foram os fanáticos que o perderam.

– Não o estais defendendo, não é, Demahis!... Ele não é defensável.

– Não, cidadão Blaise, ele não é defensável.

E o cidadão Blaise, batendo no ombro do belo Desmahis, disse:

– Os tempos mudaram. Hoje podem chamá-lo de "Barbaroux", agora que a Convenção está chamando os proscritos de volta... Pensando bem: Desmahis, gravai para mim um retrato de Charlotte Corday.

Uma mulher alta e bela, morena, coberta de peles, entrou na loja e dirigiu ao cidadão Blaise uma saudação íntima e discreta. Era Julie Gamelin; mas ela não usava mais aquele nome desonrado: fazia-se chamar "cidadã viúva Chassagne" e vestia, debaixo do mantô, uma túnica vermelha, em homenagem às camisas vermelhas do Terror.

No início, Julie quis distância da amante de Évariste: tudo o que dizia respeito a seu irmão era-lhe detestável. Mas a cidadã Blaise, após a morte de Évariste, recolhera a infeliz mãe na mansarda da casa do Amor Pintor. Julie se refugiara lá também; depois, reencontrara trabalho na casa de moda da Rue des Lombards. Seus cabelos curtos "à moda das vítimas", seu ar aristocrático, seu luto, atraíram simpatias da juventude dourada. Jean Blaise, que Rose Thévenin mais ou menos deixara, fez-lhe galanteios que ela aceitou. Entretanto, Julie gostava de usar, como nos dias trágicos, roupas de homem: mandara fazer uma bela casaca de *muscadin** e ia, muitas vezes, com uma enorme bengala na mão, jantar em algum botequim de Sèvres ou de Meudon com uma modista. Inconsolável com a morte do jovem cujo nome carregava, essa Julie masculina encontrava reconforto em sua tristeza apenas em seu furor e, quando cruzava com jacobinos, amotinava os transeuntes contra eles lançando gritos de morte. Restava-lhe pouco tempo para dedicar à sua mãe que, só em seu quarto, rezava o rosário todo o dia, por demais abatida desde o fim trágico de seu filho para sentir dor. Rose tornara-se companheira assídua de Élodie, que decididamente se dava bem com suas madrastas.

– Onde está Élodie? – perguntou a cidadã Chassagne.

Jean Blaise fez um sinal de que não sabia. Nunca sabia: era uma linha de conduta.

Julie vinha buscá-la para ir assistir, em sua companhia, à senhora Thévenin, em Monceaux, onde a atriz morava em uma casa pequena com um jardim inglês.

Na Conciergerie, a senhora Thévenin conhecera um grande fornecedor dos exércitos, o cidadão Montfort. Tendo saído primeiro, por solicitação de Jean Blaise, ela obteve a anistia de Montfort que, ao ser libertado, forneceu víveres para as tropas e especulou com os terrenos do bairro da Pépinière. Os arquitetos Ledoux, Olivier e Wailly construíram ali belas casas e o terreno, em três meses, triplicara de valor. Montfort era amante de Thévenin já na prisão do Luxembourg: deu-lhe uma pequena residência situada perto de Tivoli[1] e da Rue du Rocher, que valia muito e não lhe custara nada, uma vez que a venda dos lotes vizinhos já o tinha reembolsado várias vezes. Jean Blaise era um homem elegante;

---

* *Muscadin* ou originalmente *muscardin*, do italiano *moschardino*: pequeno mestre, homem de elegância afetada no vestir, dândi; nome dado, na época da Revolução, aos jovens monarquistas que guardavam uma elegância esmerada, excêntrica, posada, em suas roupas e em suas atitudes. (N. T.)

pensava que era preciso suportar o que não se pode evitar: deixou a senhora Thévenin para Montfort sem se indispor com ela.

Élodie, pouco tempo depois da chegada de Julie ao Amor Pintor, desceu toda adornada até a loja. Debaixo de seu mantô, apesar do rigor do tempo, estava nua em seu vestido branco; seu rosto empalidecera, seu corpo emagrecera, seu olhar era lânguido e toda a sua pessoa respirava volúpia.

As duas mulheres foram à casa de Thévenin, que esperava por elas. Desmahis as acompanhou: a atriz o consultava para a decoração de sua residência e ele amava Élodie, que estava nesse momento mais do que resolvida a não fazê-lo sofrer mais. Quando as duas mulheres passaram perto de Monceaux, onde estavam enterrados sob uma camada de cal os supliciados da Place de la Révolution, Julie disse:

– É bom durante o frio, mas na primavera as exalações desta terra envenenarão metade da cidade.

A senhora Thévenin recebeu as duas amigas em um salão à moda antiga, cujos canapés e poltronas haviam sido desenhados por David. Baixos-relevos romanos, copiados em *camaïeu*, reinavam sobre as paredes, acima das estátuas, dos bustos e dos candelabros pintados de bronze. Ela usava uma peruca anelada, de um loiro cor de palha. Nessa época, as perucas faziam furor: incluíam-se seis, doze ou dezoito delas nos enxovais. Um vestido "à cipriota" encerrava o corpo como um envelope.

Tendo jogado um casaco sobre os ombros, levou as amigas e o gravador para o jardim que Ledoux desenhava para ela e que ainda não passava de um caos de árvores nuas e caliças. Mostrava todavia a gruta de Fingal, uma capela gótica com um sino, um templo, uma cascata.

– Aqui – disse, designando um grupo de pinheiros –, eu queria erguer um cenotáfio em memória do desafortunado Brotteaux des Ilettes. Eu não lhe era indiferente. Ele era amável. Os monstros o mataram: chorei por ele. Desmahis, desenhareis para mim uma urna sobre uma coluna.

E quase imediatamente acrescentou:

– É desolador... eu queria dar um baile esta semana, mas todos os violinistas foram reservados com três semanas de antecedência. Dança-se todas as noites na casa da cidadã Tallien.

Após o jantar, a carruagem de Thévenin levou as três amigas e Desmahis ao Théâtre Feydeau. Toda Paris elegante estava reunida ali. As mulheres, penteadas "à moda antiga" ou "à moda da vítima", em vestidos muito decotados, púrpura ou brancos, e bordados de ouro; os homens, usando colarinhos pretos muito altos e cujo queixo desaparecia dentro de amplas gravatas brancas.

O cartaz anunciava *Fedra* e *O cão do jardineiro*. Toda a sala pediu o hino caro aos *muscadins* e à juventude dourada, *O despertar do povo*.

A cortina se ergueu e um homenzinho, gordo e baixo, apareceu em cena: era o famoso Lays. Ele cantou com sua bela voz de tenor:

Povo francês, povo de irmãos!...

Explodiram aplausos tão formidáveis que os cristais do lustre chegaram a tilintar. Depois, ouviram-se alguns murmúrios, e a voz de um cidadão de chapéu redondo respondeu, da plateia, com *O hino dos marselheses*:

Vamos, filhos da pátria!...

Essa voz foi abafada pelas vaias; ecoaram gritos:
– Abaixo os terroristas! Morte aos jacobinos!

E Lays, chamado de novo, cantou, uma segunda vez, o hino dos termidorianos:

Povo francês, povo de irmãos!...

Em todas as salas de espetáculo via-se o busto de Marat erguido sobre uma coluna ou colocado em um pedestal; no Théâtre Feydeau, esse busto se erguia sobre uma peanha, do lado do "jardim", apoiado na moldura de alvenaria que fechava a cena.

Enquanto a orquestra tocava a abertura de *Fedra e Hipólito*, um jovem *muscadin*, apontando para o busto com a ponta de seu bordão, gritou:
– Abaixo Marat!
Toda a sala repetiu:
– Abaixo Marat! Abaixo Marat!
E vozes eloquentes dominaram o tumulto:
– É uma vergonha que esse busto ainda esteja de pé!

– O infame Marat reina em todo lugar, para nossa desonra! O número desses bustos se iguala ao de cabeças que ele queria cortar.
– Sapo venenoso!
– Tigre!
– Serpente negra!
De repente, um espectador elegante sobe no beiral de seu camarote, empurra o busto, derrubando-o. E a cabeça de gesso espatifa-se sobre os músicos, sob os aplausos da sala que, de pé, entoa o *Despertar do povo*:

> Povo francês, povo de irmãos!...

Entre os mais entusiasmados cantores, Élodie reconheceu o belo dragão, o pequeno empregado de procurador, Henry, seu primeiro amor.

Depois da apresentação, o belo Desmahis chamou um cabriolé e levou de volta a cidadã Blaise para o Amor Pintor.

No carro, o artista segurou a mão de Élodie entre as suas:
– Élodie, acreditais que eu vos amo?
– Acredito, já que amais todas as mulheres.
– Amo todas em vós.

Ela sorriu:
– Eu assumiria uma grande responsabilidade, apesar das perucas morenas, loiras e ruivas que estão na moda, se eu me destinasse a ser para vós todos os tipos de mulher.
– Élodie, eu juro...
– Como? Juramentos, cidadão Desmahis? Ou sois muito ingênuo, ou supondes que eu o seja demais.

Desmahis não encontrava resposta e ela se alegrou como de um triunfo por ter lhe tirado todo o ânimo.

Na esquina da Rue de la Loi, ouviram cantos e gritos e viram sombras se agitando em volta de um braseiro. Era um grupo de elegantes que, ao saírem do Théâtre-Français, estavam queimando um boneco representando o Amigo do Povo.

Na Rue Honoré, o cocheiro bateu com seu bicorne em uma efígie burlesca de Marat, pendurada no lampião.

O cocheiro, alegre por esse encontro, voltou-se para os burgueses e contou-lhes como, na noite anterior, o tripeiro da Rue Montorgueil sujara de sangue a cabeça de Marat, dizendo: "É disso que ele gostava"; contou ainda como meninos de dez anos tinham jogado o busto no esgoto e como convenientemente os cidadãos gritaram: "Eis o seu Panteão!".

Entretanto, ouvia-se cantar em todos os restaurantes e bares:

Povo francês, povo de irmãos!...

Chegando ao Amor Pintor, Élodie disse, saltando do cabriolé:
– Adeus!

Mas Desmahis suplicou carinhosamente e foi tão insistente com tanta doçura que ela não teve coragem de deixá-lo na porta.

– É tarde; ficareis apenas por um instante.

No quarto azul, ela tirou o casacão e apareceu em seu vestido branco à moda antiga, cheia e tépida em suas formas.

– Talvez tendes frio – disse. – Vou acender a lareira: o fogo já está preparado.

Com um toque, liberou uma faísca e pôs nas brasas de sua lareira um fósforo em chamas.

Philippe tomou-a em seus braços com aquela delicadeza que revela a força, e ela sentiu uma doçura estranha. E, como já cedesse sob seus beijos, libertou-se:

– Deixai-me.

Soltou os cabelos lentamente na frente do espelho da lareira; depois, olhou, com melancolia, para o anel que tinha no dedo anular esquerdo, um pequeno anel de prata em que a imagem de Marat, já gasta, amassada, não se distinguia mais. Olhou-o até que as lágrimas turvaram sua visão, retirou-o calmamente e lançou-o nas chamas.

Então, brilhando entre lágrimas e sorrisos, bela de ternura e de amor, jogou-se nos braços de Philippe.

A noite já estava adiantada quando a cidadã Blaise abriu a porta do apartamento para seu amante e disse-lhe baixinho na sombra:

– Adeus, meu amor... Essa é a hora em que meu pai pode chegar: se ouvires barulho na escada, sobe rápido ao andar superior e desce apenas quando não houver mais risco de que te vejam. Para que te abram a porta da rua, bate três vezes na janela da zeladora. Adeus, minha vida! Adeus, minha alma!

As últimas brasas brilhavam na lareira. Élodie deixou cair sobre o travesseiro a cabeça feliz e cansada.

O assassinato de Marat, de Jacques-Louis David, 1793.
Musées Royaux des Beaux-Arts, Bruxelas.

NOTAS*

I

[1] A seção do Pont-Neuf (a 37ª das 48 seções de Paris) fazia suas assembleias até 1792 na igreja do convento dos Barnabitas – religiosos que, como muitos outros, foram expulsos em 1791. Depois, as reuniões passaram a realizar-se em um prédio do atual Quai des Orfèvres. Trata-se, neste caso, de uma suave "deformação" histórica muito comum em Anatole France. A igreja dos Barnabitas foi destruída em 1863, porém sua fachada foi conservada e transferida; ela pertence hoje à da igreja dos Blanc-Manteaux.

[2] Trata-se de Jean-Jacques Rousseau, arauto intelectual da Revolução, e de Louis-Michel Lepeletier de Saint-Fargeau (1760-1793), deputado da nobreza que foi um dos primeiros a aliar-se ao Terceiro Estado e votou pela morte do Rei, em 19 de janeiro de 1793. No dia seguinte, foi assassinado por um partidário do rei e, desde então, considerado "mártir da liberdade".

[3] A Place Dauphine acabava de ser batizada "Place de Thionville" em virtude da heroica resistência daquela cidade diante dos inimigos austríacos.

[4] Após a instalação da Comuna Insurrecional de Paris, em 10 de agosto de 1792, o temor de uma ditadura incitara muitas províncias a criar comitês que se tornariam oficialmente Comitês Revolucionários Federalistas no dia 5 de maio de 1793. As cidades de Lyon e Toulon seriam os pontos de maior resistência desse movimento inspirado pela grande burguesia e que os partidários do rei acabariam por dirigir, antes de ser violentamente reprimido.

[5] A Convenção teve de enfrentar, em seu interior, revoltas e insurreições, enquanto os exércitos da República conheciam reveses e não conseguiam mais frear o avanço dos austríacos. Para fazer frente ao perigo, a Convenção decretou a convocação de 300 mil homens no dia 24 de fevereiro de 1793. Seguiu-se uma insurreição contrarrevolucionária, marcada pela tomada de várias cidades, entre as quais Fontenay – que foi subjugada pelos contrarre-

---

* As notas desta seção foram em sua quase totalidade baseadas em duas edições francesas, ambas de 1989, das editoras Flammarion e Gallimard.

volucionários da região da Vendeia em maio de 1793 (e não no dia 6 de abril, data em que Anatole France situa a ação do primeiro capítulo). Muito ativa, a insurreição da Vendeia só seria reprimida no fim de 1793, mas prosseguiria na região do Marais Poitevin até 1796.

6 Essa Assembleia constituinte formada, em 1792, por 749 deputados eleitos por um sufrágio quase universal era composta, da direita para a esquerda, de girondinos (majoritários no início), da Planície e da Montanha (entre os "montanheses" estavam Robespierre, Danton, Marat, Desmoulins, Saint-Just, Couthon). Até junho de 1793, a Convenção era girondina: organizou o processo de Luís XVI (dezembro de 1792 - janeiro de 1793) e a guerra contra a Europa do Antigo Regime (fevereiro-março de 1793), bem como o início da guerra da Vendeia (março de 1793). As dificuldades econômicas necessitaram de medidas de salvação pública que iriam acentuar o conflito entre os montanheses, apoiados pelos revolucionários, e os girondinos, proscritos desde 2 de junho de 1793. A partir de então, começaria o que hoje se convenciona chamar de "Convenção Montanhesa", marcada primeiramente por uma tentativa de conciliação com a burguesia liberal, depois pela adoção de medidas radicais revolucionárias.

7 O conde de Custine (1740-1793), no início deputado da nobreza, aliou-se em seguida à Revolução. General do Exército do Reno, obteve várias vitórias, mas depois da traição de Dumouriez (em março de 1793), seu exército sofreu graves reveses. A perda de Mayence acarretaria sua condenação à morte pelo Tribunal Revolucionário.

II

1 Jean-Baptiste Regnault (1754-1829) apreciava os temas mitológicos e o barão François Gérard (1770-1837), as pinturas históricas. Sua glória – e, mais ainda, a de seu decano Jacques-Louis David (1748-1825) – ofuscou a de um Jean-Baptiste Greuze (1725-1805), admirado, contudo, por Diderot (1713-1784), Jean-Honoré Fragonard (1732-1806) e Pierre-Paul Prud'hon (1758-1823).

2 Os *brissotins* designam os partidários de Brissot (1754-1793). Inicialmente membro do Clube dos Jacobinos, Brissot foi eleito deputado e tornou-se, com Roland de la Platière (1734-1793), um dos chefes do movimento girondino. Reeleito para a Convenção, ele seria proscrito com os chefes girondinos em 2 de junho de 1793. Conseguiria fugir, mas depois de ser recapturado, seria julgado pelo Tribunal revolucionário e guilhotinado. Roland de la Platière foi ministro do Interior no gabinete girondino formado em março de 1792. Sua popularidade diminuiu consideravelmente quando votou contra a morte do rei, e seu pedido de demissão foi aceito pela Assembleia no dia 22 de janeiro de 1793. Uma ordem de prisão foi expedida contra ele na época da proscrição dos girondinos. Todavia, ele conseguiria esconder-se. Mas, ao saber da condenação e da execução de sua esposa, suicidou-se. Quanto a Pétion de Villeneuve (1756-1794), eleito presidente da Convenção em setembro de 1792, aliou-se aos girondinos. Quando estes foram eliminados, tentaria uma sublevação, fracassaria e se suicidaria também.

³ O advogado Maximilien de Robespierre (1748-1794) é eleito deputado pela região de Artois para representar o Terceiro Estado nos Estados Gerais, em 5 de maio de 1789, às vésperas da Revolução, e depois desta na Assembleia Nacional Constituinte. Conhecido como "O Incorruptível", assume a liderança dos montanheses, em oposição aos girondinos, na Assembleia Legislativa, constituída após a dissolução da Constituinte, em setembro de 1791. Dois anos depois, com a expulsão dos girondinos do poder, é eleito chefe do Comitê de Salvação Pública, o Poder Executivo da época. Com apoio popular, promove uma campanha, conhecida como o Terror, para eliminar todos os que considera inimigos da Revolução. Geralmente sem julgamento, são guilhotinadas 28 pessoas por dia entre junho e julho de 1794, auge da campanha. Nesse ano, são executados, entre outros, Jacques René Hébert e Georges Jacques Danton, acusados de desvirtuar o processo revolucionário. No poder, Robespierre pretende aplicar, radicalmente, o pensamento de Jean-Jacques Rousseau: o líder da Revolução proclama religião oficial o Culto do Ser Supremo, baseado na teoria do filósofo suíço. Em 27 de julho de 1794, Robespierre é preso, acusado de tirania. Um dia depois, acompanhado de 21 de seus principais aliados, como Louis Saint-Just e Georges Couthon, é guilhotinado. Após sua execução, os grupos jacobinos são desmantelados.

⁴ Jean-Paul Marat (1743-1793), médico e homem apaixonado por justiça, fundou o jornal *O Amigo do Povo* em setembro de 1789, um jornal revolucionário famoso pela virulência de suas posições. Entre dois exílios na Inglaterra, teve tempo de pedir a destituição do rei e de exigir, depois do dia 10 de agosto de 1792, medidas extremas contra os inimigos do povo (seguiram-se os massacres de setembro). Eleito para a Convenção, possuía assento na extrema esquerda dos montanheses e atacou com entusiasmo a política girondina. Os girondinos levaram-no então ao Tribunal Revolucionário. Em lugar de defender-se, Marat atacou. Sua absolvição, em 13 de abril de 1793, foi um triunfo e contribuiu para a insurreição dos revolucionários e para a queda dos girondinos, em 2 de junho de 1793. Mas ele seria assassinado pouco depois, em 13 de julho, pela jovem Charlotte Corday e se tornaria um dos heróis populares da Revolução.

Nobre anticonformista rejeitado pela nobreza, o conde de Mirabeau (1749-1791) foi eleito pelo Terceiro Estado para os Estados Gerais de 1789. Orador brilhante e um dos redatores da Declaração dos Direitos do Homem e do Cidadão, ele desejava desempenhar o papel de intermediário entre o rei e a Assembleia. Embora tivesse sido acusado de traição, sua popularidade garantira-lhe a presidência da Assembleia quando morreu prematuramente. La Fayette (1757-1834), o herói da Independência americana, considerou a si mesmo por muito tempo como o Washington de uma democracia real. Inicialmente popular, quando quis a reconciliação entre o rei e a Revolução, tornou-se impopular, em 17 de julho de 1791, ao mandar atirar nos manifestantes do Campo de Marte que pediam a deposição do rei. Chefe de exército, interrompeu a luta contra os austríacos em agosto de 1792 e exilou-se na Áustria até 1797.

⁵ A execução de Lally-Tollendal ocorreu em 1766. O brilhante general conheceu derrotas na Índia, foi acusado de traição e condenado. Voltaire lutou por sua reabilitação e seu filho obteve-a de Luís XVI em 1778.
⁶ Maria Antonieta de Habsburgo, filha de Maria Teresa e de Francisco I, imperadores da Áustria e esposa de Luís XVI da França. De temperamento frívolo, não era nada popular entre o povo. Contam que certa vez, quando o povo se reuniu em frente ao palácio real, reivindicando melhores condições aos gritos de "queremos pão!", ela disse, ao saber do ocorrido: "Ah, se não têm pão, comam brioches". É também a protagonista do famoso episódio do colar, contado por Dumas, em *Os três mosqueteiros*. Depois da execução de Luís XVI, ficou conhecida como viúva Capeto. Morreu na guilhotina em 1793.

III

¹ Louis-Léopold Boilly (1761-1845), Philibert-Louis Debucourt (1755-1832) e Carle Vernet (1758-1836) eram pintores de gênero, bastante convencionais.
² William Pitt, famoso político inglês, considerou a Revolução francesa com uma neutralidade benevolente, de início, antes de se opor a ela vigorosamente.
³ Ver *Fedra*, de Racine, ato II, cena 1.
⁴ Harmodius era um cidadão ateniense que, no século V antes de Cristo, teceu um complô com seu amigo Aristogiton contra os tiranos Hípias e Hiparco. Só Hiparco sucumbiu, enquanto Harmodius, morto na hora, foi considerado um mártir da liberdade.
⁵ Mársias desafiou o deus Apolo estimando que a flauta de Atena era superior à lira. Apolo, concordou com o desafio exigindo que o vencedor fizesse o que quisesse com o vencido. O vencedor foi Apolo que pendurou Mársias em um pinheiro e o esfolou vivo. Todavia, tomado de remorsos, transformou-o em seguida em rio.
⁶ Na antiga Roma, a rocha Tarpeia era o lugar de onde se lançavam os criminosos. O banqueiro Jacques Necker (1732-1804), ministro de Estado de Luís XVI, conseguiu obter a duplicação do Terceiro Estado nos Estados Gerais. Foi demitido em 11 de julho de 1789, o que contribuiu para inflamar o movimento revolucionário. Chamado de volta já no dia 15 de julho, não conseguiu consertar a situação financeira e retirou-se, em 1790, ao seu castelo de Coppet. O astrônomo Jean-Sylvain Bailly (1736-1793), à diferença de Necker, chegou a conhecer os horrores da rocha Tarpeia. Deputado do Terceiro Estado nos Estados Gerais, foi o primeiro a prestar o juramento na sala do Jeu de Paume, no dia 20 de junho de 1789. Nomeado prefeito de Paris no dia 15 de julho, depois da tomada da Bastilha, foi forçado a pedir demissão após dar ordens para atirar nos manifestantes que, no dia 17 de julho de 1791, pediam a deposição do rei. Preso em 1793, Bailly foi condenado à morte e executado no Champ de Mars, local onde cometera seu crime. Pierre-Louis Manuel (1751-1793) foi chamado por Bailly para dirigir a polícia em 1789. Depois disso, tomou parte ativa

na jornada revolucionária de 10 de agosto de 1792. Mas, na Convenção, votou contra a morte do rei e foi guilhotinado.
7 Este advogado marselhês (1767-1794), eleito deputado na Convenção, aproximou-se dos girondinos. Quando estes foram eliminados do poder, tentou organizar a resistência na Normandia. Seria condenado à morte e guilhotinado após ter-se refugiado em Bordeaux.

IV

1 A Place de la Révolution é a atual Place de la Concorde.
2 Trata-se da rua Saint-Honoré, assim batizada antes e rebatizada após a Revolução.

V

1 O duque de Orléans, codinome Philippe-Égalité (1747-1793), deputado da nobreza nos Estados Gerais, seria um dos primeiros a aliar-se ao Terceiro Estado. Após ter-se exilado na Inglaterra no final do ano de 1789, voltou para a França em 1790, foi eleito para a Convenção em 1792 e votou pela morte de Luís XVI, seu primo. Mas como seu filho, o futuro Luís Felipe, emigrou com o general traidor Dumouriez, o duque de Orléans foi suspeito de aspirar à realeza. Condenado à morte, foi guilhotinado.
2 Trata-se dos 21 deputados girondinos que logo seriam condenados pelo Tribunal Revolucionário e guilhotinados no fim do mês de outubro de 1793.

VI

1 A lei do *"maximum"* dos grãos, cujo preço taxava, foi decretada em 2 de maio de 1793, e gerou, na realidade, grandes dificuldades. As filas nas portas das padarias foram descritas em muitos testemunhos da época, entre os quais vale salientar o do escritor francês Louis-Sébastien Mercier (1740-1814): "A palidez, a incerteza quanto ao futuro, a tristeza estavam estampadas em todos os rostos; encontravam-se pela manhã apenas pessoas de ambos os sexos voltando tristemente, com a sua ração de pão debaixo do braço, comendo-o antes do tempo" (*Paris pendant la Révolution*, Poulet-Malassis, 1862, t. II, p. 121).
2 Alusão aos massacres de setembro de 1792. Após a prisão do rei em agosto, Paris vivia no temor de um complô aristocrático. A rendição de Verdun aos Prussianos, no dia 2 de setembro, exacerbou esse medo e foi em um ambiente de excitação geral que a Comuna Insurrecional, pela voz de Danton e de Marat, conclamou o povo a fazer justiça com as próprias mãos contra seus inimigos. Mais de mil e duzentos detentos foram massacrados nas prisões parisienses: padres refratários, nobres e até simples presos de direito comum.
3 David Téniers (1610-1690) foi o pintor mais famoso do século XVIII flamengo. Jan Steen (1626-1679) e Adrien Van Ostade (1610-1685) são pintores holandeses do mesmo século. Quanto a Jean-Baptiste Van Loo (1684-1745), ele foi, como Watteau e Boucher, um pintor francês do século XVIII.

⁴ Antiga moeda francesa, de ouro, cunhada na Espanha e na Itália, equivalente a dez francos.
⁵ O barão de Holbach (1727-1789), filósofo francês e colaborador da *Enciclopédia*, expôs as teses de seu materialismo ateu em seu *Sistema da natureza* (1770).

VII

¹ O ex-capuchinho François Chabot (1759-1794), membro da Convenção, autor de um *Catecismo dos revolucionários* e promotor do culto da deusa Razão, casara-se com a filha de um banqueiro. Envolvido em escândalos financeiros, denunciaria a si mesmo ao Comitê de Salvação Pública. Condenado à morte, seria guilhotinado. Julien, igualmente membro da Convenção, igualmente acusado de corrupção, foi preso, fugiu e, salvo pelo 9 de termidor, morreria apenas em 1828. Delaunay, um dos mais ativos membros da Montanha na Convenção, seria preso com Chabot e, culpado de agiotagem, executado com ele. Fabre d'Églantine (1755-1794), poeta e autor da canção "Il pleut, il pleut bergère", era muito ligado a Danton. Deputado montanhês na Convenção, criou o calendário revolucionário. Denunciou na Assembleia o escândalo da liquidação da Companhia das Índias no qual estava, contudo, pessoalmente comprometido. Foi condenado e guilhotinado com seu amigo Danton.
O barão de Batz ilustrara-se ao organizar uma conspiração para raptar o rei entre a prisão do Templo e o cadafalso. Fracassou, o que não o impediu de prosseguir suas iniciativas monarquistas. Encarcerado, conseguiria fugir e morreria em 1822.
² Jacques Roux era membro da facção chamada de "raivosos", que exigia, notadamente, a perseguição dos contrarrevolucionários e a requisição dos grãos para os pobres. Jacques Roux havia retomado o jornal *O Amigo do Povo* de Marat, mas, preso em setembro de 1793, seria condenado à morte no dia 15 de janeiro de 1794 e daria várias facadas em seu próprio corpo para escapar da guilhotina. Propagandista das ideias de Roux em Paris e na província, Leclerc não conseguiria escapar do cadafalso.
³ Jacques Montané, homem da lei em Toulouse, antes da Revolução, foi presidente do Tribunal Revolucionário quando de sua criação; foi substituído e feito prisioneiro em 28 de agosto de 1793, durante o Terror.
O advogado René-François Dumas (1757-1794) foi presidente do Tribunal Revolucionário, o que não o impediria de ser guilhotinado ao lado de Robespierre no dia 10 de termidor.
Fouquier-Tinville (1746-1794), famoso acusador público do Tribunal Revolucionário, seria designado como acusado pela Convenção de Termidor e condenado à morte após um longo processo.
⁴ O barão Félix de Wimpfen, deputado da nobreza que passou para o Terceiro Estado em 1789, dirigiu a defesa de Thionville contra os austríacos em 1792. Partidário dos girondinos, chefiou o movimento federalista na Normandia, já em 1793. Proscrito, voltaria à França somente após o 18 de brumário e morreria em 1814.

⁵ O conde Arthur Dillon nasceu em 1750 na Irlanda. Deputado pela Martinica nos Estados Gerais, aderiu à Revolução. Mas, após ter comandado os exércitos do Norte e do Centro, foi acusado de traição e condenado à morte em 1794.

VIII

¹ Martial Herman (1759-1795), advogado nascido no Pas-de-Calais, norte da França, amigo de Robespierre, nomeado em outubro de 1793 presidente do Tribunal Revolucionário. Foi condenado à morte e executado em floreal ano III.

IX

¹ A Lei dos Suspeitos, promulgada em 17 de setembro, permitiu deter todos os que não tinham certificado de civismo e os que tinham discursos sediciosos. Bastava uma ordem de prisão assinada por sete membros de um dos Comitês de Vigilância instaurados em 21 de março para ser encarcerado.
² O jurista italiano (1738-1794) propôs uma suavização do direito penal em seu *Tratado sobre os delitos e as penas*, muito lido em toda a Europa.
³ *Les Chaînes de l'esclavage*, obra de Marat, publicada em inglês em 1774 e em francês em 1792 [Paris: Union générale d'Éditions, 1972, 312 p.]. A obra de 1792 está conservada na Biblioteca Nacional da França. *Essai sur le despotisme*, de autoria de Mirabeau, foi escrito em 1776 (outra edição: Paris, Le Jay, 1792) *Les crimes des reines de France, depuis le commencement de la monarchie jusqu'à Marie-Antoinette*, de autor anônimo, foi publicada no entanto por Prudhomme em 1791 (também está catalogada na Biblioteca Nacional).
⁴ Nascida em 1768, Charlotte Corday d'Amans, que aderiu muito rápido à causa da Revolução, insurgiu-se depois contra a eliminação dos girondinos e resolveu assassinar Marat. Conseguiu ser recebida por ele no dia 13 de julho e matou-o em sua banheira. Julgada logo no dia 17 de julho, foi condenada à morte e guilhotinada.

X

¹ Zulima é a filha infeliz e apaixonada do rei dos mouros, Benassar, na tragédia *Zulima*, de Voltaire (1740). Essa alma nascida para a virtude, mas que se perdeu por amor, interessou os espectadores sentimentais por muito tempo.
² *La Pucelle d'Orléans* [A donzela de Orléans] (Paris, Lescaret, 1982). Poema de Voltaire dividido em vinte e um cantos. Um de seus textos que mais causou escândalo.

XII

¹ Georges Couthon (1755-1794) entrou, no dia 10 de julho de 1793, com Robespierre e Saint-Just, para o Comitê de Salvação Pública. Presidente

da Assembleia em dezembro de 1793, lutou com extremo vigor contra os ultrarrevolucionários (partidários de Hébert) e contra os "indulgentes" (partidários de Danton). Em 10 de junho de 1794, ele fez a Convenção aprovar uma lei que reorganizava o Tribunal Revolucionário e suprimia a instrução prévia, testemunhas e defensores... Em 27 de julho, foi acusado e guilhotinado no dia seguinte (10 de termidor) com Robespierre e Saint-Just. Este, nascido em 1767, impôs-se já em 1791 como um dos jovens teóricos da Revolução ao publicar *Espírito da Revolução e da Constituição na França*. Deputado montanhês, diferenciava-se por suas posições violentas. No Comitê de Salvação Pública, impôs-se como enérgico reorganizador do exército. Presidente da Convenção em fevereiro de 1794, daria ao poder revolucionário um aspecto ditatorial antes de ter a mesma sorte de seu amigo Robespierre.

[2] Os matadores de rato carregavam os ratos mortos na ponta de uma vara.

[3] Alusão às jornadas de manifestação contra os girondinos, patrocinada pela Comuna de Paris e que foi de uma importância dirimente para o futuro da Revolução.

XIII

[1] Pensadores ou filósofos racionalistas e materialistas.

XIV

[1] Claude Fauchet, prelado francês nascido em 1744, foi deputado na Convenção onde estava ao lado dos girondinos. Seria guilhotinado em 1795, porque quis suspender os padres casados de sua diocese. O abade Grégoire (nascido em 1750), por sua vez, também foi deputado na Convenção, onde conseguiria votar os decretos pela abolição da escravidão. Morreu em 1831.

[2] Polêmico anticristão que viveu no século II sob Marco Aurélio.

[3] Esse livro foi, durante muito tempo, ao lado do missal, a única leitura dos menos instruídos. Era comercializado pelos vendedores ambulantes. Anatole France o cita em seu romance *Crime de Sylvestre Bonnard* (1881), numa passagem em que o herói se vê interpelado por um ambulante, que diz: "a *Chave dos sonhos*, com a explicação de todos os sonhos possíveis: sonhos de ouro, sonhos de roubo, sonhos de morte, sonhos em que se cai do alto de uma torre".

XV

[1] Jourdan (1762-1833) obteve, no dia 16 de outubro de 1793, uma vitória capital sobre os austríacos, em Wattingnies, na região de Hainaut.

[2] Membro eminente do movimento girondino e presidente da Convenção em janeiro de 1793, votou pela morte do rei, mas opôs-se, em março de 1793, à criação do Tribunal Revolucionário. Eliminado, seria condenado e executado pouco tempo depois.

XVI

1. Na primeira sessão da Convenção de 21 de setembro de 1792, decretou-se a abolição da realeza, proclamando-se a República alguns dias depois. Em consequência, foi adotado um calendário específico, em substituição ao gregoriano, com pretensões de torná-lo universal.
A Convenção encarregou a sua comissão de instrução pública de reformar o calendário, cujas características principais seriam a isenção de vínculos religiosos e uma medição do tempo que obedecesse, no que fosse possível, ao sistema decimal de pesos e medidas que já havia sido implantado na França. O ano I do calendário republicano teve início à meia-noite de 23 de setembro de 1792 e terminou em 21 para 22 de setembro de 1793.
Como no gregoriano, o ano foi dividido em doze meses, mas todos eles tinham trinta dias cada, com um acréscimo de cinco dias no fim do ano. Os nomes dos meses foram inspirados nas condições climáticas ou agrícolas: vendemiário, brumário e frimário eram os meses do outono; nivoso, fluvioso e ventoso, os do inverno; germinal, floreal e prairial, da primavera; messidor, termidor e frutidor, do verão.
2. Prisão próxima do Palais de la Justice, em Paris.

XVIII

1. Atual Rue Le Regrattier.

XIX

1. Charles-François Dupuis (1742-1809) foi matemático e conhecedor da Antiguidade. Seu *Mémoire sur l'origine des constellations* data de 1781.

XX

1. Alusão ao modo como os aristocratas deveriam morrer, segundo o refrão da canção revolucionária *Ça ira*: com uma corda ao pescoço, pendurados num lampião de rua (assim eram então chamados os postes de iluminação): "Ça ira, ça ira, ça ira, les aristocrates à la lanterne!" (Assim será, assim será, assim será, ao lampião os aristocratas!).
2. Camille Desmoulins, nascido em 1760, foi colega de Robespierre no Lycée Louis-le-Grand. Aliado à Revolução, apoiou-a em jornais e panfletos muito violentos contra o Antigo Regime. Contribuiu para a eliminação dos chefes da Gironda, antes de lutar, ao lado de Danton, contra a ascensão do Terror. Em seu jornal *Le Vieux Cordelier*, advogou, entre 1793 e 1794, a favor da indulgência. Taxados de "indulgentes", Danton, ele e seus amigos foram guilhotinados em abril de 1794.
3. Nascido na Prússia em 1755, Anarcharsis Cloots chegou a Paris em 1776. Colaborador da *Enciclopédia*, aliou-se à Revolução já em 1789. Qualificou a si mesmo como "orador do gênero humano" e adotou posições extremistas. Mas, após a denúncia de uma conspiração estrangeira feita por

Fabre d'Églantine, Cloots foi preso, condenado e guilhotinado no dia 24 de março de 1794.
4   Jacques-René Hébert (1757-1794) fundou em 1790 *Le Père Duchesne*, publicação que se tornou rapidamente o porta-voz dos revolucionários extremistas. Na Convenção, conduziu uma luta encarniçada contra os Girondinos que mandaram prendê-lo. Mas o movimento popular dos revolucionários contribuiu para sua libertação. Imediatamente, Hébert passou a defender a posição dos "raivosos" e denunciou a ofensiva dos "indulgentes" próximos a Danton. Robespierre, que temia maiores radicalismos à sua esquerda, mandou prender Hébert e os "raivosos" em 12 de março de 1794. Seriam guilhotinados pouco antes dos "indulgentes". Pierre-Gaspar Chaumette (1763-1794) é um dos membros mais ativos dos extremistas partidários de Hébert cujo destino compartilharia.

XXI

1   François Hanriot (1761-1794) conduziu as manifestações dos partidários de Hébert e dos revolucionários contra a Convenção em maio e junho de 1793. Ligado a Hébert, não seria condenado com ele, mas com Robespierre, quatro meses depois.
2   Nome de um famoso carrasco.

XXII

1   *Chats-fourrés* (ou *chats fourrés*) foi o nome dado por Rabelais aos magistrados, numa alusão à sua veste ornada de arminho.

XXIV

1   Atual Place de la Nation, para onde fora transportada a guilhotina, em virtude do fato de que a população já não aguentava mais vê-la funcionar em plena Paris, na Place de la Révolution (atual Place de la Concorde).

XXV

1   Vitória decisiva de Jourdan sobre os austríacos, que abriu a Bélgica para a França.
2   Joseph Fouché (1759-1820), personagem intrigante e sem escrúpulos, aliou-se à Revolução em 1789. Deputado da Montanha, votou a favor da morte do rei e depois reprimiu ferozmente a insurreição federalista de Lyon. Desempenharia um papel na queda de Robespierre, mas nem por isso deixaria de ser excluído da Convenção de Termidor. Foi preso e depois anistiado. Ele se colocaria, em seguida, a serviço de Bonaparte.
Jean-Lambert Tallien (1767-1820) foi também deputado da Montanha e votou a favor da morte do rei. Foi em Bordeaux que organizou o Terror contra os girondinos. Oportunista, aceleraria a queda de Robespierre, antes de participar da reação termidoriana e de se tornar um dos importantes apoios de Bonaparte.

Jean-Baptiste Carrier (1756-1794), deputado da Montanha, ficou ilustre graças a terríveis massacres perpetrados em Nantes, em 1793. Chamado de volta a Paris, contribuíria para a queda de Robespierre, mas seria, por sua vez, condenado à morte por seus crimes pelo Tribunal revolucionário em dezembro de 1794.

XXVI

[1] Camponesa da Normandia, nascida em 1716, "visionária" apelidada de "a mãe de Deus", anunciava a vinda de um Messias, do Ser Supremo. Os inimigos de Robespierre acusaram-no de apoiar o culto que ela organizava. Louis Blanc, em sua *Histoire socialiste de la Révolution française* (Furne, 1869, p. 481), relata boatos contra Robespierre, como o de seu apoio ao culto, mas ele os situa no próprio retorno da festa do Ser Supremo. As declarações de Catherine Théot (presa na Conciergerie em 1794) teriam contribuído para ridicularizar Robespierre.

XXVII

[1] Augustin (nascido em 1764) era irmão mais novo de Maximilien Robespierre. Deputado da Montanha, participou do sítio de Toulon em 1793. No dia 9 de termidor, pediu para compartilhar o destino de seu irmão. François-Joseph Lebas (1765-1794), igualmente deputado da Montanha, foi preso ao mesmo tempo em que Robespierre, mas suicidou-se na Prefeitura.

XXVIII

[1] Joseph Chalier, deputado da Montanha, foi condenado à morte e decapitado depois da vitória da insurreição federalista, em Lyon, no dia 17 de julho de 1793. Tornou-se então, como Marat, um dos mártires da liberdade.

XXIX

[1] Parque muito em voga na época, que ocupava quase toda a área da atual estação Saint-Lazare.

A Declaração dos Direitos do Homem e do Cidadão, de 1789.

CRONOLOGIA RESUMIDA

1789 Início da Revolução Francesa – os Estados Gerais, convocados em maio, proclamam-se Assembleia Nacional Constituinte; queda da Bastilha, em 14 de julho; em agosto é aprovada a Declaração dos Direitos do Homem e do Cidadão.

1792 Em 21 de setembro é proclamada a I República. No ano seguinte o rei Luís XVI é guilhotinado e inicia-se o período conhecido como Terror.

1794 Georges Danton e Maximilien de Robespierre são executados. A aliança entre comitês públicos e convencionais moderados leva ao fim do regime.

1799 O golpe de Estado de 18 de brumário (18 de novembro) põe fim ao governo revolucionário e Napoleão Bonaparte é nomeado primeiro-cônsul, líder do Executivo.

1804 Napoleão torna-se imperador de todos os franceses e estabelece um regime absolutista. São criadas uma corte e uma nobreza imperial; as assembleias eleitas são mantidas, mas perdem seu poder.

1805 Nasce em Luigné, perto de Angers, François-Noël Thibault, pai de Anatole France. Órfão de pai desde muito jovem, alista-se em 1826 num regimento de infantaria da guarda real, do qual dá baixa em 1830. Aprende a ler e escrever e torna-se livreiro em Paris.

1811 Nasce em Chartres Antoinette Gallas, mãe de Anatole France. Casa-se uma primeira vez e logo fica viúvo.

1814 Após uma série de derrotas diante dos países vizinhos, Napoleão abdica e Luís XVIII sobe ao trono. Este restaura um governo monárquico, apoiado pelas principais famílias reais europeias. Durante seu reinado, que se encerra com sua morte em 1824, consegue estabilizar o regime político, apesar de enfrentamentos entre ultrarrealistas e bonapartistas.

1816 Joseph N. Niepce inventa a fotografia.

1829 Invenção da locomotiva a vapor na Inglaterra.

1830 A população de Paris insurge-se contra a promulgação de leis que dissolvem a Câmara, limitam o direito ao voto e suprimem a liberdade de imprensa. Luís Filipe assume o poder.

1837 Samuel Morse faz as primeiras demonstrações públicas do telégrafo.

1839 François-Noël Thibault funda a Livraria Política de France-Thibault, especializada em documentos sobre a Revolução Francesa. No ano seguinte casa-se com Antoinette Gallas.

1844 Em 16 de abril nasce Jacques Anatole François Thibault, mais tarde conhecido como Anatole France (France é a forma diminutiva de François).

1845 Richard M. Hoe registra a patente da primeira prensa rotativa moderna.

1848 Proclamação da II República e criação de um governo provisório. A repressão brutal de uma insurreição de operários favorece a eleição de Luís Napoleão Bonaparte à Presidência.

1851 É realizada a primeira exposição universal, em Londres.

1852 Após um golpe de Estado, Luís Napoleão é proclamado imperador.

1855 Anatole passa a frequentar o colégio Stanislas, estabelecimento privado dirigido por padres católicos; obtém resultados medíocres, exceto em francês e latim. Repete o ano, e os professores o consideram "displicente".

1859 Em julho Anatole envia à Academia de Stanislas, em Nancy, *La légende de Gutenberg*, um texto repleto de referências eruditas, e em novembro *La légende de sainte Radegonde*.

1861 Início da Guerra de Secessão nos Estados Unidos.

1862 Anatole abandona o colégio Stanislas – ou é expulso dele – e prefacia um catálogo para a livraria de seu pai.

1863 O quadro *Almoço no campo*, de Édouard Manet, recusado no Salão de Paris, é exposto no Salão dos Rejeitados.

1864 Em Londres é fundada a Associação Internacional dos Trabalhadores (AIT), posteriormente chamada de I Internacional; Karl Marx está entre seus principais dirigentes. Anatole obtém o diploma de segundo grau.

1865 Assassinato do presidente Abraham Lincoln e fim da escravatura nos Estados Unidos. Anatole escreve poemas de amor para a atriz Elise Devoyod e publica "Ezilda, duchesse de Normandie", em *Les petites nouvelles*. No ano seguinte, Elise põe fim ao romance e Anatole se desespera. Ele se recusa a assumir o lugar do pai – que não aprecia suas ambições literárias – na livraria da família e começa a trabalhar para o editor Lemerre.

1867 Anatole colabora na revista literária *Chasseur Bibliographe* e, em seguida, em *L'amateur d'Autographes*. Junta-se ao grupo parnasiano.

1868 Estreia na *Gazette Bibliographique* e publica alguns poemas. Em 1869 torna-se leitor na editora Lemerre e bedel em Ivry-sur-Seine.

1870 A França declara guerra à Prússia e o Império cai após o estrondoso fracasso militar. É proclamada a III República.

1871   Anatole é declarado inapto para o serviço militar e publica vários de seus poemas na revista *L'Artiste*. Findo o cerco de Paris pelos prussianos, os setores operários se revoltam contra o governo e iniciam um levante, a Comuna de Paris. O movimento é brutalmente reprimido pelo governo.

1873   Anatole publica *Les poèmes dorés* pela Lemerre e frequenta as reuniões do poeta Stéphane Mallarmé.

1874   É realizada a primeira exposição impressionista em Paris. Anatole prefacia Racine para Lemerre; apaixona-se pela sobrinha do editor Jacques Charavay, Marie Charavay, que não corresponde a seu amor e se casa com outro.

1875   Promulgação da Constituição da III República. Anatole colabora em *Le Temps* e *Siècle Littéraire*. Recusa-se a incluir Mallarmé e Paul Verlaine na coletânea de poesias *Le parnasse contemporain*, editada por Lemerre. *Les poèmes de Jules Breton* são publicados pela editora Charavay.

1876   Graham Bell inventa o telefone. Anatole colabora em vários jornais e na revista *La République des Lettres*, de Catulle Mendès; publica *Les noces corinthiennes* pela Lemerre e prefacia clássicos para Lemerre e Charavay. Em agosto torna-se bibliotecário do acervo do Senado.

1877   Em 28 de abril Anatole casa-se com Valérie Guérin de Sauville.

1879   Anatole publica *Jocaste et le chat maigre* pela editora Calmann-Lévy, colabora no jornal *Le Globe* e dirige a *Collection choisie*, da Charavay.

1881   Assassinato do czar Alexandre II. Nasce Suzanne, filha de Anatole. Em abril, publica *Le crime de Sylvestre Bonnard* pela Calmann-Lévy e, em julho, torna-se diretor literário da Charavay.

1882   Crise econômica na França; forte queda da Bolsa. Anatole publica o romance *Les désirs de Jean Servien* pela Lemerre, à qual cede os direitos da obra para se liberar do primeiro contrato que havia assinado.

1883   Publica *Abeille* pela Charavay. É apresentado ao escritor e historiador Ernest Renan, com quem estabelece laços de amizade. Frequenta alguns salões literários.

1884   Em 31 de dezembro Anatole recebe a Legião de Honra.

1885   Publica *Le livre de mon ami* pela Calmann-Lévy.

1886   Assume a direção da revista de luxo *Les Lettres et les Arts*. Em julho publica *Nos enfants* pela editora Hachette.

1887   Thomas Edison inventa o fonógrafo. Em janeiro, Anatole torna-se titular da coluna "La vie littéraire", em *Le Temps*. É um dos críticos mais influentes de Paris.

1888   O escândalo do Panamá acarreta uma grave crise política e financeira na França. Anatole publica o primeiro volume de *La vie littéraire* pela Calmann-Lévy. Em julho inicia um romance com Madame de Caillavet. Ela mantém um importante salão literário, do qual Marcel Proust será assíduo frequentador a partir de 1889.

1889   Proclamação da República no Brasil; fundação da II Internacional em Paris; inauguração da torre Eiffel como parte das atrações da exposição universal. Anatole publica o livro de contos *Balthasar* pela Calmann-Lévy e prefacia duas obras famosas: *Adolphe*, de Benjamin Constant, e *La Princesse de Clèves*, de Madame de La Fayette. Por diversas ocasiões, faz elogios a Verlaine. Demite-se da Biblioteca do Senado.

1890   Publica o romance *Thaïs* pela Calmann-Lévy. Inicialmente crítico em relação a Émile Zola, escreve um artigo bastante elogioso sobre *La bête humaine* e outro, em 1892, sobre *La débâcle*.

1892   Publica o livro de contos *L'étui de nacre* pela Calmann-Lévy. Em junho abandona o domicílio conjugal e envia um pedido de separação a Madame France. *La rôtisserie de la reine Pédauque* sai como folhetim no jornal *L'Écho de Paris*, de 6 de outubro a 2 de dezembro.

1893   Reconcilia-se com Mallarmé. *La rôtisserie de la reine Pédauque* e *Les opinions de M. Jérôme Coignard* são publicados pela Calmann-Lévy. Viaja à Itália em companhia de Madame de Caillavet. Em 2 de agosto obtém seu divórcio.

1894   Anatole publica o romance *Le lys rouge* e a coletânea de pensamentos *Le Jardin d'Epicure* pela Calmann-Lévy. Seu romance *Thaïs* é transformado em ópera. Em outubro o oficial francês de origem judaica, Alfred Dreyfus, é preso, acusado de enviar informações militares confidenciais ao governo alemão. Protestos anti-semitas multiplicam-se nas principais cidades francesas.

1895   Os irmãos Lumière fazem a primeira projeção pública do cinematógrafo. Anatole publica *Les puits de sainte Claire* pela Calmann-Lévy e faz campanha para sua eleição à Académie Française.

1896   É eleito em 23 de janeiro para a cadeira de Ferdinand de Lesseps. Prefacia *Les plaisirs et les jours*, de Marcel Proust, e viaja ao Egito.

1897   Publica os dois primeiros volumes de *L'histoire contemporaine*, *L'orme du mail* e *Le mannequin d'osier*, pela Calmann-Lévy. Em julho manifesta-se publicamente a favor dos armênios, após os primeiros massacres cometidos pelos turcos. Em 23 de novembro, em entrevista ao jornal *L'Aurore*, nega-se a falar sobre a culpa de Dreyfus e defende a revisão do processo.

1898   Em 13 de janeiro *L'Aurore* publica a carta aberta "J'accuse", de Émile Zola, em que ele denuncia a sucessão de erros que levaram à condenação de Dreyfus e aponta os verdadeiros responsáveis pela espionagem. No dia seguinte Anatole France assina, logo abaixo de Zola, a petição dos intelectuais para que o processo seja revisado. Depõe em defesa de Zola no processo por difamação movido contra o escritor pelo Estado-Maior; Zola é condenado a um ano de prisão e exila-se na Inglaterra. Anatole sofre também uma campanha de injúrias. É fundado o Partido Operário Social-Democrata da Rússia.

1899   Anatole publica *L'anneau d'améthyste*, terceiro volume de *L'histoire contemporaine*. Despede-se do *Écho de Paris*, anti-Dreyfus, e torna-se colaborador do *Figaro*, pró-Dreyfus. Publica suas memórias de infância, sob o título *Pierre Nozière*, pela Lemerre, e o livro de contos *Clio*, pela Calmann-Lévy.

1900 Criação da Fundação Nobel, na Suécia. Anatole deixa de frequentar a Académie em virtude de divergências políticas. Milita ao lado do filósofo, historiador e deputado socialista Jean Jaurès e filia-se ao Partido Socialista Francês. A partir de novembro inicia a publicação da novela *L'affaire Crainquebille* no jornal *Le Figaro*.

1901 Em fevereiro publica *Monsieur Bergeret à Paris*, quarto e último volume de *L'histoire contemporaine*. Em dezembro sai *L'affaire Crainquebille* pela editora Pelletan, em edição ilustrada.

1902 Participa ativamente da campanha legislativa, incitando ao voto socialista. Publica, pela Pelletan, *Les opinions sociales*, composto de artigos engajados e discursos.

1903 Publica o romance *Histoire comique* pela Calmann-Lévy; escreve o prefácio de *Une campagne laïque*, de Émile Combes, presidente do Conselho de Ministros; e milita pela separação da Igreja e do Estado. *Crainquebille* é encenado no teatro da Renascença.

1905 Primeira Revolução Russa: manifestações de operários e rebeliões exigem um governo social e parlamentar. Anatole publica *Sur la pierre blanche* pela Calmann-Lévy. O romance fora publicado inicialmente como folhetim no jornal *L'Humanité*, a partir de abril de 1904, quando Jaurès o fundou.

1906 Em 23 de outubro, Alberto Santos Dumont realiza o primeiro voo oficial de avião com o 14-Bis.

1908 Anatole publica *La vie de Jeanne d'Arc*, *L'île des pingouins* e *Les contes de Jacques Tournebroche*.

1909 Publica *Vers les temps meilleurs*. É convidado para uma turnê na Argentina, Uruguai e Brasil. Seu romance com a atriz Jeanne Brindeau provoca escândalo. Retorna a Paris em agosto, após a tentativa de suicídio de Madame de Caillavet, e rompe com Jeanne Brindeau. Madame de Caillavet adoece.

1910 Desespera-se com a morte de Madame de Caillavet, em 12 de janeiro. Escreve um diário no qual fala de seus remorsos e da impossibilidade de manter uma relação verdadeira. Esse diário foi publicado postumamente sob o título de *Carnets intimes*.

1911 Em março viaja à Itália. Tem um curto romance com Madame Gagey, uma norte-americana muito exaltada, segundo ele. Ela se suicida em dezembro.

1912 Início das Guerras Balcânicas. Anatole faz uma viagem à Espanha e à África do Norte em março e, em agosto, à Bélgica e à Holanda. De volta à França, publica *Les dieux ont soif*, que obtém grande sucesso. No ano seguinte vai à Itália e publica *Le génie latin*.

1914 Em 28 de junho o arquiduque austríaco Francisco Ferdinando é assassinado em Sarajevo – estopim da Primeira Guerra Mundial. Anatole publica o romance *La révolte des anges*. Em julho muda-se para La Béchellerie, nas proximidades de Tours. Em 22 de setembro envia ao jornal *La Guerre Sociale* uma nota de repúdio ao bombardeio dos alemães à catedral de Reims e prevê a vitória dos franceses. Termina com a frase: "Nós proclamaremos [então] que o povo francês concede sua amizade ao inimigo derrotado", o que causa indignação geral. Anatole recebe cartas ofensivas e ameaças de morte. Pede para se alistar, pensa em suicídio e escreve artigos de cunho patriótico.

1916 Início da batalha de Verdun, a mais sangrenta da Primeira Guerra Mundial. Anatole publica num mesmo volume a coletânea de artigos *Sur la voie glorieuse* e *Ce que disent nos morts*, pela editora Champion. Em julho retorna à Académie, após dezesseis anos de afastamento.

1917 Os Estados Unidos declaram guerra à Alemanha. Em fevereiro, na Rússia, o czar Nicolau II abdica e, em outubro, os bolcheviques, liderados por Lenin, assumem o poder.

1918 Em 11 de novembro, é assinado o armistício. Anatole publica *Le petit Pierre* pela Calmann-Lévy. Reafirma sua fé no socialismo e assina manifestos a favor da Rússia, mas não volta a se filiar ao Partido Socialista.

1919 Fim da Primeira Guerra Mundial. A III Internacional, ou *Komintern*, é fundada em Moscou. Anatole junta-se a um grupo de intelectuais de esquerda e, em 8 de agosto, em Tours, faz um longo discurso aos sindicatos dos professores. Apesar das pressões, não se candidata às eleições legislativas.

1920 É fundado o Partido Comunista Francês. Anatole não se filia, embora continue simpatizante do socialismo e do comunismo. Em 11 de outubro casa-se com Emma Laprévotte, ex-governanta de Madame de Caillavet.

1921 Em 10 de dezembro recebe o prêmio Nobel de literatura, em Estocolmo. Na Alemanha, Adolf Hitler chega à presidência do Partido Nacional-Socialista.

1922 Criação da União das Repúblicas Socialistas Soviéticas (URSS). Stalin torna-se secretário-geral do Partido Comunista da URSS. Anatole publica *La vie en fleur* pela Calmann-Lévy. Em 8 de novembro publica uma "Saudação aos soviets" no *L'Humanité*, mas meses antes, em 17 de março, teria enviado um telegrama aos mesmos soviets para protestar contra o primeiro dos grandes processos contra os socialistas revolucionários. Permanece fiel à Liga dos Direitos Humanos, apesar da oposição do Congresso da Internacional, e vê-se impedido de colaborar nos jornais comunistas. *Crainquebille* é adaptado para o cinema.

1923 Faz seu último discurso público, no Trocadéro, durante as comemorações do centenário de Ernest Renan.

1924 Em 24 de maio os 80 anos de Anatole France são comemorados com uma grande festa no Trocadéro. Morre em 12 de outubro, em La Béchellerie. É sepultado com honras fúnebres em 18 de outubro.

Esta obra foi composta em New Baskerville,
texto em corpo 10,2/12,5, e reimpressa em
papel Avena 80 g/m² pela gráfica Forma
Certa, para a Boitempo, em abril de 2025,
com tiragem de 100 exemplares.